edition suhrkamp

Redaktion: Günther Busch

Bertolt Brecht, geboren am 10. Februar 1898 in Augsburg, starb am 14. August 1956 in Berlin.

Das Fragment des *Caesar*-Romans entstand 1938 und 1939 im dänischen Exil. Brecht hatte allen Grund, sich im Exil mit den Zusammenhängen von Politik und Geschäft, Sieg und Niederlage, Heldentum und Ökonomik zu beschäftigen. Die römische Geschichte und Literatur lieferten ihm reichliches Material. »Die Dialektik des ›Caesar‹-Romans äußert sich darin«, schreibt Hans Mayer, »daß die verklärende Geschichtsschreibung des nachgeborenen Historikers bei der Quellensuche immer unangenehmer beeinträchtigt wird durch die Beichte von Caesars Bankier und die Aufzeichnungen des Hausverwalters Rarus. Die Apologetik wird mit Ökonomik kontrastiert. Das Abenteuer Caesar spiegelt sich im Kalkül des mächtigen Bankiers ebenso wie in den häuslichen Miseren und Transaktionen des Generals, Politikers, Schriftstellers.«

Bertolt Brecht

Die Geschäfte des Herrn Julius Caesar

Romanfragment

Suhrkamp Verlag

edition suhrkamp 332
Erste Auflage 1969
 Der Text folgt unverändert der Ausgabe *Die Geschäfte des Herrn Julius Caesar*, Suhrkamp Verlag, Frankfurt am Main 1965. Satz in Linotype Garamond. Druck und Bindung bei Georg Wagner, Nördlingen. Gesamtausstattung Willy Fleckhaus.

7 8 9 10 11 – 88 87 86

Die Geschäfte des Herrn Julius Caesar

Erstes Buch

Karriere eines vornehmen jungen Mannes

Der Weg, den man uns gewiesen hatte, führte, schmal und ziemlich steil, im Zickzack durch Ölfelder hoch, die, auf niedere Steinmauern gestützt, in Terrassen vom See aufstiegen. Es war ein heiterer Morgen. Wahrscheinlich fand eben die zweite Eßpause statt; denn wir sahen nur wenige Sklaven in den Pflanzungen, und von einigen Gehöften stieg Rauch.

Die Villa kam bald in Sicht, wenigstens schimmerten Teile davon durch die Olivenbüsche. Sie lag auf halber Höhe des Hügels.

Im Steigen kamen mir wieder Zweifel, ob der alte Mann uns wirklich Einsicht in die unschätzbaren Schriftstücke gewähren würde. Die Empfehlungsschreiben, die mein Sempronius trug, bedeuteten nicht eben eine schwere Last. Ich hätte es lieber gesehen, wenn er unter ihrem Gewicht geschwitzt hätte.

Wie schon oft, wenn die Mühsale und schließlich auch die Geldausgaben allzu ärgerlich geworden waren, tröstete ich mich mit dem Gedanken, daß der große Politiker, dessen Biographie zu schreiben ich unternommen hatte, sowohl unbewußt als auch bewußt seinen Biographen mehr Hindernisse aufgebaut hatte als einiges beschwerliches Reisen. Da war die Legende, die alles vernebelte. Er hatte sogar selber Bücher geschrieben, um uns zu täuschen. Und er hatte ebenfalls Geld ausgegeben und nicht wenig! Vor die Erkenntnis der wahren Beweggründe ihrer Taten haben die großen Männer den Schweiß gesetzt.

Die Villa erwies sich als einstöckig, aber sehr umfänglich. Sie war im einfachsten Stil erbaut, sehr unähnlich den schrecklichen Bauten unserer großstädtischen Emporkömmlinge. Und der Hausherr, der uns im Bibliothekzimmer entgegentrat, hatte ebenfalls nichts von unseren neuen Senatoren an sich. Der einstige Gerichtsvollzieher und nachmalige Bankier Mummlius Spicer ist ein großer, knochiger alter Mann mit etwas grauem Gesicht, an dem die schwere Kinnlade auffällt. Er hält sich vornübergeneigt, jedoch scheint dies kein Zeichen von Altersschwäche.

Unsere Empfehlungsbriefe prüfte er, am Fenster stehend, mit äußerster Sorgfalt. Die Art, mit der er die Papiere handhabte, bewies seinen Beruf. Geldleute lesen gründlicher als Bücherliebhaber. Sie wissen besser, was für Nachteile aus flüchtiger Lektüre entstehen können.

Kein Zug in seinem grobflächigen Gesicht verriet mir, wie er die verschiedenen Schreiber beurteilte und welchen Wert er ihren Empfehlungen zuerkannte. Ich glaubte damals, daß ihn die Worte des kaiserlichen Quästors Tullius Varro, eines sehr einflußreichen Mannes, wohl am meisten beeindruckten. Später, als ich Spicer näher kannte, änderte ich meine Meinung und nahm an, der kurze Brief des Freigelassenen Cavella, der einen Hinweis auf meine Anwaltspraxis enthielt, stimmte ihn meinem Unternehmen günstig. Er selbst sprach zu mir niemals darüber. Nach der Lektüre gab er mir die Papiere schweigend zurück und benutzte denselben Ton weiter, mit dem er mich empfangen hatte.

Die Schreiben enthielten zum Teil Andeutungen über den Zweck meines Besuches, und der Alte begann, mich nach meinen Studien und Interessen auszuforschen. Seine Fragen waren kurz, und meine Antworten nahm er ohne Zustimmung oder Ablehnung entgegen. Er wollte wissen, ob ich schon ein Buch veröffentlicht hatte. Ich nannte meinen »Solon«. Des weiteren fragte er mich nach meiner Parteizugehörigkeit; worauf ich antwortete, ich gehörte keiner Partei an. Dann

wandte er sich, ziemlich ungeniert, wie mir schien, meinen privaten Verhältnissen zu, und ich begriff langsam, daß er vorhatte, etwaige Auskünfte sich bezahlen zu lassen.
Ich muß gestehen, daß mich das ein wenig in Erstaunen versetzte. Die Bibliothek, in der wir saßen, war die eines sehr wohlhabenden Mannes. Später sah ich, daß sie aus Geschenken bestehen mußte; die einzelnen Werke hatten keinen Zusammenhang miteinander; aber es waren teure Geschenke an einen reichen Mann. Ich wußte auch, daß er außerordentlich einträgliche Besitzungen hatte und sein keineswegs billiges Haus im Verhältnis zu seinen Einkünften, die er allein aus sardinischen Silberminen bezog, sehr bescheiden genannt werden durfte. Mein Unternehmen, und damit mein Ansinnen an ihn, war ein rein wissenschaftliches. Keinerlei finanzieller Nutzen konnte daraus erwartet werden. Es war wirklich nicht üblich, historische Erinnerungen wie Tafelgeräte zu kaufen.
Er konnte nicht umhin, meine Reserve zu bemerken. Es entstand ein kleines, nicht ganz angenehmes Schweigen. Dann sagte er brüsk: »Was wollen Sie eigentlich von mir?« Ich sagte etwas davon, daß man die Tagebücher des Rarus in seinem Besitz vermute. »Die habe ich nicht mehr«, sagte er ruhig. Ich schwieg wieder. Wenn er meinte, daß ich mit ihm, nach einer Reise von elf Tagen, um einige Pergamentrollen wie um einen Obstgarten oder einen Sklaven feilschen wollte, irrte er sich. Er schien aber ganz ungerührt, als er langsam fortfuhr: »Sie könnten auch damit gar nichts anfangen. Ich nehme an, Sie wollen eine Biographie schreiben. Das ist etwas Politisches.« – »Die Notizen des Sekretärs eines Politikers sind etwas Politisches, was immer sie sonst sein mögen«, sagte ich ein wenig heftig. »Mag sein«, sagte er, in eine Ecke des Raumes schauend, »aber ich habe sie nicht.«

Ein kleiner gallischer Sklave trat ein, anscheinend der Vorarbeiter des Landguts. Der Alte gab ihm sehr ins einzelne gehende Anweisungen, die Reparatur einer Bewässerungsanlage betreffend. Die Unterredung, während deren ganzer Dauer der Alte niemals zu mir herüberblickte, dauerte über eine Viertelstunde. Dann ging der Gallier, und der Hausherr nahm das Gespräch wieder auf.

»Sie könnten das Zeug ohne ausführliche Erläuterungen auch gar nicht brauchen«, sagte er ruhig. »Und wer sollte Ihnen die geben? Natürlich, wenn Sie nur ein paar Intimitäten haben wollen ... Aber ich zweifle, ob da überhaupt drinsteht, daß der betreffende Herr zum Frühstück Fisch aß und derlei, was das Publikum interessiert. Dieser Rarus hatte mit der geschäftlichen Seite der Unternehmungen zu tun, und Sie wissen, daß diese Seite unsere Historiker wenig interessiert. Sie wissen keinen Deut, was Kurzverkaufen ist. Das halten sie alles für nebensächlich.«

»Ich glaube nicht, daß in den Aufzeichnungen nur die Kornpreise notiert sind«, antwortete ich.

»Und wenn doch?« fragte er, und, obgleich sein Gesicht so unbewegt blieb wie immer, vermeinte ich, eine leichte Amüsiertheit herauszulesen. »Dann wird man auch daraus etwas ersehen«, warf ich schnell hin. »So?« fragte er zurück.

Ich begann zu glauben, daß er zu dem Schlag gehörte, dem ein kurzer Handel keinen Spaß machte, wie den meisten Frauen ein kurzer Beischlaf, und beschloß, ihm einen langen zu verschaffen. »Es ist schade, daß Sie die Sachen weggeworfen haben«, sagte ich bedauernd. »Sie hatten immerhin mit nicht weniger als mit der Gründung des Imperiums zu tun.«

Er dachte eine ganze Zeitlang nach, bevor er weitersprach.

»Sie meinen, wenn man aus der Zusammensetzung von Xens Frühstück auf Xens Charakter schließen kann, dann kann man es auch aus seinem Verhalten zu den Kornpreisen. Haben Sie sich schon irgendwie eingemietet?« Diese Frage kam etwas überraschend, und ich sagte ihm nicht ohne Zögern, daß ich für einen ganzen Monat ein kleines Haus unten am See gemietet hatte, eine unverzeihlich übereilte Maßnahme, die ihn ganz gut zu den exorbitantesten Forderungen veranlassen konnte.

Er sah mich einige Augenblicke aufmerksam an. Dann stand er auf, ging zur Wand und schlug mit den Knöcheln einen Messingteller an, der dort an einer Schnur hing. An einen schönen, niederen Büchertisch tretend, zog er einen Karton aus seiner Ledermappe und zeigte dem eintretenden Sklaven mit dem Finger eine Eintragung auf dem Karton. Es herrschte Schweigen, bis der Mann mit einem kleinen Kasten aus Eschenholz unter dem Arm zurückkam.

Der Alte nahm achtlos den Kasten und stellte ihn auf ein Bücherbord hinter seinem Stuhl.

»Das sind die Aufzeichnungen«, sagte er trocken. »Was sind sie Ihnen wert?«

Ich lachte.

»Sie sind unverständlich ohne genaue Erläuterungen«, sagte ich.

»Sie sind auch unverkäuflich ohne diese Erläuterungen«, antwortete er unbewegt. »Ich werde sie Ihnen geben. Und natürlich können Sie die Rollen nicht erwerben, sondern nur die Einsicht in sie.«

»8000 Sesterzien«, sagte ich.

Er zögerte sichtlich.

»Sie haben eine zweiwöchige Reise dafür gemacht und ein Haus für einen Monat gemietet, da werden Sie kaum unverrichteterdinge umkehren wollen«, brummte er. »12 000 Sesterzien sind sehr wenig. Ein guter Koch kostet 100 000.«

Ich ärgerte mich. Er hatte wirklich keine Lebensart. Er sollte seinen langen Handel keinesfalls bekommen.
»Gut«, sagte ich kurz.
»Aber ich habe Sie darauf aufmerksam gemacht«, sagte er vorsichtig, »daß nicht viel drinnen stehen dürfte, was jemand wie Sie verwenden kann.«
»Das haben Sie«, sagte ich ungeduldig.
12000 Sesterzien waren viel Geld. Ich wußte noch nicht, ob die Aufzeichnungen das Geld wert waren. Und von den Erläuterungen meines Gastgebers war am Schluß nicht mehr die Rede, ich war zu verärgert.
Er selbst jedoch schien sie für einen abgemachten Teil unseres Handels zu halten und bat mich, schon am Abend wiederzukommen.

Der große Caius Julius Caesar, über dessen Privatleben ich nun aus den Aufzeichnungen seines langjährigen Sekretärs Einzelheiten zu erfahren hoffte, war eben zwanzig Jahre tot. Er hatte ein neues Zeitalter eingeleitet. Vor ihm war Rom eine große Stadt mit einigen zerstreuten Kolonien gewesen. Erst er hatte das Imperium gegründet. Er hatte die Gesetze kodifiziert, das Münzwesen reformiert, sogar den Kalender den wissenschaftlichen Erkenntnissen angepaßt. Seine Feldzüge in Gallien, welche die römischen Feldzeichen bis ins ferne Britannien trugen, hatten dem Handel und der Zivilisation einen neuen Kontinent eröffnet. Sein Standbild stand unter denen der Götter, nach ihm nannten sich Städte und ein Jahresmonat, und die Monarchen fügten seinen erlauchten Namen zu den ihrigen zu. Die römische Geschichte hatte ihren Alexander bekommen. Es war schon klar, daß er das unerreichbare Vorbild aller Diktatoren werden würde. Und kleineren Geschlechtern blieb nur, seine Taten zu beschreiben. Das sollte meine geplante Biographie tun. Die Unterlagen dafür hatte ich jetzt.

Als ich mich gegen Abend in der Villa des Bankiers meines Idols einfand, hatte ich schon Schritte zur Ordnung der Geldangelegenheit unternommen. Ich war am Nachmittag mit dem Boot in der nächsten Stadt gewesen, und die Bank dort hatte versprochen, meinen Kreditbrief sofort zu prüfen. Schon im Laufe des nächsten Tages sollte ich die Summe von 12 000 Sesterzien überwiesen bekommen.

Mummlius Spicer schien mit dem Abendessen auf mich gewartet zu haben. Er führte mich sogleich zu Tische. Das Mahl, das wir zu zweit einnahmen, war einfach, der alte Mann aß sogar nur ein paar Feigen und entschuldigte sich mit seinem schwachen Magen; jedoch wurde für mich ein Fäßchen Sardellen aus dem Schwarzen Meer geöffnet, eine Delikatesse, die, wie ich genau wußte, in Rom 1600 Sesterzien kostete.

Diese kostbare Bewirtung setzte mich natürlich nach den peinlichen Vorgängen des Vormittags in einiges Erstaunen. Ich will gleich hier vorwegnehmen, daß die Generosität des Bankiers mir gegenüber während meines ganzen Aufenthaltes andauerte. Ich muß ihn ein Mehrfaches meiner 12 000 Sesterzien gekostet haben, allein das Originalmanuskript der Reden des Hortensius, das er mir beim Abschied schenkte, war ungleich viel mehr wert.

Jedoch ging Spicer an diesem ersten Abend noch nicht auf das Thema meines Besuchs ein, außer in einigen sehr vagen Bemerkungen über Geschichtsschreibung, Bemerkungen sehr abschätziger Art übrigens. Auch die Aufzeichnungen des Rarus wurden nicht erwähnt; das Eschenholzkästchen stand nicht mehr auf dem Bücherbord.

Ich konnte diese Zurückhaltung des Alten nur darauf zurückführen, daß ich den finanziellen Teil unserer Abmachungen noch nicht geordnet hatte, und mein Ärger erwachte von neuem. Wir schieden ziemlich kühl.

Am nächsten Morgen war das Geld da, und ich machte mich zur gleichen Zeit wie gestern auf den Weg. Der Alte saß in seiner Bibliothek und diktierte einem Sklaven. Er führte das Diktat zu Ende, während ich seine Bücher musterte. Dann nahm er das Geld in Empfang, zählte es und gab es dem Sklaven zur Aufbewahrung. Er ging nicht anders vor als bei einem alltäglichen Schweineverkauf. Am taktlosesten schien mir, daß er den Sklaven unmittelbar danach anwies, das Kästchen zu bringen. Was auch geschah. Es wurde wieder achtlos auf das Bücherbord geschoben.
Dann begann der alte Mann mit gleichmäßiger, tiefer Stimme zu reden. Ohne jeden Übergang, einfach, als erfülle er einen Kontrakt, sagte er:
»Wie Sie vielleicht wissen, war ich in den neunziger Jahren im vierten Bezirk als Gerichtsvollzieher tätig. Als solcher Mann bekam ich allerhand Forderungen gegen C.*, der in diesem Bezirk wohnte, in die Hand, meist sehr hohe, aber doch auch eine verblüffende Zahl von ganz kleinen, wie von Bäckern und Schneidern. Das zeigte an, daß das Landgut, das er in der Campagna besaß, bereits nicht mehr imstande war, derlei Dinge für den Haushalt an die Stadtwohnung zu liefern: es war in der Hand des Zwangsverwalters. C. war sehr bekannt der großartigen Spiele wegen, die er als Ädil und Quästor veranstaltet hatte. Die kleinen Leute waren imponiert durch seine Schulden, über deren Höhe phantastische

* Spicer sprach von Caesar immer nur als C.; ich dachte zuerst, er wolle dadurch den illegitimen Charakter unseres Unternehmens betonen. Aber Rarus spricht auch nur von C.

Ziffern kursierten. Ich sah ihn das erste Mal, wenn ich mich recht entsinne, in seinem Schlafzimmer, als ihm sein Schneider eben eine Tunika anprobierte. Das weiß ich noch, weil es mir auffiel, wie genau seine Wünsche über den Halsausschnitt waren. Er sprach tatsächlich in den technischen Ausdrücken der Schneiderzunft. Es war nicht das erste Mal, daß ich in seinem Haus war. Für gewöhnlich empfing mich sein Sekretär, eben dieser Rarus. Es war ausgemacht, daß ich nur am Morgen kommen sollte, weil da C.s Mutter mich nicht treffen konnte, vor der im Hause jeder heilige Furcht zu haben schien, C. selber nicht am wenigsten. Sie war eine freundliche, kleine alte Dame, aber mit Haaren auf den Zähnen. Später wurde ich mit ihr gut bekannt.

Übrigens behandelte mich C. mit der größten Offenheit, wies, ohne jede Ironie, auf einige wertvolle alte Möbel und fragte mich, ob ich sie mitnehmen wolle. Vor dem Schneider schien er sich keineswegs zu genieren, obwohl dieser doch, was die Bezahlung anlangte, sich allerhand Gedanken machen mußte, wenn er mich sah.

Ich glaube auch, daß er sich schon gleich bei unserem ersten Treffen eingehend nach den Verhältnissen erkundigte, in denen ich lebte. Es waren nicht die besten. Ich bewohnte in einem der Häuser des Crassus ein kleines Stockwerk mit meiner Frau und sechs Kindern und hatte Schwierigkeiten, die Miete zu bezahlen. Beinahe alle meine Gespräche mit ihm handelten in der einen oder andern Weise von diesen meinen Schwierigkeiten. Dabei gab er mir seine Ratschläge auf einem Stuhl sitzend, den ihm zu lassen ich nicht beabsichtigte.

Ich traf ihn dann öfter, und ich darf sagen, daß ich gern zu ihm ging. Unsere Bekanntschaft brach ja bis zu seinem Tod nicht mehr ab.«

Er sprach nicht weiter. Wir hörten Stimmen und das Scharren vieler Füße auf den Steinfliesen draußen. Die zweite Eßpause war zu Ende. Der kleine Gallier von gestern kam herein, und Spicer setzte ein riesiges S in ein Ordrebuch, das der Sklave ihm hinhielt. Durch die Tür sah ich einen leichtbewölkten Himmel. Die Lorbeerhecken, gepflanzt, den Wind abzuhalten, zitterten im Wind. Der schmale, aber hohe Raum mit den weißgetünchten Wänden und den freundlichen ledernen Bücherkästen davor war angenehm warm. Im Kamin prasselten ein paar mächtige Scheite. Ich schmeckte die schlichte Erzählung des Alten nach.

Ich sah Spicer deutlich vor mir, einen jüngeren, aber sonst wohl nicht allzu verschiedenen Spicer – solche Leute ändern sich nicht sehr, da sie schon mit jungen Jahren durch Sorgen und Mühsale alt aussehen – und den verschuldeten Adeligen mit großem Namen. Es amüsierte mich, zu denken, daß dieser grobknochige Mann mit der langen Kinnlade wohl trotz aller Vertrautheit recht genau blieb in seinen geschäftlichen Verrichtungen und keinesfalls ohne den Stuhl wegging. Mir fielen meine 12 000 Sesterzien ein.

Der Alte nahm einen kleinen Schluck von dem Wein, den man uns serviert hatte, und fuhr fort: »Zu dieser Zeit tat er, soviel ich weiß, gar nichts mehr. Es hatte auch in seinem Leben einen Versuch gegeben, einen Beruf zu ergreifen und Geld zu verdienen. Er hatte sich als Anwalt in zwei Prozessen versucht, die er im Auftrag der demokratischen Klubs gegen hohe Senatsbeamte führte: wegen Erpressung und anderem Amtsmißbrauch, verübt in den Provinzen.

Die City zahlte junge Anwälte aus guter Familie sehr anständig für solche Prozesse. Es war der alte Kampf der City mit dem Senat. Seit grauer Vorzeit verteilten 300 Familien unter sich alle hohen Ämter inner- und außerhalb Roms. Der Senat war ihre Börse. Dort handelten sie aus, wer von ihnen auf der Senatsbank, wer auf dem Richterstuhl, wer auf dem Schlachtroß und wer nur auf dem Landgut sitzen sollte. Sie waren Großgrundbesitzer, behandelten die übrigen römischen Bürger als ihr Gesinde und ihr Gesinde als Gesindel. Die Kaufleute behandelten sie als Diebe und die Bewohner der eroberten Provinzen als Feinde. Einer von ihnen war der alte Cato, ein Urgroßvater unseres Cato, der zu meiner und C.s Zeit Führer der Senatspartei war. Er pries die Gesetzgebung des II. Jahrhunderts, wo man den Dieb zweimal, den, der Geld auf Zinsen auslieh, aber viermal soviel zurückzahlen ließ, als er ›genommen‹ hatte. Noch eine Generation vor der meinigen machten sie ein Gesetz, nach dem ein Senator nicht Handel treiben durfte. Das Gesetz kam zu spät, es wurde sofort umgangen, man kann mit Gesetzen alles, nur nicht den Handel aufhalten, das Gesetz führte sogar zum Ausbau der Handelsgesellschaften, in denen jeder von fünfzig Teilhabern ein Fünfzigstel eines Schiffes besitzt, so daß er fünfzig Schiffe kontrollieren kann statt ein einziges, aber Sie sehen, wohin jedenfalls die Tendenz dieser Herren ging. Sie waren ausgezeichnete Feldherren und durchaus fähig, Provinzen zu erobern, sie wußten nur nicht, was dann damit anfangen.

Aber als unser Handel aus den Kinderschuhen herauswuchs und wir anfingen, in größerem Umfang Öl, Wolle und Weine auszuführen und Getreide und vieles andere einzuführen, und besonders, als wir Geld ausführen wollten, um es in den Provinzen arbeiten zu lassen, zeigten die Herren ihre ganze junkerliche Unfähigkeit, mit der Zeit zu gehen, und die junge City stellte fest, daß es ihnen an einer vernünftigen Führung fehlte. Sie verstehen, wir verspürten keinerlei Verlangen, uns selber auf Schlachtrosse zu setzen und unsere Zeit, die Geld war, auf schimmligen Beamtensesseln zu verschwenden, die

Herren konnten ruhig bleiben, was sie waren, nur eben unter einer soliden Führung der City. Sie werden begreifen, was ich meine, wenn Sie als Beispiel den Punischen Krieg nehmen. Wir hatten ihn aus dem besten Grund geführt, den es gibt, nämlich um die afrikanische Konkurrenz niederzukämpfen, aber was wurde daraus? Unsere Militärs nahmen Karthago nicht seine Produkte und Zölle, sondern seine Mauern und Kriegsschiffe weg. Man holte nicht das Korn, man holte den Pflug. Unsere Feldherren sagten stolz: Wo meine Legionen hintreten, wächst kein Gras mehr. Aber worauf wir aus waren, das war eben dieses Gras: Sie wissen, aus einer dieser Grassorten wird Brot gebacken. Was im Punischen Krieg mit immensen Kosten erobert war, das waren Wüsten. Diese Gebiete hätten gut und gern unsere ganze Halbinsel ernähren können, aber für den Triumphzug in Rom nahm man ihnen alles weg, was sie brauchten, um für uns arbeiten zu können, von den Ackergeräten bis zu den Ackersklaven. Und nach solcher Eroberung kam eine ähnliche Verwaltung. Die Statthalter schrieben die Ziffern nur in ihre eigenen Haushaltungsbücher. Man weiß, daß keine Kleidung so viele Taschen enthält als der Feldherrnrock. Aber die Kleider der Statthalter bestanden überhaupt nur aus Taschen. Die Herren schepperten, wenn sie wieder Heimatboden betraten, nach Metall nicht weniger, als wenn sie in Kriegspanzern gekommen wären. Cornelius Dolabella und Publius Antonius, die Gestalten, gegen die der junge C. antrat, hatten halb Makedonien auf ihre Schiffe verladen.
Auf solche Weise konnte man natürlich nichts auf die Beine stellen, was sich wirklich Handel nennen konnte. Nach jedem Krieg gab es in Rom Konkurse und Zahlungseinstellungen. Jeder Sieg des Heeres war eine Niederlage der City. Die Triumphe der Feldherren waren Triumphe über das Volk. Das Wehegeschrei, das sich nach der Schlacht von Zama, die

den Punischen Krieg beendete, erhob, war zweisprachig. Es war das Wehegeheul der punischen *und* der römischen Banken. Der Senat schlachtete die Milchkuh. Das System war durch und durch verfault.

Das alles war Stadtgespräch in Rom. Man schwatzte in allen Barbierbuden von der sittlichen Verfaultheit des Senats. Man schwatzte sogar im Senat selber von der ›Notwendigkeit einer durchgreifenden moralischen Wiedergeburt‹. Cato, der Jüngere, sah schwarz für die Zukunft der 300 Familien. Er beschloß, etwas für ihren guten Ruf zu tun, und erschien als Statthalter von Sardinien in den ihm untergebenen Städten zu Fuß und von einem einzigen Diener begleitet, welcher ihm den Rock und die Opferschale nachtrug, und als er von seiner spanischen Statthalterschaft heimkehrte, verkaufte er vorher sein Schlachtroß, weil er sich nicht befugt hielt, die Transportkosten desselben dem Staat in Rechnung zu bringen. Leider geriet sein Schiff in einen Sturm; er erlitt Schiffbruch und verlor seine Rechnungsbücher und jammerte dann bis an sein Lebensende, daß er niemandem beweisen konnte, wie anständig er seine Geschäfte geführt hatte. Er wußte, daß sein Verhalten unglaublich war. Die City hielt nichts von ›mit gutem Beispiel vorangehen‹ und moralischen Redensarten. Sie war sich klar darüber, was fehlte: man mußte die Beamten bezahlen.

Die Herren verrichteten ihr Amt nämlich ehrenhalber. Für Arbeit Geld zu nehmen, erschien ihnen schimpflich. Bei so hohen Idealen blieb ihnen natürlich nichts übrig, als zu stehlen. Und sie stahlen von den Korntributen und von den Straßenbauten und Wasser aus den staatlichen Wasserleitungen.

Die City war, wie gesagt, nicht unvernünftig. Sie setzte sich mit den Kaufleuten in den eroberten Provinzen ins Benehmen und ermunterte sie, Prozesse anzustrengen. Es gab also Pro-

zesse. Cicero selbst, die große Trompete der City, führte einige, im Auftrag sizilianischer Firmen.
Aber unsere Herren vom Senat gewöhnten sich mit der Zeit an die Prozesse, wie man sich an Regen gewöhnt: man zieht einen Mantel an. Sie stahlen hinfort nicht mehr bei einigen viel, sondern bei vielen einiges. Und wenn doch Prozesse drohten, stahlen sie alles. Zum Prozeßführen ist Geld nötig. Also stahlen sie denen, die sie ausplünderten, auch noch die eventuellen Prozeßkosten.
Dann fingen ein paar reiche demokratische Klubs in Rom an, die Prozesse gegen die senatorischen Räuber zu finanzieren, das heißt gegen die unverschämtesten von ihnen, diejenigen, die sogar römische Kaufleute in der Provinz an der Führung ihrer Geschäfte hinderten. Diese Prozesse diskreditierten immerhin ein wenig, und, was vielleicht noch wichtiger war, die jungen Anwälte konnten sich in die Materie einarbeiten. Denn hier handelte es sich nicht nur darum, ein paar witzige Reden zu halten. Der Anwalt hatte Zeugen aufzustellen und einzuüben, und er hatte die Geldsummen geschickt zu verteilen, so daß der Gerichtsapparat gut geölt war. Wir bekamen sogar aus den senatorischen Familien junge Anwälte. Auf keine andere Weise konnten sie die Verwaltungsmaschine besser studieren. Man muß einmal bestochen haben, um sich selber ordentlich bestechen lassen zu können.
C. verlor beide Prozesse. Einige meinen, weil er zu untüchtig, ich meine, weil er zu tüchtig war. Auf das letztere deutet, daß er danach verreisen mußte, um, wie er sich mir gegenüber einmal selbst ausdrückte, einer gegen ihn erregten gehässigen Stimmung aus dem Weg zu gehen. Er fuhr nach Rhodos, angeblich, um sich in der Redekunst zu vervollkommnen. Da diese Motivierung einer etwas beschleunigten Abreise für einen jungen Anwalt nicht eben ruhmvoll klingt, muß man

annehmen, daß es noch andere Motive für die Reise gab, die noch weniger ruhmvoll geklungen hätten.
Es ist richtig, daß man als Anwalt unter Umständen mehr verdienen kann, wenn man einen Prozeß verliert, als wenn man ihn gewinnt. Aber man sollte das nicht schon gleich mit den allerersten Prozessen machen, die man bekommt. Es war eine Schwäche dieses jungen Mannes, daß er nichts halb machte. Wahrscheinlich wollte er von allem Anfang an ein richtiger Anwalt sein. Mit der Kriegführung machte er es später genauso. Ich bekam weiße Haare dadurch.«

Der Alte berichtete das alles, die ganze Geschichte von den Prozessen vollkommen gleichgültig, ohne Spur von Humor. Er schien sich kaum bewußt zu sein, daß das Bild, das er von dem ersten öffentlichen Auftreten des großen Staatsmannes entwarf, kein sehr ansprechendes war. Er deutete nicht weniger an, als daß er sich von der Gegenseite hatte schmieren lassen. Die beiden Prozesse spielten in den Biographien immerhin eine gewisse Rolle. Man berichtete von ihnen als den ersten, wenn auch nicht besonders erfolgreichen, Versuchen des jungen Caesar, gegen die Korruption der konservativen Senatoren das junge demokratische Banner flattern zu lassen. Er stammte aus einer patrizischen Familie, die aber traditionelle Beziehungen zur Demokratie hatte. Die Witwe des Volksgenerals Marius war seine Tante, die Tochter des Aufrührers Cinna seine Frau. Spicer verriet deutlich eine gewisse Mißbilligung dieses ersten Auftretens Caesars, sie kam nur aus einer merkwürdigen Richtung.
»Aber er galt ziemlich frühzeitig als ein kommender Mann in der demokratischen Partei?« sagte ich beiläufig.
Spicer sah mich mit undurchdringlichem Ausdruck an.
»Ja«, sagte er dann trocken, »er galt als kommender Mann.

Er kam um Geld. Sie waren scharf auf Namen. Seine Familie gehörte zu den fünfzehn oder sechzehn ältesten Patrizierfamilien der Stadt.«
Ich beschloß, dem Gespräch wieder etwas Niveau zu geben.
»Sie können nicht leugnen, daß es für demokratische Gesinnung spricht, wenn er die Zumutung des Sulla, sich von seiner ersten Frau, der Cornelia, scheiden zu lassen, weil sie Cinnas Tochter war, strikt ablehnte. Wollen Sie sagen, daß es ihm auch damit nicht ernst war?«
»Warum sollte es ihm nicht ernst gewesen sein damit?« sagte der Alte geduldig. »Cinna hatte in Spanien ein hübsches Vermögen gemacht.«
»Das wurde eingezogen«, widersprach ich.
»Nicht dem C. Als das drohte, fuhr er damit und mit der Cornelia nach Asien.«
»Sie meinen also, diese Weigerung, sich von der Cornelia zu trennen, hatte nichts mit politischen Überzeugungen zu tun. Und Liebe kam wohl auch nicht in Betracht?«
Spicer betrachtete mich neugierig. Aber ich fuhr dennoch fort.
»Er konnte wohl auch gar nicht lieben, Ihrer Auffassung nach?«
»Warum sollte ich so etwas glauben?« sagte er ruhig. »Er liebte gerade damals. Einen syrischen Freigelassenen. Ich habe seinen Namen vergessen. Cornelia war, wenn man den Leuten glauben darf, ziemlich aufgebracht darüber. Es kam schon auf dem Schiff zu unangenehmen Auftritten, und der Syrier bestand darauf, daß C. sich scheiden lasse. Wie Sulla. C. gab aber auch ihm nicht nach. Er ließ, auch wenn Sie das enttäuschen sollte, sein Herz nicht über seinen Kopf bestimmen.«
Er sagte das alles in vollkommenem Ernst, sogar mit einer gewissen Vorsicht, die man den groben Sätzen nicht ansieht, wenn man sie nur liest, einer Art Rücksicht für mich. Er schien

in seiner Stimme zum Ausdruck bringen zu wollen, daß es mir durchaus freistehe, ihn weiter anzuhören oder nicht, das von ihm, laut Kontrakt, Gesagte zu verwerten oder nicht, daß er aber meinetwegen weder die Wahrheit umbiegen noch seine eigenen Meinungen ändern könne. Seine Meinung über C.s Fähigkeit, wirklich zu lieben, war allerdings erstaunlich bei einem Mann, der sechs Kinder gehabt hatte und bestimmt guter Familienvater gewesen war. Ich brach weitere Abwege ärgerlich ab und sagte nur:

»Und das Begräbnis, das er ihr und seiner Tante bereitete?«

»Das war politisch. Er ließ im Trauerzug die Wachsmasken des Marius und des Cinna tragen. Er bekam dafür 200 000 Sesterzien von der demokratischen Partei. Seine Familie, vor allem seine Mutter, von der ich Ihnen erzählt habe, eine sehr vernünftige Frau, verübelte ihm das noch lange. 200 000 Sesterzien, das war nicht mehr als man für zwei gute Köche zahlte. Aber die Klubs fanden die Bezahlung ausreichend, da keine Gefahr mit der Demonstration mehr verbunden war: der Prätor war damals schon ein Demokrat.«

Er zeigte mir noch einiges von seinem Gutsbetrieb, bevor ich wieder zum See hinunterging. Es waren hauptsächlich Weinberge und ein wenig Ölbau. Wir lenkten unsere Schritte zu den Sklavenställen, zwei sauber geweißneten Steinbaracken mit vielen schmalen hochgelegenen Fensteröffnungen.

Auf dem ordentlich gepflasterten Hof trieben zwei Esel eine Mühle unter der Aufsicht eines ungefesselten Sklaven. Ein anderer Sklave saß untätig auf einer kleinen Holzbank neben der Türöffnung. Er war ein ältlicher Mann und schien sehr unruhig. Sein Gesichtsausdruck war abwesend, und sein Kopf ging unaufhörlich herum, als lausche er.

»Er wird mittags abgeholt«, bemerkte Spicer. »Er kommt auf

den Markt hinunter. Er ist über Vierzig und abgenutzt.«
»Warum ist er so unruhig?« fragte ich.
Der Alte erkundigte sich bei dem Sklaven, der die Esel im Kreis trieb. Wir erfuhren, daß ihm die Mitteilung über seinen Verkauf überraschend gekommen sei. Man habe ihn vom Feld geholt und es ihm erst hier gesagt, so daß er sich nicht von den andern verabschieden konnte. Es bedrücke ihn jetzt, daß der Agent ihn holen könnte, bevor die andern vom Feld zur Mittagspause zurückkämen.
»Er mag Freunde unter ihnen haben«, sagte Spicer, »selbst Söhne. Sie wissen, man kann bei ihnen nie sagen, wer die Väter sind. Ich bin nicht gegen den Geschlechtsverkehr im Zwinger, ich unterstütze ihn sogar. Die Frauen werden nach dem dritten Kind freigelassen.«
Wir gingen langsam weiter. Zu dem Mann war die Frau des Aufsehers getreten und hatte ihm für die Reise einen Brotfladen und einen Salzfisch eingehändigt. Als ich mich noch einmal zurückwandte, sah ich, wie er, die Dinge unter den Arm nehmend, noch unruhiger als vorher nach den Feldern ausschaute.

»Er brauchte immer Geld. Er hat es auch einmal mit Sklavenhandel versucht«, sagte der Alte im Weitergehen. »Sie haben wohl gehört von der Geschichte mit den Seeräubern?«
Ich begriff, daß er wieder von »C.« sprach, und nickte erstaunt. Die köstliche Anekdote stand in allen Schulbüchern.
»Wären Sie bereit, zu wiederholen, was Sie davon wissen?« fragte er.
»Ich bin bereit«, sagte ich und wiederholte, was ich davon wußte. Ich gab meiner Stimme ein wenig von dem Tonfall, in dem ich Gelerntes vor meinem griechischen Lehrer aufzusagen pflegte, als ich die so berühmte Anekdote zitierte.

»Der junge Caesar wurde nahe der Insel Pharmakusa von Piraten gefangengesetzt. Sie unterhielten beträchtliche Flotten und bedeckten das Meer mit einer großen Menge von Fahrzeugen. Anfänglich verhöhnte er die Piraten, weil sie nicht mehr als 20 Talente Lösegeld forderten. Wußten sie nicht, wen sie gefangen hatten? Und er erbot sich freiwillig, ihnen 50 zu bezahlen. Und sofort schickte er einige Begleiter in verschiedene Städte, das Geld aufzubringen. Mit seinem Arzt, seinem Koch und zwei Kammerdienern blieb er gelassen bei den mordgierigen Kleinasiaten zurück. Er behandelte sie weiter so verächtlich, daß er ihnen, sooft er sich schlafen legte, befahl, Ruhe zu halten. 38 Tage verlebte er auf eine Art, daß die Schiffsbesatzung eher seine Leibwache zu sein schien, als er ihr Gefangener. Ohne die geringste Furcht trieb er mit ihnen Scherz und Spiel. Bisweilen setzte er sogar Gedichte und Reden auf und las sie ihnen vor; die sie nicht bewunderten, nannte er Dummköpfe und Barbaren, drohte ihnen auch oft unter Lachen, daß er sie noch aufhängen lassen wolle. Die Piraten amüsierten sich sehr über ihn und nahmen seine freien Reden als charmante Späße.
Aber sobald das Lösegeld aus Milet eingetroffen und er in Freiheit gesetzt war, bemannte er im Hafen von Milet einige Fahrzeuge mit Bewaffneten und lief gegen die Piraten aus. Er fand sie auch noch an der Insel vor Anker liegen und bekam die meisten in seine Gewalt. Ihre Reichtümer betrachtete er als eine rechtmäßige Beute, sie selbst aber lieferte er in das Gefängnis von Pergamos und begab sich dann zu Junius, dem Statthalter von Asien, um bei ihm die Bestrafung seiner Gefangenen zu erwirken. Da dieser aber sein ganzes Augenmerk auf das den Piraten Abgenommene richtete, welches freilich eine ansehnliche Summe ausmachte, und daher die unbestimmte Antwort gab, er hätte im Augenblick nicht die Zeit,

sich um die Gefangenen zu kümmern, ging Caesar, ohne sich weiter an ihn zu kehren, nach Pergamos zurück und ließ die Piraten sämtlich aus eigener Machtvollkommenheit ans Kreuz schlagen, wie er es ihnen auf der Insel so oft scherzhaft vorausgesagt hatte.«

Der Alte hatte fast bei jedem Satz genickt. Er trat mit seinem großen Fuß in die lockere Erde eines Rettichbeetes, um dasselbe seinen Leuten für irgendeinen Zweck anzumerken. Weitergehend sagte er: »So sieht fast alles in seinem Leben jetzt schon aus. Ich werde Ihnen sagen, was es war. Es war Sklavenhandel. Das kleine Geschäft fällt in die Zeit, wo C. das Begräbnis seiner ersten Frau und seiner Tante zu einer Demonstration für die Demokratie ausnützte, und unmittelbar nachdem er die Prozesse gegen die Übergriffe der Senatoren in den Provinzen angestrengt hatte. Es handelte sich um seine Fahrt nach Rhodos, wo er bei einem Griechen das Reden lernen wollte. Unser junger Anwalt liebte es, mehrere Dinge zugleich zu tun. Und, wie erwähnt, er brauchte Geld. Er nahm also eine Schiffsladung Sklaven mit, wenn ich mich erinnere, gelernte gallische Lederarbeiter, die man dort unten mit Gewinn abstoßen konnte. Es war natürlich Schmuggel.

Die großen kleinasiatischen Sklavenhändler hatten alte Verträge mit unseren Häfen sowohl als mit den griechischen und syrischen, die ihnen das Monopol auf die Sklaventransporte in beiden Richtungen sicherten. Der Sklavenhandel war ja ein gut organisierter, mit vielem, auch römischem Kapital versehener Geschäftszweig. Auf dem Sklavenmarkt in Delos wurden mitunter an einem einzigen Tag bis zu zehntausend Stück verkauft. Die Verbindungen der Sklavenhändler mit den Händlern der Hauptstadt waren eng und wohlgeordnet. Erst später, als die City einen eigenen Sklavenhandel auf die Beine stellte, kam es zu Reibereien mit dem kleinasiatischen

Exporttrust. Unsere Zollpächter veranstalteten unter dem Schutz der römischen Adler im tiefsten Frieden regelrechte Sklavenjagden in den kleinasiatischen Provinzen. Die kilikischen und syrischen Firmen wehrten sich, so gut sie konnten, gegen die Konkurrenz, die sie als unfair betrachteten. Der Kampf um das Sklavenmonopol führte bald zu einem ganz schönen Seekrieg. Hüben und drüben wurden Transportschiffe gekapert und Sklavenladungen beschlagnahmt. Die römischen Firmen schimpften die kleinasiatischen und die kleinasiatischen die römischen Piraten.

C. fuhr im Winter, wo man der Stürme wegen vor den kleinasiatischen Kaperschiffen sicherer war. Sie fingen ihn aber doch ab. Man nahm ihm seine Ladung weg und setzte ihn in Gewahrsam. Wie Sie aus den Geschichtsbüchern wissen, wurde er äußerst glimpflich behandelt. Man ließ ihm seinen Arzt und seine Kammerdiener und hörte sich sogar geduldig seine Gedichte an. Die guten Kleinasier ließen sich auch diese Brutalität gefallen und blieben höflich*. Er sollte nur die Schadenersatzsumme bezahlen, die nach der Größe der geschmuggelten Ladung berechnet wurde. Es waren 20 Talente.

Das Weitere, was ich Ihnen jetzt erzähle, habe ich von dem Prokonsul Junius, der damals unten amtierte und den ich als alten Mann kennenlernte. Er untersuchte die Angelegenheit, weil ein großer Skandal entstand.

C. wandte sich zunächst durch Boten an die kleinasiatischen Städte um das Geld. Er verbarg, daß es sich um einen Schaden-

* Ich weiß nicht, was ich von Spicers Beschreibung der Piraten als gutbürgerlichen Kaufleuten halten soll, aber bei alten Schriftstellern ist es immerhin bezeugt, daß sie in zivilisierten Verhältnissen lebten. Sie sollen eine ausgezeichnete Literatur gehabt haben. Ich zitiere: »Niemals vor- oder nachher erschallten an den Küsten des Mittelmeeres so süße Gesänge, niemals fanden unter seinem Himmel so tiefsinnige und gewählte Gespräche statt als in jener Blütezeit der Sklaverei.«

ersatz für Sklavenhandel handelte, und behauptete, es sei von Piraten erpreßtes Lösegeld. Und er forderte nicht 20 Talente, sondern 50. Sie wurden aufgebracht. Er zahlte sie niemals zurück. Freigelassen, reiste er nach Milet, bemannte ein paar Schiffe mit Fechtersklaven und nahm den Kleinasiern das ›Lösegeld‹ sowie seine Sklavenladung wieder ab. Außerdem verschleppte er nicht nur die Mannschaft des kleinasiatischen Kaperschiffes, sondern auch einige Sklavenhändler, die es ausgeschickt hatten, sowie alle Sklavenvorräte, die er bei ihnen vorfand, nach Pergamos. Von Junius darüber zur Rede gestellt, verlangte er, daß die Kleinasier samt und sonders als Piraten behandelt würden, und als Junius ihm das verweigerte und sich allzu eindringlich nach den näheren Umständen des Falles erkundigte, reiste er bei Nacht und Nebel nach Pergamos ab und ließ die Kleinasiaten mit gefälschten Orders ans Kreuz hängen, damit sie nichts gegen ihn aussagen konnten.

C. geriet übrigens bei den Geschichtsschreibern dadurch, daß er die schrecklichen ›Piraten‹ übers Ohr haute, indem er ihnen im Scherz die Kreuzigung androhte und sie dann im Ernst kreuzigte, in den Geruch des Humors; ganz unberechtigt. Er hatte nicht für einen Aß Humor. Er hatte aber Unternehmungsgeist.«

»Ich verstehe nicht, daß er die Macht zu alledem hatte, schon damals«, sagte ich.

»Er hatte nicht mehr Macht, als jeder junge Laffe aus einer senatorischen Familie hatte. Sie machten, was sie wollten.«

Wir mußten zur Seite treten. Hinter uns den Weg herab kam ein Ochsenwagen geholpert. Der ältliche Sklave saß auf ihm, eine kleine Kiste neben sich. Er wurde auf den Markt gebracht.

Er winkte einer Rotte von Sklaven zu, die seitlich im Wein-

berg arbeiteten. Sie erwiderten sein Winken, schrien ihm aber nichts zu, wohl weil sie ihren Patron sahen.
Der Scheidende suchte mit seinen Blicken gierig die Rotte ab. Die oder den er suchte, schien nicht unter ihnen zu sein.
»Sie dürfen nicht aus dem Auge verlieren«, fuhr Spicer fort, »daß C. hier Kaufleute aufhängen ließ, wenn Sie ermessen wollen, welche Schwierigkeiten dem Junius daraus erwuchsen. Es war damals noch nicht so, daß man die kleinasiatischen Firmen offiziell Piraten nennen konnte. Sie heißen jetzt so in den Geschichtsbüchern. Da sie von uns geschrieben sind, konnten wir natürlich unsere Anschauung der Dinge zur Geltung bringen.
Schon damals war aber in Rom mit einem Haufen Geld eine moralische Kampagne gegen die Kleinasiaten gestartet worden; man behauptete, sie verschafften sich ihre Ware auf unrechtmäßige Weise, ja man ging so weit, daß man ihnen unmenschliche Behandlung der Ware vorwarf. Dabei ist es klar, daß die Ware, die von den Statthaltern in Feldzügen erbeutet wurde, viel mehr auf dem Transport litt: dem Militär war es gleichgültig, wieviele Stück ankamen. Die Händler dagegen verloren mit jedem Mann Geld und sorgten daher für sanitäre Verfrachtung. Aber erst Jahre nach dem kleinen Vorfall, von dem wir sprechen, erreichten es die römischen Firmen, daß ihre Sache zur Sache Roms gemacht wurde. Sie halfen der Stimmung auf dem Forum etwas nach, indem sie gelegentlich einige römische Getreideschiffe durch irgendwelche griechischen Freibeuter kapern ließen. Dann erst konnten sie nach Staatshilfe schreien und die Anwendung des Piratengesetzes verlangen. Die römische Kriegsflotte bekam die City aber für ihren Konkurrenzkampf mit den Kleinasiaten nicht ohne Kämpfe. Auch dabei spielte übrigens C. eine Rolle, wenn auch eine bescheidene.

Als der Volkstribun Gabinius im Jahre 87 im Auftrag der City vom Senat forderte, man solle dem Pompejus zur Bekämpfung der ›Piraten‹ die römische Kriegsflotte übertragen, wurde er von den hochwohlgeborenen Herren Gutsbesitzern beinahe gelyncht. Sie hatten langfristige Verträge mit den Kleinasiaten und konnten keine Unterbrechung oder Verminderung des Sklavenimports dulden; ihre Riesengüter waren ohne Sklaven nicht zu bewirtschaften. Sie hatten keine Lust, der City das Monopol für die Sklavenimporte zu geben. Sie fürchteten die Monopolpreise.

Die City appellierte an das Volk. Die demokratischen Klubs traten in Aktion. Ohne ein wenig Demagogie ging es natürlich nicht. Zum Volk muß man volkstümlich sprechen. Man betonte (auch C. war unter den Rednern) die billigen Sklavenpreise der kleinasiatischen Firmen, durch welche die römischen Handwerker außer Brot gesetzt wurden.

Bei den kleinen Landwirten war die Erbitterung über den Widerstand des Senats ganz allgemein. Die Verwendung von Sklaven durch die großen Güter drückte entsetzlich auf die kleinen Bauernwirtschaften. Sie hofften, zugleich mit den kleinasiatischen Sklavenhändlern, den Sklavenhandel überhaupt abwürgen zu können. In Etrurien mußte der Senat Militär gegen tobende Bauern einsetzen.

Auch das städtische Proletariat litt darunter, daß die Unternehmer mit billiger Sklavenarbeit die Handwerkerlöhne ruinierten. Dennoch gab hier den Ausschlag, daß die jungen, kapitalstarken Sklavenimportfirmen eine kleine Steigerung der Kornpreise herbeiführten und aussprengten, die Piraten verhinderten die Korneinfuhr. Und, natürlich, wurden allerhand Gelder ausgeschüttet. Vor dem Pompejus gingen immer, wie vor anderen Liktoren, Leute mit geschlossenen Kuverts einher. So lachte das Volk in der Volksversammlung nur, als der alte Catulus vom Senat nach einer blumigen Aufzählung der Verdienste des Pompejus es beschwor, einen solchen Mann nicht den Gefahren eines Krieges auszusetzen, und als er verzweifelt ausrief: ›Wen habt ihr noch, wenn ihr diesen verliert?‹, schrien sie grinsend: ›Dich!‹ Und als ein anderer Redner sie warnte, einem einzigen Mann eine solche Macht auszuhändigen, vollführten sie ein solches Geschrei, daß ein Rabe, der über den Markt hinflog, davon betäubt in die Versammlung herabfiel. Er war wohl unterwegs, sein Teil von den öffentlichen Geldern zu holen. Der ganze Rummel hätte aber doch nichts genützt, wenn man nicht auch noch einem Dutzend Senatoren einen Haufen Anteilscheine an den Sklavenimportfirmen in die Hand gedrückt hätte. Erst jetzt wurde die Sache zu einer nationalen Sache, und Pompejus bekam für die City die Kriegsflotte.

Der Kornpreis fiel auf die Hälfte, in drei Monaten war das Meer von der kleinasiatischen Konkurrenz gesäubert, und sofort darauf bekam Pompejus, sozusagen durch einen bloßen Zusatzantrag, den Oberbefehl in Asien. *Er holte die Sklaven.*

Sie verstehen, der kleine Mann stimmte zweimal hintereinander für den gleichen Mann. Der tat aber nicht zweimal das gleiche. Sein Seekrieg konnte als Schlag gegen den Sklavenhandel gelten, aber sein Landkrieg bedeutete Sklavenhandel auf größter Skala. Ein halbes Jahr später war der Sklavenmarkt in Rom geradezu überschwemmt, diesmal durch römische Firmen. Cicero hielt damals übrigens seine Jungfernrede. Er sprach für die Zuerteilung des Oberbefehls an Pompejus. Woher er das Honorar bekam, können Sie sich ausrechnen.«

Wir gingen eine Zeitlang schweigend weiter.

Ich muß sagen, daß die schamlose Art, in der der Alte diese Manöver schilderte, mich nicht wenig anwiderte.

Er schien meine Gedanken zu erraten. Die notorische Begabung des Bankiers, in den Seelen der Menschen zu lesen, war bei ihm im höchsten Maße entwickelt. Er sagte trocken:
»Sie sind betroffen, daß ich derlei billige. Ich will Ihnen sagen, warum. Ich billige die Art, wie wir uns unsere Sklaven verschaffen, weil wir Sklaven brauchen.«
Ich antwortete ihm nicht. Seine Ansichten über unsere City mit ihrem Sklavenhandel, die ihn so viel mehr zu interessieren schien als Caius Julius Caesar, ließen mich völlig kalt.
Wir kamen, jetzt zum See hinabsteigend, an einer Rotte von Sklaven vorüber, die, mit schweren Ketten aneinander gefesselt, an Weinstöcken arbeiteten.
»Hindern die Ketten sie nicht bei der Arbeit?« fragte ich.
»Nein«, lautete seine Antwort. »Nicht im Weinberg. Es sind frühere Verbrecher. Die Arbeit im Weinberg verlangt mehr Verstand als das Pflügen. Diese Sorte ist da am besten. Sie ist geistig geweckter als die andern und dabei billig.«
Bevor ich mich von ihm verabschiedete, zeigte er mir noch junge Kirschbäume, eine neue Obstsorte, die er sich hatte schicken lassen. Einige Stämmchen standen schon eingepflanzt, andere lagen noch auf der frisch gehackten Erde, in Strohhüllen eingepackt.
»Ich versuche hier alles Neue«, sagte er. »Ich hole nicht mehr als 12 Prozent heraus. Columela gibt 17 Prozent an, aber er vergißt in seiner Veranschlagung die Kosten für Instandhaltung der Reben, Pfähle und Sklaven.«
Ich hatte den Eindruck, daß er das übrigens nicht zu große Gut nicht eigentlich zum Erwerb, mehr zu seinem Spaß betrieb. Allerdings mochte er auch den Gedanken nicht ertragen, daß sich Kapital nicht verzinste.
Es war jedenfalls ein Mustergut.

Als ich in meine kleine Villa zurückkehrte, fand ich in der Küche meinen Sempronius im Gespräch mit einem kurzen, breiten Mann mit mächtigem Kopf in fast zerlumpter Kleidung. Bei meinem Eintritt verabschiedete er sich mit knappem Gruß.

Ich erfuhr, daß er uns Brennholz gebracht hatte.

Sempronius, der wie gewöhnlich in ein paar Stunden alles über die Nachbarschaft erkundigt hatte, was es zu erkundigen gab, berichtete mir schwatzend, er habe den Mann, der am anderen Abhang des Hügels einige Hufe Oliven pflanze, als Lieferant ausgesucht, weil er ein früherer Legionär Caesars sei.

Ich war sehr erfreut über diese Entdeckung und beschloß, ihn auszuhorchen. Dies schien mir eine gute Gelegenheit, mich von der einigermaßen gedrückten Stimmung zu befreien, die mich während der Erzählung des alten Mannes befallen hatte.

Es war erstaunlich, wie wenig ich von Mummlius Spicer, der ihn so viel Jahre gekannt hatte und während des ganzen gallischen Feldzuges sogar sein finanzieller Sachberater gewesen war, über den wirklichen Caesar erfahren hatte. Ich war überzeugt, daß dieser einfache Legionär, einer der alten wackeren Kämpen, deren abgöttische Verehrung für den großen Feldherrn aus unzähligen rührenden Zügen in den Monographien spricht, mir mehr sagen würde.

Nachdem ich mich ein wenig erfrischt hatte, machten wir uns auf den Weg.

In dem einzigen Raum der sehr baufälligen Hütte saß der ehemalige Legionär Caesars mit seinem Sklaven am Steinherd. Die ungekalkten Mauern aus großen, unebenen Steinbrocken hatte der Rauch vom Herd geschwärzt. In einer Ecke hing ein riesiges Garnnetz. Wahrscheinlich fischte er auch mitunter ein wenig im See unten.

Der Mann nickte uns stumm zu, als wir eintraten. Er war eben beim Abendessen. Während der Sklave uns eine alte Holzbank herbeiholte, die vor dem Haus stand, fuhr sein Herr fort, mit einem Blechlöffel aus einer Pfanne Brotstücke zu verspeisen. Der Sklave, ein ältlicher Bursche mit wäßrig rotem Haar, setzte sich wieder zu ihm und löffelte auch seinerseits. Sempronius knüpfte die Unterhaltung mit der Frage an, wo man Krammetsvögel bekommen könne.

Er bekam Auskunft und leitete nun zu dem Buch über, das ich, sein Herr, über den großen Caius Julius schreiben wolle. Der Kurze wandte für einen Augenblick seinen dicken Kopf mit den zottligen grauen Haaren nach mir und warf mir einen schnellen Blick zu, sagte aber nichts. Erst als er mit den Fingern einen Brotbrocken in der geleerten Pfanne herumgeführt hatte, um die Reste der fädenziehenden Käsespeise vollends aufzutunken, sagte er langsam:

»Ich habe ihn nur zweimal in zehn Jahren gesehen.«

Während der Rothaarige mit schußligen Bewegungen Pfanne und Löffel wegnahm, nach hinten brachte und anfing, das Geschirr in einem Eimer zu säubern, setzte sein Herr sich auf dem Holzschemel so weit zurück, daß er an der Mauer lehnte, und sah, die unglaublich breite Brust vorgestreckt, blinzelnd von mir zu Sempronius.

»Was wollen Sie wissen von ihm?« fragte er nicht besonders freundlich.

»Waren Sie in Gallien mit?« fragte ich zurück.

»Ja, Herr«, sagte er, »wir waren mit. Drei Legionen, Herr.«

Ich war ein wenig irritiert, so daß meine nächste Frage ziemlich banal ausfiel.

»Sahen Sie ihn aus der Nähe?«

»500 Schritt das eine Mal, 1000 Schritt das andre Mal«, war

die Antwort. »Das eine Mal, wenn Sie's genau wissen wollen, bei einer Musterung in Lucus, was vier Stunden nachexerzieren bedeutete. Das andre Mal beim Einschiffen nach Britannien.«

»Er war sehr beliebt?« fragte ich.

Er schwieg eine ganze Weile, mich beinahe unsicher anblickend. Dann sagte er:

»Er galt als fix.«

»Aber der einfache Mann hatte Vertrauen zu ihm?«

»Die Verpflegung war nicht schlecht. Darauf soll er geachtet haben, hieß es.«

»Machten Sie den Bürgerkrieg mit?«

»Jawohl. Auf Seite des Pompejus.«

»Wie das?«

»Ich gehörte zu der Legion, die er sich von Pompejus ausgepumpt hatte. Er gab sie zurück, bevor der Bürgerkrieg losbrach.«

»Ach so«, sagte ich.

»Pech«, sagte er. »Ich kam um meine Abfindung. Und er zahlte sehr anständige Abfindungen. Aber ich konnte nicht wählen.«

Ich überlegte. Wie konnte ich aus ihm etwas herausbekommen. Ich versuchte etwas anderes.

»Warum wurden Sie Soldat?«

»Lang her, Herr.«

»Wissen Sie's nicht mehr?«

Er lachte. Sein gewölbter Brustkasten gab dem Lachen des kurzen Mannes etwas Mächtiges. Es war jedoch kein böses Lachen, ich lachte mit.

»Sie sind ein Hartnäckiger«, sagte er dann. »Ich ging zum Militär, weil ich ausgehoben wurde. Ich bin in der Gegend von Setia zu Hause, wenn Ihnen das etwas sagt. Latiner.

Wenn ich nicht römischer Bürger gewesen wäre, hätten sie mich nicht ausheben können.«
»Wären Sie lieber in Ihrem Heimatort geblieben?«
»Das nicht. Wir waren schon vier Jungens. Das war zuviel für die paar Hufen Acker. Und verdingen auf eines der größeren Güter konnten wir uns auch nicht, denn die nahmen lieber Freigelassene, die eben nicht ausgehoben werden konnten, und im übrigen hatten sie ihre Sklaven.«
»Sind Ihre Brüder noch auf dem Hof?«
Der Kurze zuckte die Achseln.
»Wie soll ich das wissen? Kaum anzunehmen, Herr. Bei den Kornpreisen. Sie haben doch das sizilische Korn in Italien. Das ist soviel billiger. Sogar das Heer wurde nur mit sizilischem Korn gefüttert, schon zu meiner Zeit.«
»Und Sie selbst sahen sich erst jetzt wieder nach Land um?«
»Ja. In meinen Jahren ist man nicht mehr Soldat. Ja, die Landfrage war nicht gelöst, und sie wird nie gelöst werden. Unmöglich.«
»Sehr groß ist Ihr Betrieb ja jetzt auch nicht, wie?«
»Bißchen Oliven. Aber wir Kleinen können ja nicht mit. Dazu brauchte man Sklaven.«
Er sah nach dem Rothaarigen, der mit dem Eimer hinausging. Er konnte jedoch das Folgende noch hören. Der ehemalige Legionär sagte: »Das ist ein Rätier. Er ist nicht mehr viel wert, kaum das Futter.«
Die Unterhaltung versandete. Es wurde auch dunkel.
»Haben Sie etwas von den demokratischen Klubs gehört in Ihrer Jugend?« fragte ich plötzlich.
»Ich glaube«, sagte er. »Als ich in der Hauptstadt war. Ich habe einmal mitgewählt. Aber ob es der demokratische Prätor war, weiß ich nicht mehr. Ich bekam 50 Sesterzien. Viel Geld.«

»Ich denke, die Demokraten waren dafür, daß die Landfrage geregelt wurde?« versuchte ich.
»So?« fragte er. Dann dachte er nach. Und sagte noch:
»Waren die nicht dafür, daß Kornspenden ausgeworfen wurden für die Arbeitslosen?«
»Auch«, sagte ich.
»Aber das hat doch gerade den Kornpreis kaputtgemacht.«
»Aber wenn man in der Stadt war, wie Sie damals, war es doch recht gut, wenn man billiges Brot kriegte?« fragte ich erstaunt.
»Ja, in der Stadt war es notwendig«, entgegnete er. »Da war man ja arbeitslos.«
»Nur für Ihre Leute in Latium, meinen Sie, war es schlecht, da machte der niedere Kornpreis alles kaputt?«
»Ja, das und die vielen Sklaven. Die holten ja nun wir. In Gallien und so weiter. Schwierig, wie? Politik.«
Ich stand auf, da ich noch zu Mummlius Spicer wollte.
»Wie sah Caesar denn aus?«
Er überlegte und sagte unbestimmt: »Verlebt.«

Ich ging recht gedankenvoll weg. Die menschliche Unfähigkeit, Größe da zu sehen, wo sie ist, schien mir lästiger denn je.

Spicer hatte Besuch bekommen. Der Jurist und mir bekannte Verfasser mehrerer staatsrechtlicher Bücher Afranius Carbo aus der Hauptstadt konsultierte auf der Durchreise nach dem fernen Belgien, wo er im Auftrag eines Trusts die Bedingungen für den Export nervischer Tuchmäntel und menapischer Schinken studieren sollte, den alten Bankier und Kenner Galliens.
Der große Jurist, ein etwa fünfzigjähriger, schwerer Mann mit Hängebacken und verschwommenen Augen begrüßte mich jovial als jüngeren Kollegen.

»Ein schönes Thema, das Sie sich da gewählt haben«, sagte er laut, kaum, daß ich mich gesetzt hatte. »Ein ausgezeichnetes, ein heroisches Thema, wenn richtig angepackt. Und Sie sitzen an der richtigen Quelle.«
Ich gestehe, es schmeichelte mir, daß der zweifellos bedeutende Mann an meinem literarischen Plan, den ihm Spicer wohl auseinandergesetzt hatte, Gefallen zu haben schien. Von ihm durfte ich mir, wie schon seine ersten Sätze bewiesen, endlich ein auf das Große und Ideelle gerichtetes Interesse erwarten. Er schien geneigt, sich mit mir über mein Thema, das er mit Recht ein heroisches nannte, zu unterhalten.
Er war aufgestanden, wie um seinen Gefühlen Luft zu machen, und ging mit kurzen, stampfenden Schritten zwischen Wand und Tisch hin und her. »Und ich höre, daß Sie von der richtigen Seite herangehen an Ihr Thema. *Der Gedanke des Imperiums! Die Demokratie! Die Ideen des Fortschritts!* Endlich ein auf wissenschaftlicher Grundlage geschriebenes Buch, das der kleine Mann lesen kann *und* der Mann der City. Sein Sieg, ihr Sieg! Fakten!«
Bei dem letzten Wort beugte er sich über den Tisch und schlug mit der flachen Hand heftig auf die Platte. Dann nahm er seinen Marsch wieder auf.
»Daß wir ein solches Buch nicht schon lange haben, daß wir unsere Geschichte, eine Geschichte, so heroisch wie irgendeine, nicht geschrieben haben, ein schweres Versäumnis! Ich muß sagen, ein typisches Versäumnis! Mangel an historischem Sinn. Die alte, verhängnisvolle Gleichgültigkeit gegenüber der eigenen Geschichte. Man überläßt der Gegenseite die großen Gesichtspunkte, man rühmt sich seiner Nüchternheit, wendet sich seinen Geschäften zu, ohne zu berücksichtigen, daß man damit der Gegenseite die Jugend überläßt. Wir verstanden wohl, unsere syrischen Salben, ägyptischen Leinwände, sam-

nitischen Weine ins rechte Licht zu setzen, aber wir haben es nie verstanden, den Handel selbst, seine Ideale ins rechte Licht zu setzen. Die großen, demokratischen Ideale!«

Afranius Carbo blieb wieder einen Augenblick am Tisch stehen, um einen Schluck Rotweins zu sich zu nehmen. Er schmeckte ihn kennerisch mit der Zunge.

Ein leichtes Gefühl der Enttäuschung hatte sich meiner bemächtigt. Sein Gesichtspunkt kam mir anfechtbar vor. Auch störte mich das Benehmen unseres Gastgebers. Spicer saß bequem zurückgelehnt, die massive Kinnlade auf die Brust gestützt, ab und zu nach einer Feige greifend. Dazwischen fuhr er mit der Hand in seinen Mund und holte einen Kern aus seinen gelben Zähnen. Meine Aufmerksamkeit teilte sich so zwischen diesem Vorgang und der Rede des Juristen.

»Die Katapulte des Scipio Africanus stehen ruhmbedeckt in unsern Zeughäusern«, fuhr er fort. »Aber wo sind die Planwägen unserer ersten Kaufleute? Sind sie nicht sehenswert? Ist es eine geringere Kunst, mit dem Schreibstift die Welt zu erobern als mit dem Schwert? Freilich, man hängt keinen Schreibstift in die Ruhmeshallen! Warum, frage ich. Was gibt dem Schwert den Vorrang? Sie können bei jedem Metzger ein Schwert in Gebrauch sehen, es hat nichts besonders Ehrwürdiges an sich. Warum sollen Ahnenbücher eher aufgehoben werden als Rechnungsbücher? Es ist eine verrottete Gewohnheit von euch jungen Leuten, zu lachen, wenn von den Idealen die Rede ist, die der Handel in die Welt gebracht hat. Ihr imitiert nur das Naserümpfen einiger hochgeborener Tagediebe. Sieht man das Heroische nur im Krieg? Wenn ja, ist Handel kein Krieg? Wörter wie ›friedlicher Handel‹ mögen strebsame junge Kaufleute begeistern. Sie haben keinen Platz in der Geschichte. Der Handel ist nie friedlich. Grenzen, welche die Waren nicht überschreiten können, werden von den Heeren überschritten. Zum Handwerkszeug des Wollspinners gehört nicht nur der Webstuhl, sondern auch das Katapult. Und darüber hinaus hat der Handel noch seinen eigenen Krieg. Einen unblutigen Krieg, ja, aber nichtsdestoweniger einen tödlichen, meine ich. Dieser unblutige Krieg tobt in jeder Ladenstraße während der Geschäftszeit. Jede Handvoll Wolle, die unten an der Straße verkauft wird, löst einen Schmerzensschrei oben an der Straße aus. Der Zimmermann deckt das Dach deines Hauses, aber seine Rechnung gibt dich den Unbilden der Witterung preis. Der Hunger nach Brot tötet die es haben und die es nicht haben. Und nicht nur der Hunger nach Brot tötet, sondern auch der Appetit auf Austern.«

Der große Mann war am Ende seines Marsches angelangt. Er stand mit dem Rücken zur Wand, die Beine kriegerisch gespreizt.

»Trotzdem ist es richtig, zu sagen«, sagte er etwas ruhiger, »daß der Handel einen gewissen humanen Zug in die menschlichen Beziehungen brachte. Es muß im Gehirn des Händlers gewesen sein, daß der erste friedliche Gedanke auftauchte, die Idee von der Nützlichkeit eines milden Vorgehens. Sie verstehen, die Idee, daß man sich eben auf unblutigem Wege größere Vorteile verschaffen könnte als auf blutigem. In der Tat ist eine Verurteilung zum Hungertod etwas Milderes als die Verurteilung zum Tod durch das Schwert. Wie auch das Los einer Milchkuh ein freundlicheres ist als das eines Mastschweins. Ein Händler muß auf den Gedanken gekommen sein, daß man aus einem Menschen mehr herausholen kann als nur die Gedärme. Aber vergessen Sie nie dabei: ›leben und leben lassen‹, die große humane Parole, das heißt doch wohl ›leben‹ für den Milchtrinker und ›leben lassen‹ für die Kuh. Und wenn Sie die Geschichte betrachten, zu was für einem Ergebnis gelangen Sie? Wenn Ideale nur ernst genommen werden können, falls für sie Blut geflossen ist, so müssen die unsrigen, die der Demokratie, sehr ernst genommen werden. Es floß viel Blut für sie. Tiberius Gracchus wurde für sie von den Senatorensöhnen erschlagen mit Stuhlbeinen, dreihundert der Unsrigen mit ihm. Keiner zeigte tot die Spuren von Eisenwaffen. Ihre Leichen schmiß man in den Tiber. Eine ganze kleinasiatische Provinz hatte der senatorische Feldherr Manius Aquillius den Königen von Pontos und Bythinien zum Kauf angeboten. Der von Pontos bot mehr, und der Senat bestätigte den Verkauf. ›Es gibt drei Richtungen im Senat‹, sagte Gracchus. ›Die erste ist für den Verkauf. Sie ist vom König von Pontos bestochen. Die zweite ist gegen den Verkauf. Sie ist vom König von Bythinien bestochen. Die dritte schweigt. Sie ist von beiden Königen bestochen.‹

Der Senat antwortete ihm mit den Stuhlbeinen. Das war 620, vor mehr als einem Jahrhundert also. Dreizehn Jahre später bestand Gajus Gracchus darauf, daß aus den spanischen Provinzen requiriertes Getreide bezahlt wurde, Bauern als Kolonisatoren nach dem eroberten Afrika geschickt wurden, die Italier in den Bürgerverband aufgenommen, den Provinzen Steuern statt Tribute auferlegt, die Staatseinkünfte von Geschäftsleuten kontrolliert wurden, und eine Rotte von Senatoren machte Jagd auf ihn, den Abhang zum Tiberufer hinunter. Er verstauchte sich den Fuß, ließ sich von seinem Sklaven in einer Anlage in der Vorstadt erstechen, um nicht in ihre Hände zu fallen. Sein Kopf wurde abgeschnitten und einem Senator bezahlt. 21 Jahre vergingen, in ihnen schlug der italische Bauer und der römische Handwerker die Sklavenbanden Siziliens, die numidischen Heere des Jugurtha, die Cimbern und Teutonen, und an einem Dezembertag 654 trieb man die Demokraten auf dem Markt zusammen, dann aufs Kapitol hinauf, wo man ihnen das Wasser absperrte, so daß

sie sich ergeben mußten. Sie wurden ins Stadthaus gepfercht, die vornehme Jugend kletterte aufs Dach, deckte die Ziegel ab und zerschmetterte mit diesen den Gefangenen die Köpfe. Dann eroberte der italische Bauer und der römische Handwerker halb Asien und Ägypten dazu, und es wurde Zeit für einen neuen Aderlaß. Sulla nahm ihn vor, und diesmal war die Arbeit gründlich. 4000 der Unsrigen, gering gerechnet, das heißt nur die Wohlhabenden gerechnet, nur die der City angehörten. Ich spreche nicht von solchen Metzgereien wie der nach der Schlacht am Collinischen Tor, wo dreitausend Gefangene in das städtische Meierhaus auf dem Marsfeld geführt und bis auf den letzten Mann niedergehauen wurden; so, daß man in dem nahen Tempel der Bellona, wo Sulla eben eine Senatssitzung abhielt, deutlich das Klirren der Waffen und das Stöhnen der Sterbenden vernehmen konnte. Und die Sache war nicht zu Ende, weder der Aufruhr noch das Abwürgen des Aufruhrs. Noch knappe acht Jahre vor der Zeit des Catilina-Aufstands wurde der demokratische Feldherr Sertorius von Senatoren beim Essen niedergemacht. Zwei hielten ihm die Arme, und einer stieß ihm das Schwert durch den Hals.
Das war alles vorbei, aber nichts davon war vergessen, als Caius Julius die demokratischen Fahnen wieder erhob. Jeder Pflasterstein Roms war mit dem Blut des Volkes getränkt. Mein Vater zeigte mir noch den Ort, wo sie den Gajus Gracchus erjagt hatten. Zwei verkrüppelte Zypressen standen dort, ich sehe sie noch vor mir.«
Die geschulte Stimme des Advokaten hatte einen nicht unangenehmen, fast menschlichen Klang angenommen. Aber eine Bewegung seiner mit dem Ritterring geschmückten Hand, mit der er die Augen beschattete, verdarb wieder alles. Ich wußte nicht, was ich dringender wünschte: daß er seinen letzten Satz oder daß Spicer seinen letzten Feigenkern fände.

Aber Afranius Carbo fuhr fort:
»Wir haben vergessen, daß wir Plebejer sind. Sie sind es, Spicer ist es, und ich bin es. Sagen Sie nicht, daß das heute nichts mehr ausmacht. Gerade das ist es, was erreicht wurde: daß das heute nichts mehr ausmacht. Das ist eben Caesar. Was sind dagegen ein paar Schlachten im alten Stil, ein paar wacklige Verträge mit ein paar Häuptlingen eingeborener Stämme, die er auch noch gemacht hat!
Die City war eine Schöpfung der Gracchen. Sie waren es, die dem Handel die Steuer- und Zollpachten der beiden Asien aushändigten. Die Ideen der Gracchen waren es, die Caius Julius aufnahm. Die Frucht war: das Imperium.«
Ich war beinahe versucht, laut hinzuzusetzen: und ich, Afranius Carbo. Für diese beiden Herren war mein Buch schon geschrieben. Als der große Jurist sich mit der Entschuldigung verabschiedete, daß die Strapazen der Reise ihn stark ermüdet hätten, hatte ich noch kaum ein Wort gesprochen. Spicer bedeutete mir, ich möge noch etwas bleiben.
Ich folgte ihm schweigend in die Bibliothek. Er bestand darauf, daß ich mit einer seiner bauchigen, strohumsponnenen Flaschen roten Landweins versehen wurde, und versorgte sich selber mit einem neuen Teller seiner geliebten Feigen. Dann begann er:
»Bevor ich Ihnen heute abend die besagten Manuskripte zur Lektüre überlasse, habe ich Sie, unserer Verabredung gemäß, noch über die Lage ins Bild zu setzen, in der sich C. befand, als die Aufzeichnungen begonnen wurden. Sie betreffen zunächst den Beginn des Jahres 91, als eben die große Catilina-Affäre ins Rollen kam.
Ich habe es da nicht ungern gesehen, daß unser Freund Ihnen eine kurze Darstellung der demokratischen Ideen gab, die ich Ihnen kaum hätte geben können. Ich war mehr praktisch tätig.

Sie wissen von meinem Beruf. Jedoch war es, als C. in diesen Jahren durch eine Verknüpfung der Umstände, die Sie aus den Aufzeichnungen seines Sekretärs ersehen können, in die große Politik kam, die demokratische Partei, mit der er liiert war.«

»Nicht sehr ruhmvoll«, konnte ich mich nicht enthalten dazwischenzuwerfen. Ich war langsam in eine gereizte Stimmung geraten. Die bisherigen Erzählungen des alten Mannes, der Ton, den er meinem Idol gegenüber anschlug, hatten mich mehr verstimmt, als ich sagen kann. Es war undenkbar, daß er dies nicht bemerkt haben sollte. Er hatte sich dennoch nicht im geringsten darum gekümmert. Zu guter Letzt hatte er mir noch eine endlose Vorlesung über die Metzeleien des Senats und die anrüchigen Ideale des Handels halten lassen. Das wenige, was er über den Gründer des Imperiums, einen der größten Männer der Weltgeschichte, vorgebracht hatte, sollte ihn ganz augenscheinlich als besonders verkommenen Sprößling einer alten Familie zeigen.

Meine Geduld war zu Ende. Wenn es mir nicht darum zu tun gewesen wäre, die unschätzbaren Papiere an mich zu bringen, wäre ich schon lange aufgestanden. Ich wollte nur noch auf sie warten, dann mit ihnen weggehen und endlich etwas über den wahren Caesar erfahren.

Aber der alte Mann war hartnäckig, wie man es sein muß, um einen Weingarten um die Hälfte seines Wertes einzuhandeln. Er war noch immer nicht fertig.

Er schob den Teller mit den Feigen weg (auch sein Gebiß schien, wie ich mit einiger Erleichterung wahrnahm, gesäubert) und sagte gemächlich:

»Ruhmvoll oder ruhmlos, jedenfalls war C. auch Demokrat. Verstehen Sie das richtig: er ließ sich, wenn es ihm um Ämter zu tun war, von den demokratischen Klubs aufstellen. Sie

unterstützten ihn, weil es einige Traditionen gab, welche Mitglieder seiner Familie mit der Partei verknüpften. Die City steckte einiges gutes Geld in seine Kandidaturen, nach 91 finanzierte sie ihm die Wahl zum Oberpriester; aber man war nicht gerade von ihm begeistert.
Man verwendete ihn, wenn man ihn brauchen konnte, und schickte ihm dann ein Kuvert mit einem Scheck. Wenn man ihn irgend umgehen konnte, machte man einen Bogen um ihn. Man hatte so ziemlich den Eindruck, daß man bei ihm aufs falsche Pferd gesetzt hatte. Man belästigte ihn nicht mit der großen Politik. Und er wiederum kümmerte sich zunächst weder um die beiden Asien noch um Catilina.
Ich erinnere mich noch genau der wahrhaftig nicht politischen Unterredungen, die ich damals beinahe täglich mit ihm zu führen hatte. Er sah seinen Gerichtsvollzieher häufiger als irgendeinen andern Menschen. Er hatte zwei der kurulischen Ämter hinter sich, das Ädilat und die Quästur, und steckte bis über die Ohren in Schulden. Die Ämter hatten mit Politik nicht das geringste zu tun. Die saßen die Herrn ab, um, nach der Prätur, endlich eine Provinz zu bekommen. Die Provinz, das war der große Zaster. Nun, Quästur und Ädilat waren geschafft, die Bewerbung darum hatte ein Vermögen verschlungen, aber nun war nichts mehr da, die Kosten für die Prätur zu decken. Dann war aber alles bisher in die Karriere gesteckte Geld hinausgeworfen. Große Götter, 25 Millionen Sesterzien Schulden! Die Summe war damals größer als heute. Ein Handwerker in Rom verdiente im Tag 3 Sesterzien.
Er sagte mir mehr als einmal: ›Dieser Catilina ist mein Untergang. Wer soll mir noch Geld leihen wollen, wenn der Mensch alle Lumpen Italiens bewaffnet, um eine allgemeine Schuldenstreichung durchzuführen! Die halbe City hat die Koffer gepackt.‹

Der Mann war vierzig Jahre alt!
Es ist schließlich kein Wunder, wenn er in seiner Lage nach jedem Vorschlag griff, politisch oder unpolitisch, der ihn in Stand setzen konnte, sich über Wasser zu halten. Er hatte das Geld immer genommen, wo er es bekommen hatte. Ein Blick in die Tagebücher seines Sekretärs wird Ihnen zeigen, daß er jedenfalls jetzt, im ganzen spät genug, anfing einzusehen, wie es um ihn stand. Erwarten Sie nicht, darin Heldentaten im alten Stil zu finden, aber wenn Sie mit offenen Augen lesen, werden Sie vielleicht einige Hinweise darauf entdecken, wie Diktaturen errichtet und Imperien gegründet werden.«
Und er erhob sich schwerfällig, griff nach dem Eschenkästchen auf dem Bücherbord und übergab mir die »Aufzeichnungen des Sklaven Rarus«.

Zweites Buch

Unser Herr C.

11. 8. 91

Der Krieg im Osten geht nach zwölf Jahren nun seinem Ende zu. Zweiundzwanzig Könige sind besiegt, darunter die drei mächtigsten Asiens, zwölf Millionen Menschen sind unterworfen, 1538 Städte und Festungen sind erobert. Die römischen Adler sind am Mäotischen, am Kaspischen und am Roten Meer aufgepflanzt. Rom erschließt einen neuen Kontinent.
Die Pläne für die neue Reitbahn, die C. hinten im Garten gegenüber der Turnhalle bauen will, sind eingetroffen. 40 000 Sesterzien. Die Baufirma besteht diesmal auf einem Vorschuß von 25 000 Sesterzien. Sie gibt keine nähere Begründung. Ein Herr in der Leitung lachte aber, als ich ausführte, das sei einem Mann wie C. gegenüber nicht üblich.
Es ist unsinnig, diese Reitbahn zu bauen, wo wir doch hier in der Subura nur noch so lange wohnen wollen, bis wir das große Haus in der Heiligenstraße beziehen können, das seit Monaten, seit seiner Wahl zum Oberpriester, für ihn hergerichtet wird. Er kann nichts abwarten. Was die Renovierung dort kosten wird, daran darf ich überhaupt nicht denken. Wenn man ihm die Rechnungen vorlegt, wird er böse. Dann fängt er jedesmal an, an der Beköstigung des Personals zu sparen. Als ob diese Summen in Betracht kämen!
Abends mit meinem lieben einzigen Caebio in den Tiberanlagen. Er kann und kann keine Arbeit finden. Er ist Parfümeriearbeiter, und auch diese Branche verwendet fast nur noch Sklaven. Pompejus schickt aus Syrien Tausende, gelernte Leute, die dort selber Läden besessen haben. Caebio fertigt man überall damit ab, daß es keinen Sinn habe, Leute einzustellen, die morgen zum Kriegsdienst eingezogen werden können. Caebio ist römischer Bürger. Er ist ganz verzweifelt.

Er sagt, er wüßte nicht, was anfangen, wenn ich ihn nicht über Wasser hielte.

13. 8.

Niemand von den besseren Leuten schon in der Stadt zurück. Heiß und staubig. Darf nicht an die Morgenwinde in den Albanerbergen denken. Wir sind nur in Rom geblieben wegen der Cynthia und nicht, wie C. sagt, »wegen der politischen Lage«. Er trifft tagelang keinen Menschen außer ihr.

14. 8.

Glaucos, der neue Fechtmeister, den die Pompeja für 15 000 Sesterzien in Capua gekauft hat, sagt, daß C. in ausgezeichneter Form ist. Keine Unze Fett auf dem Körper, mit 38 Jahren! Das Klima in der Stadt macht ihm gar nichts. Es ist eine Schande, daß eine solche Persönlichkeit wie er eigentlich unverwendet herumgeht. Mit seinen Fähigkeiten müßte er doch längst zum Zug gekommen sein. Man könnte es verstehen, daß man ihn nicht heranzieht, wenn er sich irgendwie politisch festgelegt hätte. Aber wenn er auch Demokrat ist, so ist er doch so offen für jeden Vorschlag, bei dem auch nur das Geringste herausschaut, so elastisch in seinen Grundsätzen, so vorurteilslos in allen politischen Fragen, daß es einfach unerklärlich ist, wie er behandelt wird. Ein Mann aus alter Familie, mit einem Sitz im Senat!

Glaucos ist übrigens ein reizender Mensch, gebildet. Sah ihn bei der Frühgymnastik. Drahtiger Typ. Nehme vielleicht bei ihm Fechtstunde, gut gegen das wirklich um diese Jahreszeit ungesunde Klima.

Ich fühle mich körperlich gar nicht auf der Höhe, überanstrengt. Der Klientenbetrieb ist schauderhaft. Um 9 Uhr werden sie eingelassen. Sie stehen aber schon ab 7 Uhr auf der Straße an und machen einen Lärm wie die Schafherden, die man früh 5 Uhr die Appische Straße herein in die Schlachthäuser treibt. C. empfängt sie frühstückend in der Halle. Sie schleppen an den Stiefeln Dreck herein und im Maul Klatsch. Sie fragen, ob sie ihr Grundstück beleihen, ihre Frau prügeln, ihren Anwalt wechseln sollen. Sie brauchen Posten und Darlehen. Viele gehen neben den Schuhen, und einige sind reicher als wir, sie haben ihre eigenen Leibwächter dabei, die mich wie einen mutmaßlichen Meuchelmörder nicht aus den Augen lassen. Veteranen wollen Schankkonzessionen, Qualifikationen als Bademeister, Parfümeriehändler bringen Warenproben, Literaten Bücher, Einbrecher Polizeivorladungen, Beamte Bürogeheimnisse. Die wenigsten Kuverts mit Schecks. C. spricht mit jedem anders, aber nie anders als C., während Crassus, den ich auch einmal in seiner Klientelstunde sah, mehrere Dialekte zu sprechen sucht und sich in tausend Arten benimmt, aber niemals wie Crassus. Cicero soll Sätze von fünf Minuten Dauer von sich geben (aber nicht eine Drachme).

16. 8.

Erste Fechtstunde. Anstrengend.
Merkwürdigerweise ist die Stadt doch nicht so unbevölkert, wie man, der Jahreszeit wegen, annehmen müßte. Eine ganze Menge Leute sind heuer schon zurück. Einige Herren vom Senat zum Abendessen hier. Gesprächsthema: der Krieg im Osten.
Die Handelskammer hat durch Cicero dem Senat eine Denkschrift einreichen lassen, in der sie eine Dankadresse an Pompejus vorschlägt. In die Lobeserhebungen, daß er »die römischen Adler siegreich ins innerste Asien getragen« habe, sollen sehr vorsichtig, aber unmißverständlich gewisse Forderungen, die City in das asiatische Geschäft einzuschalten, hineingeschlungen sein. Die Herren machten reichlich Witze darüber.

Sie nähren ein sehr gesundes Mißtrauen gegen den Bezwinger des Ostens. Wenn die Dankbarkeit allzu große Wellen schlüge, könnte er ihnen mit seinen sieggewohnten Legionen hübsch auf den Hals kommen. In den Palais des Aventinhügels kann man schon seit zwei Jahren die ominösen Worte »Diktaturgelüste des Pompejus« hören.

17. 8.

Unerträgliche Hitze.

Pomponius Celer hier. Er ist aus Bajä zurück, um seine Geschäfte mit dem Osten abzuwickeln. Als Hauptmacher im Ledertrust ist er Heereslieferant des Pompejus. Der Ledertrust vertritt 34 Ledergerbereien und hat sich während des Kriegs auf Riemen- und Tornisterfabrikation geworfen. Celer lachte ebenfalls über die »Dankadresse«. Er erzählt sehr interessant von der Stellung der City zum Krieg im Osten. Trotz der Heereslieferungen habe sich die City für den Feldzug lange nicht erwärmen können. Bevor Pompejus den Oberbefehl übernommen hatte, waren mehrere römische Heere geschlagen worden. Aber alles, was wir damals gehört hatten von »untüchtigen Feldherren« und »das römische Heer ist nicht mehr, was es war« und »der Legionär läuft weg wie ein Hase«, war Unsinn. Der eigentliche Grund der Niederlagen war nach Celer einfach der: die City investierte anfangs kein Geld in den Feldzug. Der Senat hatte ihr die Steuer- und Zollpachten weggenommen. Erst als sie wenigstens in der bescheidenen Form, wie sie jetzt existieren, wieder eingeführt wurden, hatte man sich für den Krieg im Osten einigermaßen interessiert und dem Pompejus Gelder bewilligt. Asien ist *das* Geschäft der City. Ohne Steuerpachten in Asien keine Demokratie in Rom, sagt Celer. Man hat Pompejus 20 Millionen verdienen lassen bisher. Und jetzt tut er nicht das geringste für die Banken, die sich unter keinen Umständen mehr mit der geringen Gewinnspanne bei den Steuer- und Zollpachten zufriedengeben werden. Außerdem steht das große Geschäft der Finanzierung der Kriegsentschädigungen bevor! Die römischen Banken wünschen natürlich, den besiegten Provinzen die Entschädigungssummen, die sie an den römischen Staat zu zahlen haben, als verzinsliche Anleihen vorzuschießen. Auch das wird von Pompejus nur sehr lahm betrieben. Also: große Stimmung gegen Pompejus in der City. C. wurde hinter den Ohren rot, als er von den 20 Millionen hörte.

18. 8.

Unsere Finanzlage trostlos. Das Geraufe mit den Gerichtsvollziehern fängt wieder an. Machte heute eine Aufstellung der kleineren Schulden, die jetzt doch auch schon bedenklich anwachsen. C. ganz überrascht über die Endsumme.
Nachgedacht über die Rätsel der Liebe. Wundere mich, daß ich Caebio lieben kann und doch (Glaucos!) gegen rein sinnliche, niedrig körperliche Regungen nicht immun bin. Vielleicht hat das nichts miteinander zu tun? Seltsam.
Die Widerborstigkeit des großen Pompejus der City gegenüber zieht übrigens auch meine Wenigkeit in Mitleidenschaft. Mein kleiner Anteilschein an den cilicischen Steuerpachten der asiatischen Handelsbank notiert sehr tief.

19. 8.

Die Sklaven, die Pompejus aus Asien schickt, werden zur Vermeidung unnötigen Aufsehens gewöhnlich in den ersten Morgenstunden zur Verauktionierung in die Stadt geführt. Ich sah heute einen solchen Zug. Etwa 2000 trotteten die Subura herunter, in jämmerlichem Zustand, für unser schlechtes Pflaster viel zu leicht beschuht. Trotz der frühen Stunde stand ich umringt von kleinen Ladenbesitzern und Arbeitslosen (die ersteren beginnen früh mit ihrem Handwerk, um das Licht auszunützen, die letzteren sind früh auf dem Weg in die Hallen, um billige Abfälle zu bekommen). Alle blickten finster auf den langen Zug. Sie wußten, daß jeder dieser Sklaven einen Arbeitsplatz weniger oder einen Kunden weniger bedeutete.

19. 8. (abends)

Mit C. auf einer Gesellschaft des Lucullus. Er wohnt auch im Sommer in seinen kühlen Gärten am Tiber. Die Herren vom Senat, die eingeladen waren, kamen eigens von ihren Landhäusern herein. Ich sah den Hausherrn im Atrium, ein kleiner, dürrer Mann, der hinkend an einem Stock geht. Er ist immer noch sehr mächtig; in letzter Zeit betont man im Senat wieder besonders stark, daß der Osten von ihm eigentlich schon erobert war, als Pompejus mit neuen Vollmachten und neuen Geldmitteln ihn im Kommando ablöste. Der Ruhm seiner Gastmähler überschattet jetzt, wie Cicero gesagt haben soll, den Ruhm seiner Schlachten.

C. wollte den Stadtprätor sprechen, der ebenfalls eingeladen war, und ich wartete mit Papieren im Atrium. Die Kuppel ist so hoch, daß man sie nachts überhaupt nicht beleuchten kann. Der Palast besteht eigentlich aus fünf hintereinanderliegenden Palästen; man braucht ein Viergespann, um durchzufahren.

Ich belauschte ein wenig die Dienerschaft der drinnen speisenden Herren. Zwei Stunden lang hörte ich von nichts sprechen als von den Neuerwerbungen (Landgütern, Villen, Pferden, Statuen), die diesen Sommer in Senatorenkreisen gemacht wurden. Die ganze asiatische Beute geht wieder in die Taschen dieser Herren. Die Mißstimmung in der City wird einem da verständlich.

Geladen waren nur etwa vierzig Leute, alles Grundbesitzer, Militärs, Beamte. Trotzdem gelang es C. anscheinend nicht, den Prätor in ein geschäftliches Gespräch zu verwickeln. Wir wollten eine Baukonzession bei der städtischen Wasserleitung für einen Klienten, der uns eine hübsche Provision zugesagt hatte. Der Sekretär des Stadtprätors sagte mir unverschämt: »Sie können mit Ihrer Mappe ebensogut heimgehen. Während der Mahlzeiten treiben wir nicht Handel.« Und dann sah ich, wie er sich mit andern über C. lustig machte. Man weiß allgemein, in welcher Lage wir sind.

Ich dachte darüber nach, wieviel weniger Erfolg C. bei den Männern hat als bei den Damen. Der halbe Senat grüßt ihn überhaupt nicht.

Ich wurde tatsächlich nicht gerufen und erfuhr am Schluß, als alles aufbrach, daß C. schon weggegangen sei.

20. 8.

Unangenehmer Auftritt in der Klientelstunde. Die Schreibstube liegt neben der Halle. Die Halle war voll von Menschen, die C. sprechen wollten, als der Delikatessenhändler Horus in der offenen Tür wilde Drohungen ausstieß, weil man ihm nicht 4000 Sesterzien bezahlen wollte. C. war noch nicht unten. Ich fragte ihn, was ich tun solle. Er fragte zurück, ob ich das Geld nicht auslegen könne. Ich habe die 4000 ausgelegt. (Das heißt, ich hatte nur 3200, die restlichen 800 lieh mir Glaucos.)

21. 8.

Die Verluste im asiatischen Krieg sind entsetzlich. Die Totenlisten hängen auf dem Forum aus, zwischen zwei Banken. Ein dünner Zug bewegt sich daran vorbei. Frauen mit Kindern an den Händen suchen die langen Reihen der Namen nach

Angehörigen ab. Sie engagieren dazu Arbeitslose, die der Not der Zeit gehorchend das Lesen gelernt haben. Viele sind vom Land hereingekommen. Sie setzen sich, wenn sie durch sind und den Namen ihrer Angehörigen nicht in den Listen gefunden haben, in eine Ecke des Forums und essen ihr Brot, das sie mitgebracht haben. Meist gehen sie vor Nachtanbruch noch zurück, da sie das Übernachten in der Stadt nicht bezahlen können und auch am frühen Morgen wieder bei der Arbeit sein müssen. In der Campagna wird jetzt das Getreide gedroschen.

24. 8.

Wie von den Göttern geschickt, tauchen heute unsere Kaufleute aus den Po-Städten auf, der gute, dicke Favella aus Cremona an ihrer Spitze. Die Handelskreise am Po wollen diesen Herbst bei den Konsulatswahlen unbedingt eine neue Kampagne für die Ausdehnung des Bürgerrechts auf die Po-Ebene entfaltet haben. C. hat vor drei Jahren in allen größeren Städten Vorträge als Gast der dortigen Handelskammern gehalten, was sich damals gut bezahlt machte. Crassus war eben Censor, und C. erfüllte die Guten, die so happig danach sind, römische Bürger zu werden, mit frischer Hoffnung. Sie zahlten. Seit langem sind sie mit ihrer unglücklichen Liebe zum Bürgerbrief eine ständige, sichere Einnahmequelle der Demokratie. Die guten Leute waren dann eine Zeitlang verstimmt, weil es Crassus nicht glückte, sie ohne weiteres in die Bürgerlisten einzuschreiben, und behaupteten, C. habe ihnen zuviel versprochen. C. war aber unschuldig. Hätte Crassus damals seinem Kollegen in der Zensur, dem alten Catulus, genügend abgegeben, wäre von diesem bei seiner kolossalen Verschuldung niemals ein Einspruch erfolgt. Als er zu wenig abbekam, deckte er natürlich den Schwindel auf, und es wurde nichts aus dem römischen Bürgerrecht für die Po-Städte. Nun, jetzt sind sie doch wieder da. Außer der Demokratie kümmert sich schließlich keiner um sie; es sind zu ausgesprochen demokratische Ideen. Man will C. jetzt ziemliche Summen für die Kampagne zur Verfügung stellen. Als die Leute weg waren, sagte er aufgeräumt: »Humane Politik lohnt sich mitunter doch!«

Wir studierten noch einmal die Pläne für die Reitschule. Sie sind wirklich ausgezeichnet. Kontrakt abgeschlossen.

29. 8.

Ausgerechnet jetzt muß mir Caebio gestehen, daß er von dem Geld, das ich ihm im vorigen Monat gab, keinen Aß mehr habe. Und er muß die Halbjahresmiete bezahlen, wenn er nicht auf die Straße gesetzt werden will. Seine Mutter ist sehr unglücklich. Und ich habe meine ganzen Ersparnisse diesem Delikatessenhändler in den Rachen geworfen, der übrigens schon wieder unangenehm wird. Und nicht nur er. Ich kann doch nicht C. mahnen. Was tun?

1. 9.

Die Maurer, die im Garten schwitzend die neue Reitschule bauen, sprechen nur von den Catilinarischen Kampfrotten, von denen in der Stadt immer mehr entstehen. Jeder Mann, der eintritt, bekommt ein Täfelchen mit einer Nummer. Sie haben bestimmte Weinschenken an der Peripherie vollständig in Beschlag genommen. Man hat Catilina nach seiner Niederlage bei der vorjährigen Konsulatswahl für endgültig erledigt gehalten. Allgemein wurde herumposaunt, seine Kampfrotten lösten sich auf aus Mangel an Geldern. Tatsächlich verschwanden sie für den Sommer aus dem Straßenbild. Aber jetzt sind sie wieder da. Die Handwerker im Hof sind verschiedener

Meinung darüber. Der Bau ist bei einer großen Firma in Auftrag gegeben, die mit Sklaven arbeitet, aber auch einige freie Handwerker für Spezialarbeiten beschäftigt. Die letzteren sind im allgemeinen für Catilina, da er billiges Korn und Schuldenstreichung im Programm hat und sie kleine Meister mit Bankschulden sind. Die Sklaven sind gleichgültig.

Caebio abends wieder hier, ob ich nicht das Geld für die Wohnungsmiete auftreiben könne. Unangenehm. Ein paar Sesterzien muß ich doch auch hier haben. Gab ihm dennoch wenigstens die Hälfte der Miete (60 Sesterzien). Die Leute hungern wirklich. Früher erhielten die Arbeitslosen Korn aus den Hallen zu ganz niedrigen Preisen. Wovon sollen sie jetzt leben? *Muß* die 4000 von C. zurückkriegen.

Herr Cicero, der Konsul, soll ebenfalls schon in der Stadt sein.

2. 9.

Ich hatte bereits seit etwa vierzehn Tagen da und dort von Catilina wieder reden hören, aber jetzt redet man plötzlich von nichts anderem mehr. Ich erfahre, er habe eine Versammlung im dritten Bezirk gehabt, wo er unter stärkstem Beifall gegen Schieber und Spekulanten gesprochen haben soll. Er verlangt, daß nicht nur Senat und City, sondern auch der letzte römische Bürger von der asiatischen Beute sein Teil abbekommt.

Pompeja plötzlich von den Albanerbergen zurückgekommen. Große Szene im ersten Stock. Sie scheint von der Cynthia gehört zu haben. Das heißt, ich glaube nicht, daß sie den Namen weiß, nur eben, daß da wieder einmal jemand ist. C. hat sie aber beruhigen können, indem er ihr die im Bau befindliche Reitbahn zeigte. Ich sah die beiden im Garten, wie sie über die Steine kletterten. Er sagte ihr natürlich, daß er für sie gebaut habe und darum in der Stadt geblieben sei. Doch gut, daß wir bauten. (Den Segen der Götter über unsere Po-Kaufleute!) C. kann gerade jetzt kein Zerwürfnis mit seiner Frau brauchen. Ohne die Verbindungen ihrer Familie streicht man uns wegen unserer Schulden noch von der Senatorenliste. Pompeja wird morgen wieder zurückfahren.

4. 9.

Auch der »Schwamm«* schon in der Stadt. Er sprach lange mit C. in der Bibliothek. Als C. ihn hinausführte, kam eben der Wollhändler Cruppulus. Ich hörte, wie Crassus, von dem Wollhändler befragt, was er von Catilina halte, antwortete: »Catilina ist ein talentierter Mensch aus einer unserer ältesten Familien, also völlig bankrott. Von der City fünfmal saniert. Er unterschreibt jeden Wechsel, den sie ihm hinhalten, und würde als Regierungschef auch jede Verordnung unterschreiben, die man ihm hinhält. Er hat leider allerhand Beredsamkeit. Diejenigen meiner Mieter in den ärmeren Vierteln, die ihn haben reden hören, zahlen ihren Mietzins nicht mehr. Wir werden mit ihm zu tun bekommen.«

C. sagte später spöttisch, es sei weniger die Beredsamkeit des Catilina, welche die Minderbemittelten zur Revolution zwingt, als die Beredsamkeit der feuchten Flecke in den Wohnbaracken des Crassus. Und er fügte hinzu: »Die Redegabe der hohen Preise nicht zu vergessen, die unser Cruppulus für seine Wollstoffe nimmt.« Solche Redensarten hat er von Alexander, dem Bibliothekar des Crassus.

Das Geld von den Po-Kaufleuten leider noch nicht eingetroffen. Und das Kuvert, das der gute Favella persönlich

* »Der Schwamm« ist der Spitzname für Crassus, dem in der Stadt viele Mietshäuser gehörten. Die Bevölkerung identifizierte ihn mit dem Schwamm, der in den meisten dieser Häuser saß.

überreichte, ist natürlich längst geleert. Der Gerichtsvollzieher Mummlius Spicer hat heute gedroht, die Möbel zu pfänden. Und zwar während der Klientelstunde. C. hat sich mit ihm eine ganze Viertelstunde unterhalten. Er spricht zu solchen Leuten wie mit seinesgleichen, ganz schamlos. Wenn man darüber eine Andeutung fallen läßt, sagt er: »Seien Sie doch nicht undemokratisch, lieber Rarus.« Die Affäre mit der schlanken Cynthia scheint stark abzuflauen. Im Vestibül eine ziemlich aufgemachte Dame (rotgepudertes Haar) getroffen. Wollte feststellen, wer das ist, und sah mich nach der Sänfte draußen um. Eine ganz gewöhnliche Mietsänfte (!). Das Essen dauerte drei Stunden.

5. 9.

Teuerung und Kapitalflucht. Ein Scheffel Korn kostet einundeinenhalben Denar, statt einen Denar im Juni. Mit jedem Schiff, das ausläuft, gehen Gold- und Silbertransporte weg. Dabei ist die sizilische Ernte dieses Jahr ausgezeichnet.
Und was die Kapitalflucht betrifft, folgender Ausspruch eines unserer ersten Schiffsmakler in der Klientelstunde: »Die Goldbarren schlingen die Tunika enger um die feisten Glieder und besteigen finster die Schiffe. Sie haben kein Vertrauen zu dieser Regierung.«
Dabei ist es die Regierung der City selber; Herr Cicero.
Die asiatischen Papiere ziehen aber leicht an.

6. 9.

Glaucos ist Catilinarier! Er hat es heute zugegeben. Schon seit einem Jahr. Sein früherer Herr hat ihn deswegen verkauft. Eigentlich gibt er nur, wie er sagt, den Rotten Fechtstunden, aber er teilt doch ihre Ansichten. Die Rotten sind militärisch eingeteilt und haben regelmäßige Zusammenkünfte. Er sagt,

sie wollen eine stärkere Regierung und sind gegen die Korruption. Diskutierte mit ihm bis in die Morgenstunden. Der »demokratische« Konsul Cicero sei ein Angestellter der Getreidefirmen seit der Zeit, wo er in Sizilien, der »Kornkammer der Hauptstadt«, als Proquästor gewesen sei. Catilina sei ein Idealist mit der größten Liebe zum Volk. Beschloß, den Bibliothekar des Crassus auszuhorchen. Er weiß gewöhnlich am besten, was der gemeine Mann denkt. Er ist Grieche, Sklave des Crassus (der für ihn 80 000 Sesterzien gezahlt haben soll) und der rechtschaffenste Mann Roms.
Ging abends zu ihm.
Er wohnt auf dem Palatinischen Hügel in dem ungeheuren Haus, in dem man sich verirren kann. Ein Bienenkorb von Büros! Auf den Gängen ein Aneinandervorüberhasten von Sekretären, Besuchern, Dienstboten, die sich in allen Sprachen der Welt anschreien! Ich mußte durch mehrere Höfe mit Handwerkerschulen. Es war drückend schwül, die Türen standen auf, ich sah die Sklaven auf ihren niederen Bänken hocken und auf die Lehrer glotzen. Der »Schwamm« verdient Unsummen an diesen Handwerkern, die er von in Griechenland und Asien gekauften Architekten und Ingenieuren ausbilden läßt und dann verkauft oder ausleiht.
In einem der Höfe exerzierte eine Abteilung des Feuerwehrkorps, das er aus Galliern gebildet hat. Er hat in allen Stadtvierteln Wachen aufgestellt, und wenn ein Feuer ausbricht, rücken die Gallier mit ihren Löschzügen aus. Aber an ihrer Spitze geht ein Agent, der das brennende Haus kauft, zu einem Zehntel des Preises, aber gegen bar, und die anliegenden Häuser meist dazu. Erst dann löschen sie.
Alexanders winziges, weißgetünchtes Zimmer hat als Möbel nur ein Bett mit Ledergurten, einen alten Tisch und zwei Stühle und ist halbdunkel, da das Fenster, das auf den Hof

führt, vergittert ist. Die Bücher liegen auf dem Boden aufgeschichtet, das ergibt eine zweite Mauer, dreiviertel so hoch wie die steinerne.

Er ist von kräftiger, mittlerer Statur und hat ein großes, rosiges Gesicht mit einer fleischigen Nase und runden, ruhigen Augen wie aus Schildpatt. Er ist Anhänger des Philosophen Epikur, und C., der ihn oft unter dem Vorwand, ein Buch aus Crassus' Bibliothek zu benötigen, zu sich ruft und stundenlang mit ihm disputiert, nennt ihn den einzigen echten Demokraten auf italischem Boden.

Ich brachte das Gespräch sogleich auf Catilina.

»Catilina«, sagte er ruhig, »das ist die Arbeitslosenfrage, und die Arbeitslosenfrage, das ist die Bodenfrage. Wissen Sie, was Tiberius Gracchus vor siebzig Jahren sagte?« Er fischte mit einiger Mühe ein dünnes Büchlein aus seiner Papiermauer heraus und las mir die Worte des großen Volkstribunen vor:

»Die wilden Tiere, die in Italien hausen, haben ihre Gruben; jedes von ihnen kennt eine Lagerstätte, einen Schlupfwinkel. Nur die Menschen, die für Italien fechten und sterben, können auf nichts weiter als Luft und Licht rechnen; mit Weib und Kindern sitzen sie auf der Straße statt auf einem Acker. Die Feldherren lügen, wenn sie vor den Schlachten die Soldaten beschwören, Herd und Grabmäler gegen die Feinde zu verteidigen, denn von den meisten Römern hat keiner einen Herd, keiner eine Grabstätte seiner Vorfahren. Nur für den Luxus und den Ruhm anderer müssen sie ihr Blut vergießen und sterben. Sie heißen Herren der Welt, ohne eine einzige Erdscholle ihr eigen nennen zu können.«

Er legte das Büchlein an seine Stelle zurück.

»Der Bauer«, fuhr er dann fort, »den man von seinem Acker geholt hat, damit er die Punier, die Spanier und die Syrier besiegt, wird, zurückgekehrt, von den Sklaven besiegt, in die er die Feinde verwandelt hat. Sein Acker fällt an die großen Grundbesitzer, und er läuft in die Hauptstadt in der eitlen Hoffnung, daß man ihm als Almosen sizilisches Korn in sein Säcklein schütte. Eine halbe Million Menschen erstickt auf den fünfhundert Hektar Boden innerhalb der servinischen Stadtmauer. Und Herr Cicero brachte noch dieses Frühjahr das demokratische Programm der Besiedlung Italiens mit den Arbeitslosen der Hauptstadt zu Fall, indem er diesen zu bedenken gab, sie würden als Siedler die Bestechungssporteln einbüßen, die sie als Wähler erhalten. Und diese erniedrigten, hoffnungslosen, immer den nächsten Tag fürchtenden Unglücklichen stimmten tatsächlich gegen den Siedlungsplan. Ich habe Ciceros Rede selber gehört. Es war, als ob er die Huren der Subura warnte, sich Weinläden schenken zu lassen, da sie dann nicht mehr Zeit hätten, ihre Körper zu verkaufen. Aber so ist es, er kennt sie, wenn er auch in fünf Villen wohnt. Für eine Handvoll Kupfermünzen stimmen diese Herren der Welt für jedes Gesetz zu ihren Ungunsten und für ein Gesetz zu ihren Gunsten auch nur für eine Handvoll Kupfermünzen. Ihre Zukunft, das ist ihr Nachtmahl. Catilina wird gewählt werden, nicht, wenn er Land verspricht, sondern wenn er die Wahlsporteln, das heißt also die Bestechungsgelder, bezahlen kann.«

»Dann halten Sie also die Bodenfrage gar nicht für eine wirklich entscheidende?« fragte ich.

»Doch«, sagte er lächelnd, »ich glaube nur nicht, daß sie durch Wahlen gelöst werden kann.«

Ich ging gedankenvoll weg. Alexander hat viel Einfluß in den Fachvereinen der Handwerker.

Caebio erzählte mir nachts noch freudestrahlend, daß der Hauswirt die halbe Miete gestundet habe. Wir gingen zum Knöchelspiel an der Porta Trigemina. Er umarmte mich mitten auf der Straße, in einer Staubwolke. Er ist wieder der alte, beschwingte und zärtliche Caebio.

7. 9.

Nachmittags Spicer im Garten bei einem Disput mit dem Bauführer vor der neuen Reitbahn überrascht. Er drohte laut, er werde für die Gläubiger das Bauholz beschlagnahmen lassen. Der Bauführer rettete die Situation, indem er erklärte, das Holz sei immer noch Eigentum der Firma! Die Maurer standen herum und grinsten.
Die mit dem rotgepuderten Haar ist die Mucia, die Frau des Pompejus! Wenn das keine Eroberung ist! Frech von ihr, zu uns ins Haus zu kommen.

9. 9.

In den Barbierläden sprechen die wohlhabenderen Leute von der Bedrohung der Republik durch Catilina. Einen wohlhabenden Tuchhändler, anscheinend ein vernünftiger Mann, hörte ich sagen: »Der Kerl hätte nie den Zulauf, wenn die Herren vom Senat nicht wieder versuchten, die ganze asiatische Kriegsbeute, für die wir alle mit Blut und Geld gezahlt haben, ausschließlich in ihre eigenen Taschen zu leiten!« Der Barbier tröstete ihn mit Cicero. »Solange Cicero etwas in Rom zu sagen hat«, sagte er zuversichtlich, »gibt es keine Diktatur, weder von links noch von rechts. Cicero *ist* die Republik. Und hinter Cicero steht die City.« Alle Kunden stimmten ihm zu, auch der Tuchhändler.

10. 9.

Die Kapitalflucht nimmt immer größere Ausmaße an. Der Zinsfuß ist von sechs auf zehn Prozent geklettert. Man hat also doch schon Furcht vor Catilina in der City! Pomponius

Celer (Häute und Leder) äußerte allerdings etwas sehr Merkwürdiges: »Vielleicht schafft die City die Kapitalien fort, damit man vor Catilina Angst bekommt.«
Wir unterhielten uns noch eine Stunde lang über diesen Ausspruch.

12. 9.

Caebio merkwürdig in der letzten Zeit. Ahnt er etwas von Glaucos? Er ist so sensitiv. Oder sollte er krank sein? Sehr besorgt seinetwegen. Könnte gerade jetzt schwer mit Glaucos brechen, da er mich bezüglich der Catilinabewegung auf dem laufenden hält, die jeden Tag sehr wichtig werden kann.
C. dauernd schlechter Laune. Er sagt, er weiß, daß auf dem Forum etwas vorgeht, aber nicht was. Die Cityklubs sind sich anscheinend immer noch nicht einig, wie man sich auf demokratischer Seite bei den Konsulatswahlen verhalten soll. C. hat für die Klubs schon mehrmals zusammen mit Crassus die demokratische Wahlkampagne aufgezogen. Dieses Jahr hat man mit ihm noch keinerlei Verbindung aufgenommen. Er tut natürlich, als sei es ihm gleichgültig, und sagt höchstens, er habe es gründlich satt, von den Klubs immer nur zu untergeordneten Handlangerdiensten herangeholt zu werden, im letzten Augenblick und ohne daß man ihm sagt, was gespielt wird. Außerdem piesacken ihn die Gläubiger.
In solchen Zeiten wie eben jetzt macht sich C. über die City nur lustig. Er hängt dann gern den Senator heraus. Diese Stimmungen dauern freilich nie lang. Leider läßt er sich doch immer wieder in ihre Politik hineinziehen. Solche Aussprüche wie der neuliche des Pomponius Celer (Häute und Leder) über die 20 Millionen Sesterzien, die Pompejus im Osten gemacht hat, sind reines Gift für ihn. Jetzt sitzt er, trotz seines angeblichen Ekels vor der Politik, wieder ständig mit Clodius zusammen in der Bibliothek, und sie sprechen stundenlang

über das undurchsichtige Spiel der City. Voriges Jahr hat man glücklich Cicero ins Konsulat gebracht, also einen »neuen Mann«, aus nichtpatrizischer Familie. Er zeigte sich schlimmer als der Senat selber. Das erste, was er machte, war, daß er die demokratischen Straßenklubs auflöste, in denen die Massen der Hauptstadt nach Straßen und Distrikten organisiert waren. Als Grund der Maßnahme gab er an, man müsse dem Bandenwesen steuern. Gleiches Recht nach links und nach rechts, dozierte der neue Mann, der ein alter Schulmeister ist. (Ich zitierte Clodius.) »Sie sollten sich nicht die Hälfte gefallen lassen«, sagt er in seiner hetzerischen Art. »Der Mann auf der Straße kennt Ihren Namen sehr gut. Man hat Ihre Quästorenspiele nicht vergessen. Der kleine Handwerker bis herauf zum Bauunternehmer und Geldwechsler hat einmal schon mit Ihnen gerechnet. Die Cityklubs benutzen Sie, wie man einen Tagelöhner benutzt, von Fall zu Fall. Wen haben sie schon noch aus so alter Familie? Wehren Sie sich, Mann!« C. geht mit seinen langen Schritten auf und ab, und ich kann sehen, wie das Gift wirkt. Ich kann diesen Clodius trotz seines pomadisierten Kinderkopfes nicht riechen, und wenn ihn Pompeja noch so oft wegen seines »Geistreichtums« rühmt. Er zieht C. nur immer wieder in seine Politik hinein. (Er war, obgleich selber aus patrizischer Familie, der Leiter der Straßenklubs.) Ich denke, wir sind noch von unsern berühmten Quästorenspielen her pleite genug.

16. 9.

Ich habe jetzt den positiven Beweis, daß Caebio etwas mit diesem dicken Lagerverwalter Rufus vom zweiten Bezirk hat. Er hat einen Ring von ihm angenommen. Ich sagte es ihm auf den Kopf zu. Er wechselte sichtbar die Farbe und stotterte! Er versprach, ihn nicht mehr zu treffen; bevor ich aber nicht

erreiche, daß er den Ring zurückschickt, kann ich ihm doch nicht glauben. Er muß den Ring zurückschicken.
Schlecht geschlafen, Schlafpulver genommen.

17. 9.

Mummlius Spicer machte mir neulich ganz unverschämt den Vorschlag, ich solle ihm irgendein größeres Objekt namhaft machen, das zur Beschlagnahmung geeignet sei, er werde sich erkenntlich zeigen. Wofür hält er mich?

18. 9.

Caebio hat den Ring von seiner Mutter bekommen, die es mir selber bezeugte. Er ist von seinem Vater, der Legionär war. Ich bin zu mißtrauisch.
Hörte vom Schreibzimmer aus ein Gespräch des Alexander mit C. ab. Sie aßen im Atrium. Der Bibliothekar sagte: »Das sind Kämpfe größten Ausmaßes. Ein Politiker, der hier nicht eingreift, ist kein Politiker; eine Demokratie, die hier nicht kämpft, ist keine Demokratie. Die feinen Klubs auf dem Palatin, wo Herr Cicero speist, hören sich allzu selbstzufrieden seine witzigen und großsprecherischen Berichte über die Niedergeschlagenheit des Senats wegen der Kapitalflucht und der Catilinarischen Agitation an. Aber der gemeine Mann wird unruhig. Er weiß, daß jetzt oder nie etwas zu holen ist. Warum ergreifen Sie nicht die Gelegenheit? Schlagen Sie sich zu Catilina, wenn Sie wollen, machen Sie sein Programm zu einem ernsthaften, politischen, werfen Sie die Abenteurer aus dieser Bewegung! Oder marschieren Sie gegen Catilina, sprechen Sie in den Fachvereinen und verlangen Sie den Rücktritt Herrn Ciceros, die energische Vollstreckung des demokratischen Programms, besonders in der Bodenfrage! Sie können alles, nur eines nicht: sich aus allem heraushalten.«

C. erkundigte sich eingehend nach der Stimmung in den Wahldistrikten. Der hohe und noch steigende Kornpreis, die zunehmende Arbeitslosigkeit, die Verschuldung an die Banken wühlen die ärmere Bevölkerung tief auf, und nach Alexander besteht die große Gefahr, daß die Leute zu Catilina laufen. C. schien nachdenklich nach diesem Gespräch, aber nicht zum Handeln geneigt. Immerhin sagte er mit Nachdruck: »Die Bodenfrage ist das Kernproblem, da hat der Mann recht. Bevor nicht die Bodenfrage gelöst ist, gibt es keine Ruhe.« Schon der zweite Versuch, ihn wieder in die Politik zu ziehen!

19. 9.

C. zieht mich stets geflissentlich bei, wenn er mit Fulvia soupiert. Entweder, weil er zeigen will, daß er demokratisch denkt (sie verkehrt in Catilinarischen Kreisen), oder weil er keine wirkliche Intimität mehr mit ihr aufkommen lassen will. Sie ist sehr amüsant und weiß immer das Neueste. Sie hielt C. einen formidablen Vortrag über die erstaunlich ähnliche Lage, in der sich ihrer Meinung nach Politiker wie er und Damen wie sie befinden. »Ihr müßt genau wie wir«, sagte sie, »warten können. So teuer das kommt. Was glauben Sie, daß mich meine Toiletten kosten. Und die Körperpflege! Meinen Sie, ich trage meinen Schmuck zum Vergnügen? So wenig, wie Sie Fechterspiele zum Vergnügen veranstalten! Man muß eben auffallen. Und: man muß teuer sein; da bewundere ich Sie, mein Lieber. Ich sage immer: Caius Julius gibt dieses Geld nicht für nichts aus, übrigens ist es ja wohl nicht Ihres. Aber Geduld ist alles. Nur nicht aufs falsche Pferd setzen! Natürlich, man soll auch nicht zu wählerisch sein. Das können weder Sie noch ich machen. Alles anschauen und das Beste auswählen, das ist es. Sie bekommen noch Ihre Chance, da bin ich nicht bange.« C. blieb die Hühnerkeule im Hals stecken.

22. 9.

Spicer hat zugeschlagen. Er hat das Gestüt in Präneste ausfindig gemacht und die Reitpferde beschlagnahmt. Habe kein Mitleid. C. erzählte beim Mittagessen, er habe Spicer wegen dieser Gemeinheit Vorwürfe gemacht und der habe ihm nicht in die Augen schauen können. Schien darüber belustigt. Mich täuscht er nicht.

Er schwankt von Zuständen wirklicher Entmutigung, wo er stundenlang im Garten auf einer Steinbank hockt und auf den Boden stiert, zu exaltiertem Optimismus.

26. 9.

Crassus ist für Catilina! Er hat sich heute mit C. darüber unterhalten, daß man aus der City größere Mittel für Catilina flüssig machen könnte, da Pompejus, was die asiatischen Steuerpachten angeht, immer noch auf dem Standpunkt des Senats steht. Von Catilina sind Zusicherungen da, daß er den Radikalismus in seiner Bewegung bekämpfen und seine Agitation gegen die Banken einstellen wird. Unter dieser Bedingung will man von demokratischer Seite seine diesjährige Kandidatur um das Konsulat unterstützen. Wir sollen die Wahlleitung bekommen. C. handelte sofort. Spät nachts waren mindestens zwanzig Leute im Haus versammelt. Alles Distriktsvorsteher der Wahlkomitees.

Crassus ging weg, bevor sie kamen. C. empfing sie in der noch nicht ganz fertig gebauten Reitbahn. Es sind Ladeninhaber, kleine Handwerker, Hausbesitzer, Veteranen des Marius und so weiter, ruhige Männer. Sie haben Verbindungen mit den Hunderten religiöser Sekten und handwerklicher Fachvereine. Wenn sie den Auftrag für die Vorbereitung einer Wahl bekommen, laufen sie herum und lassen die Wähler sich in ihre Listen einschreiben oder geben die Listen (und Gelder) an die einzelnen Vereine, die das Weitere veranlassen. Sie kennen C. von früheren ähnlichen Gelegenheiten her, er ist als Leutnant des Crassus bekannt, welch letzterer durch seinen Reichtum einen immensen Einfluß besitzt.

C. entschuldigte sich, daß er sie in der nicht ganz ausgebauten Halle empfing, und zeigte ihnen das einzige halbwegs fertige Wandgemälde, die »Diana auf dem blauen Pferd«. Sie besahen es sich schweigend, es ist ein wenig modern.

C. fragte sie nach der Haltung des Mannes auf der Straße zu der Catilinarischen Agitation aus, und ein hinkender kleiner Mann, selbst Vorstand der Seilervereinigung, berichtete, daß die Fachvereine die wachsende Anzahl ihrer arbeitslosen Mitglieder nicht mehr halten können. Wer einmal auf der Straße liege, sei nachgerade ohne weiteres ein Catilinamann. Das Abstoppen der Kriegslieferungen nach Asien wirke sich katastrophal aus. Der Haß gegen die Banken, die Mietzins und Kreditschulden sehr hart eintrieben, sei ständig im Wachsen begriffen. Von der Rückkehr der asiatischen Armee erwarte man noch eine Steigerung des Elends. Der Frieden in Asien wirke sich eben doppelt aus. Es konnte passieren, daß einer Frau, die weinend nach Hause kam, weil sie den Namen ihres Sohnes auf den asiatischen Verlustlisten gefunden hatte, die Schwägerin entgegentrat, weinend, weil dem kleinen Sattlerladen die Kriegsaufträge nicht mehr verlängert worden waren. So trauerte die Familie gleichzeitig über den Krieg und über den Frieden.

C.s Eröffnung, »man« wolle von ihnen eine Unterstützung des Catilina bei der bevorstehenden Konsulatswahl, wurde mit sichtbarer Verblüffung aufgenommen.

C. sprach sofort über die Parolen. Ich bewunderte grenzenlos die Art, mit der er ohne die geringste Vorbereitung ein vollständiges und bis ins einzelne durchdachtes Programm aus der

Toga zog. Er hatte mit Crassus nichts als die finanzielle Seite der Sache besprochen und nicht einmal soviel wie eine halbe Stunde Zeit gehabt, sich ein paar Punkte über die politische Seite zu notieren, bevor die Distriktsleiter kamen. Sein Geist arbeitet so ungemein schnell, und er ist von solcher Anpassungsfähigkeit! Er sprach mehr als zwanzig Minuten über Siedlungen, die der Hauptstadt Luft machen sollten und die dem Handwerk neue Aufträge verschaffen würden. Kornspenden nicht nur für die Arbeitslosen, sondern für alle, die sie benötigten. »Es ist lächerlich, zu behaupten«, rief er aus, »daß der Seiler oder Bäcker, der mit kümmerlichen zwei, drei Sklaven, erdrückt von Bankschulden, überlegt, wie er den Mietzins für seinen teuren Laden aufbringen soll, kein billiges Korn braucht!« Über die Streichung der Bankschulden sprach er ausführlich (mit Zahlen!) und vor allem über die Notwendigkeit, daß der Staat dem Handwerker Kredite für Ankauf und Unterhalt von Sklaven zur Verfügung stellt. »Wofür erobern seine Söhne«, fragte er, »die beiden Asien? Wohin treibt man die unübersehbaren Sklavenherden? Nur auf die Güter von dreihundert Familien, nur in ein paar Bronzefabriken? Her mit den Sklaven!«
Man konnte sehen, daß die Leute sehr zufrieden waren. Sie nannten das Programm das weitestgehende demokratische Programm, das je bei einer Konsulatswahl aufgestellt wurde. Damit zu den Fachvereinen zu gehen, sei ein Vergnügen. Die müßten sich alle Finger nach solchen Parolen lecken. Dann gab es einen kleinen Mißton.
Ein käsigbleicher Mann mit Specknacken sagte quäkend: »Der Catilina nimmt, das weiß ich positiv, Sklaven in seine Rotten auf. Wie ist es damit?« In die Versammlung kam Bewegung. Das war ein Kernpunkt. Auch andere begannen jetzt zu sprechen. Ein freundlich aussehender älterer Mann, wie ich

erfuhr, der Vorsitzende einer Sterbekasse, rief unter beträchtlicher Unruhe: »Sollen wir etwa zu einem Sklavenaufstand Beihilfe leisten?« Und der Seiler von vorhin, jetzt rote Flecken auf den Backen, sagte laut, ohne C. anzublicken: »Das ist ausgeschlossen. Zwei Drittel unserer Mitglieder beschäftigen ein paar Sklaven in der Werkstatt.«

C. ließ den Tumult nicht weitergehen. Er sagte einige Worte, die im Stimmengewirr untergingen, da er ziemlich leise sprach. Dadurch wurde es rasch still. Seine nächsten Sätze wurden verstanden. Er sagte: »Das ist das erste, was ich darüber höre. Ich werde dem sofort nachgehen, halte es aber für ausgeschlossen.« Er machte eine Pause und fuhr im Plauderton fort: »Im Garten sind ein paar Erfrischungen serviert, meine Herren, sie werden von Sklaven gereicht werden. Mein Sekretär, der die finanziellen Formalitäten unserer kleinen Abmachung paragraphieren wird« (er blickte lächelnd nach mir), »ist ebenfalls Sklave. Ich denke, wir brauchen über die Sklavenfrage nicht weiter zu diskutieren. Sie ist keine Frage.«

Er ging schnell zum rein Geschäftlichen über. Es wurden die dem einzelnen Wähler zu offerierenden Wahlsporteln ausgehandelt.

Die Leute wurden dann noch bewirtet, und ich bewunderte wieder einmal C.s Geschicklichkeit in der Behandlung einfacher Leute. Er geht auf sie ein, läßt aber keinerlei Vertraulichkeit aufkommen. Ich sah ihn fünf Minuten lang mit einem Bäckermeister über die »Diana auf dem blauen Pferd« diskutieren!

Die ganze Wendung ist mir sehr unheimlich.

Sprach lange darüber mit Caebio, der sehr kluge Ansichten entwickelte. Er hat Rufus seit drei Wochen nicht mehr gesehen.

27. 9.

Nachmittags kamen drei Herren, und C. schloß sich mit ihnen in die Bibliothek ein. Als sie hinausgingen, erkannte ich in dem einen von ihnen den früheren Konsul Cornelius Lentulus Sura (die »Wade«), jetzt wieder Prätor, einen Hauptmacher des Catilina. Er sah mich äußerst unverschämt an.
Es ist weit mit uns gekommen.
Ganz nebenbei bat mich C. heute, die Grundstückspreise in der Campagna festzustellen. (?) Vor drei Tagen noch waren wir so knapp, daß wir die Kloake nicht reparieren lassen konnten!

2. 10.

Fulvia, sicher eine der reizvollsten Kokotten der Hauptstadt, erzählte heute sehr lustig über die Sorgen der Damen anläßlich der unsicheren politischen Lage. Obwohl in den Bädern noch Saison ist, sind alle in das heiße, staubige Rom zurückgekehrt. Sie bieten alles auf, um etwas von den Politikern über die Vorgänge hinter den Kulissen herauszuquetschen. Sie fragte C. lächelnd: »Wird er nun Konsul? Ich habe gewettet, er wird.« – »Wer?« fragte C. – »Catilina natürlich.« – »Setzen Sie auf alle Fälle nicht zuviel«, sagte C. langsam, »wie kommen Sie übrigens darauf?« Sie erklärte es uns. Die jungen und weniger jugendlichen Catilinarier stehen augenblicklich hoch im Kurs. Die Mode ist: schlichte, volkstümliche Toiletten. Schmuck: ein wenig Bernstein. Keine Färbung der Fußnägel. Konversation: die Bodenfrage. Fulvia sagt: »Schließlich werden wir alle ausgebeutet, nicht?« Ihre Freundin Fonia bleibt aber ihrem Senator treu und sagt: »Am Schluß macht doch wieder mein Dicker das Rennen. Er ist so brutal.« (Sie ist reaktionär!) Die Losung des Tages heißt Demokratie. Cicero wird bewundert, seiner demokratischen Ideale wegen und weil er das Stadthaus des Crassus kaufen will (viereinhalb Millionen Sesterzien). Aber erst seit Catilina gilt es als schick, die Verwundeten aus dem asiatischen Krieg zu bemitleiden. Es ist bei nicht wenigen Abendgesellschaften sogar zu Sammlungen für die Kriegskrüppel gekommen. Die Tertulla hat einen Beryllschmuck (korinthische Arbeit), den sie von Pulcher, der an den asiatischen Steuerpachten beteiligt ist, bekommen hat, für die Kriegsblinden gestiftet. Sie ist dafür von zwei jungen aristokratischen Catilinariern zu einer Besichtigung der Elendsquartiere am Tiber mitgenommen worden. Einer von ihnen soll sehr hübsch sein. Natürlich bestellt alle Welt neue Toiletten, weil man auf die Schuldenstreichung durch Catilina hofft.

6. 10.

Man sieht die ersten Wahlplakate. Überall, an den Häusermauern, in den Hallen, sogar an den Denkmälern kleben Catilinas große Fragen: »Warum steigt der Brotpreis? Wer steckt die Beute des asiatischen Krieges ein? Warum gehört dem römischen Bürger nicht der römische Acker?« und so weiter.

C. wies, als wir zusammen übers Forum gingen, nachdrücklich auf die Parole hin, als besonders wirksam.

7. 10.

Heute entwickelte sich in der Klientelstunde zwischen C. und einem großen, vierschrötigen Kerl mit eingerissenen Ringerohren folgender Dialog: Der Kerl: »Ich möchte 'ne Rednerschule etablieren.« C.: »Haben Sie das Geld?« Der Kerl: »Keene Bange.« (Er legt mir ein geschlossenes Kuvert auf den Tisch.) C.: »Zeugnisse?« Der Kerl: »Von't Kolosseum, Exzellenz.« C.: »Soll die Rednerschule für Athleten sein?« Der

Kerl: »Nee. Für Hottwolleh.« C.: »?« Der Kerl: »Volkssprache is Mode. Janz jroß. Vakoofe bestimmte Ausdricke stickweise. Habe fümf Anjestellte loofen, wo Flieche sammeln. Jehe mit zwanzigtausend Sesterzien in die Sache.« Publius Macer, unser Wahleinpeitscher, der neben mir stand, sagte, als der Kerl mit seinem Empfehlungsbrief abging, halblaut zu mir: »Die Demokratie marschiert.«

8. 10.

Clodius hier, zusammen mit Alexander. Ein höchst ungleiches Paar! Der etwas ramponierte Adlige, früher Führer der demokratischen Straßenklubs, der ehemaligen bewaffneten Abteilungen der Demokratie, und der Sklave des Crassus als Theoretiker der Demokratie!
Man sprach über die Beteiligung der Demokraten an der Wahl auf seiten Catilinas. Alexander führte in längerer Rede aus, man dürfe in die Sache nur hineingehen, wenn man bis zu Ende gehen wolle, sonst zerstöre man den Wahlapparat. C. fragte, wie er auf die Idee komme, man könnte nicht bis zu Ende gehen wollen. Alexander schien etwas verlegen und murmelte, einige dem Crassus nahestehende Banken stellten zwar Gelder für die Unterstützung der Kandidatur Catilinas zur Verfügung, es sei ihm aber zu Ohren gekommen, daß eine Reihe einflußreicher Geschäftsleute insgeheim mit der Senatspartei über eine ganz andere Haltung bei der Catilinawahl verhandelten. Cicero arbeite hartnäckig in dieser Richtung der Versöhnung der City mit dem Senat. Er warne tagtäglich vor Catilina. C. bestritt energisch das Bestehen solcher Verhandlungen. Clodius sagte am Ende übellaunig: »Wenn diese Koofmichs in der City tatsächlich unter Herrn Cicero mit dem Senat gegen das Volk gehen wollen, werde ich Catilinarier.« Als die Herren schon aufgestanden waren, um wegzugehen,

warf Alexander noch hin: »Sie könnten auch statt mit Cicero mit Pompejus gegen das Volk gehen wollen.« C. sagte nichts dazu, obwohl Alexander auf eine Antwort zu warten schien. Er verhielt sich überhaupt ziemlich schweigsam. Vielleicht war er betroffen über das Gerücht von geheimen Verhandlungen der City mit dem Senat. Vielleicht wollte er die beiden nur nicht merken lassen, wie wenig er überhaupt weiß. Seine Stellung hängt ziemlich in der Luft. Er hat einen Auftrag, aber er bekommt keine Information. Von einer einigermaßen einheitlichen Politik, wie sie etwa die Senatspartei betreibt, wo Cato und Catulus die Zügel fest in den Händen haben, kann bei den Demokraten sowieso nicht gesprochen werden. Sie arbeiten schlecht zusammen, um so mehr, als die City selber oft so widerstrebende Interessen hat.

Alexander spricht bitter über die City. Er sagt, sie mache überhaupt keine Politik. Sie bewege nur immer ihren dicken Hintern hin und her, da sie dumpf fühle, sie sitze noch nicht bequem, und dabei verstärke sich bald hier, bald dort der Druck, den sie ausübe. Von sinnvollen Unternehmungen keine Spur.

C. fragte heute übrigens, ob ich über die Grundstückspreise etwas in Erfahrung gebracht habe. Ich gab ihm einige Zahlen. Er hat das Blatt zu sich gesteckt.

11. 10.

Vier Wahldistriktsvorsteher da. Sie erzählen niedergeschlagen, daß sie bei den Fachvereinen, was die Wahl des Catilina betrifft, auf eine merkwürdige Gleichgültigkeit stoßen. Man äußert sich nicht direkt, man zuckt nur ein wenig reichlich mit den Achseln. Der Seilerverein will »seine Mitglieder nicht abhalten«, ihnen aber auch nicht zuraten. Die Silberschmiede äußern Zweifel an der Solidität des Wahlabkommens und

sprechen recht abschätzig von C., ebenso die Sattler. Die Bäcker gehen noch weiter; sie finden das Programm unseriös. Und überall ist man gegen Diktatur.
Beschluß: der Wahlausschuß soll sich direkt an die Wähler wenden und die Listen früherer Wahlen benützen.

13. 10.

Das Geld der Po-Kaufleute ebenfalls eingelaufen. C. und Crassus haben es für den Wahlfonds des Catilina bestimmt. Wenigstens hörte ich das auf dem Forum von den Geldwechslern. Man hat den Po-Kaufleuten versprochen, daß Catilina sie in die Bürgerlisten einschreiben wird. Ich selber kann immer noch nicht glauben, daß es Crassus mit der Unterstützung des Catilina ganz ernst ist. Freilich teilt er wohl die Furcht des Senats vor einer Diktatur des Pompejus, mit dem er persönlich verfeindet ist, und vor allem wird er eben hoffen, mit einem stark kontrollierten Catilina als Konsul am besten an die asiatischen Einkünfte heranzukommen. Er ist übrigens in Geschäftsangelegenheiten nach Sizilien gefahren.
Daß C. das Geld der Po-Städte in den Catilinarischen Wahlfonds gibt, ist natürlich vernünftig. Die Verrechnung von Wahlgeldern ist immer großzügig.
Ein glücklicher Tag: plötzliche stürmische Aufwärtsbewegung der asiatischen Werte. Bin heute um gut 700 Sesterzien reicher. Führte Caebio aus.

14. 10.

C. jetzt sehr in Fahrt, wie immer, wenn Geld da ist. Er sagte zu Pomponius Celer (Häute und Leder): »Diese Wahl entscheidet das Schicksal der Demokratie. Man muß nur mit einfachen Leuten sprechen, um zu erfahren, wie es in den Armenvierteln brodelt. Mein Agent« (er meinte den Gerichtsvollzieher

Mummlius Spicer) »erzählte mir, wie er wohnt. Zwei von seinen sechs Kindern haben es auf der Lunge. Die Wände sind so feucht, daß das Salz in den Salzfäßchen zu Klumpen wird. Die Ratten sind nicht mehr zu vertreiben. Seit hundert Jahren hat man für die Kanalisation keine Sesterzie mehr bewilligt. Man muß Asien erobern!«
Die Wahlen sind am 20. Das gibt interessante (und gefährliche) Wochen. Hoffentlich läßt C. sich nicht zu tief mit Catilina ein. Glaucos behauptet steif und fest, er sei gestern nacht hier im Hause gewesen. Muß das herausbringen.

15. 10.

Ich bin außer mir, kann überhaupt nicht denken. Caebio betrügt mich. Als ich heute, da ich gerade einen freien Nachmittag hatte, in seine Wohnung ging, war seine Mutter sehr verlegen, was mir gleich auffiel. Caebio sei bei einem Hundewettrennen mit seinem Onkel. Ich sagte ihr sofort aufs Gesicht zu, daß er mit irgendeinem Kerl herumziehen werde. Sie versuchte zu leugnen, dann gestand sie. Es ist Rufus. Er war seit Wochen fast jeden Abend hier. Ich bekam einen Weinkrampf, beherrschte mich aber doch so weit, daß ich mit Caebios kleinem Bruder in den 4. Bezirk gehen konnte, wo das Hundewettrennen sein sollte. Natürlich war Caebio nicht dort. Ich lief den ganzen Nachmittag und die halbe Nacht in allen Buden und Rummelplätzen herum. Dann mit dem Kleinen zu den Getreidespeichern am Tiber gegangen. Er wußte, wo dieser Rufus wohnt, er hat Briefchen hingetragen. (Schamlos!) Wir standen bis zwei Uhr nachts im Hof. Im Lagerhaus kein Licht.

16. 10.

Caebio läßt sich nicht sprechen. Seine Mutter sagt, sie hätte ihm ins Gewissen geredet; sie schätzt mich. Ein neuer Schlag: der Lagerverwalter hat ihm *verboten,* noch mit mir zusammenzukommen! Der Kleine steckte mir einen Zettel zu: Caebio hat in den Speichern einen Schreiberposten bekommen. Also das ist seine Liebe! Er verkauft mich für einen Schreiberposten! Für zwei Sesterzien im Tag. Als ich das las, war ich eiskalt. Ich beschloß sofort, diese Kreatur endgültig fallen zu lassen, wo sie hingehört: in den Dreck. Sie ist wahrlich keine Aufregung wert. Opfergebühren auf dem Capitol eingetrieben (sie versuchten natürlich zu betrügen), Schreibtisch geordnet, Aufstellung der im Januar fälligen Zinsen gemacht. Sah dabei aus einem Brief, der in Heminas »Chronik«, einem Buch, das C. gerade nachts liest, steckte, daß er bedeutende Ankäufe in Grundstücken gemacht hat. Morgen über Morgen Ackerland in der Campagna. Was kann er mit den Grundstücken vorhaben?

17. 10.

Ging heute zu den Getreidespeichern am Tiber. Ließ Caebio herausrufen und stellte ihn auf dem Gang zur Rede. Er kann mir nicht ins Auge schauen. Was ist aus meinem Caebio geworden!

18. 10.

Trostlose Tage. Kann für nichts Interesse gewinnen. Esse fast nichts.

19. 10.

Scheußlicher Auftritt in den Speichern. Wollte nur Caebio fragen, ob ich den Mietkontrakt erneuern soll (seine Mutter bat mich darum). Da kam dieser Rufus dazu und ließ mich von zwei Sklaven hinauswerfen! Er ist ein ganz ungebildeter Mensch, mit schrecklicher Sprache. Drei gegen einen. Caebio stand an der Tür zum Kontor und sagte nichts! Liege zu Bett. Was soll werden?

20. 10.

Habe daran gedacht, ob ich nicht über Pomponius Celer (Häute und Leder) an die Getreidefirma heran kann. Dieser Rufus muß einfach entlassen werden. Vielleicht besser, mit der »Wade« zu sprechen. Dieser Rufus muß einer der ersten sein, die weggeputzt werden, wenn ein Umsturz kommt. Konnte ganzen Tag in Mietssache nichts machen, da Banken geschlossen. Cicero hat eine Rede im Senat gehalten, in der er Mordpläne Catilinas aufdeckte.
Es regnet.

21. 10.

Lethargisch.
Die Konsulatswahlen sind um acht Tage verschoben. Große Aufregung in der Stadt. Die Straßen sind voll von früheren Sullaschen Soldaten, die gekommen sind, Catilina zu wählen. Man ist sicher, daß Catilina, wenn die Wahl heute stattgefunden hätte, gewählt worden wäre. Darum hat sie wohl auch nicht stattgefunden. Verhandelt Cicero in der City? Versucht er, die Geldleute schwankend zu machen, die hinter Catilina stehen? Verspricht er den Banken Einfluß auf das asiatische Geschäft auf dem Weg der Verwaltung der Provinzen, sagt er wieder einmal Citygerichte zu, die Kontrolle über die senatorischen Maßnahmen in Asien ausüben sollen? Schlimm, daß Crassus aus Rom weggereist ist. Polizeipatrouillen durchziehen die Vorstädte.

Erhielt einen Brief von Alexander mit der Bitte, ihn »gelegentlich« aufzusuchen. Ich fand ihn bei der Ausarbeitung einer Rede für den abwesenden Crassus in einer Gerichtssache. Er erzählte mir, es kursierten immer bestimmtere Gerüchte auf dem Forum, daß gewisse Banken über Cicero mit dem Senat über ihre Haltung zur Konsulatswahl verhandeln. Gegen gewisse Zugeständnisse (in Asien?) sei die City bereit, die Gelder, die irgendwoher dem Catilina zufließen, energisch zum Versiegen zu bringen. Die Senatspartei solle aber zu keinerlei Zugeständnissen bereit sein, da Cato nicht glaube, daß die City tatsächlich Catilina als Konsul sehen wolle. Beinahe noch wichtiger sei, daß die Fachvereine immer deutlicher Stellung gegen die Catilinawahl nähmen. Er habe Andeutungen gehört, man verhandle »seriös« mit dem Senat über »wirkliche Zugeständnisse«; es werde da eine »Überraschung« geben. Cato soll dem Vorstand der Schreiner sogar zu verstehen gegeben haben, »ein Herr in der Leitung des Catilinarischen Wahlausschusses« sei bei ihm gewesen und habe »merkwürdige Angebote gemacht«.
Alexander fragte mich geradeheraus, ob ich etwas über eine Unterredung C.s mit Cato und Catulus, den Führern der Senatspartei, wüßte. Er soll, wenn Alexanders Zwischenträger die Wahrheit sagen, der Senatspartei angeboten haben, gleichgültig, wie die City sich stelle, Catilinas Wahl von sich aus zu sabotieren, falls der Senat das im Frühjahr von den Demokraten auf Betreiben Alexanders vorgeschlagene Zehnmännerkollegium, das die Arbeitslosen ansiedeln soll, doch noch aufstellt (Lösung der Bodenfrage!). Cato soll sich noch nicht geäußert haben. Ich wußte nichts von einer solchen Unterredung, allerdings hatte ich Cato gestern in die Klientelstunde einen Brief C.s gebracht. Ich war sogleich hereingeführt wor-

den, wiewohl das Atrium ungeheuer voll war. Gegen diesen Betrieb ist der unsrige gar nichts. Hier drängte sich, von einem Dutzend von Sekretären dirigiert, ein ganzes Stadtviertel; darunter sah ich Geschäftsleute, die selber mehrere Sekretäre mitgebracht hatten. Der kleine, dickliche Mann, von dem ganz Rom weiß, daß er ein Säufer ist, der schon vormittags seine fünf Flaschen Rotwein intus hat, las den Brief in meiner Gegenwart, brummte etwas Unverständliches und reichte ihn seinem Chefsekretär, der ihn ebenfalls las, worauf sie Blicke wechselten. Ich bekam den Bescheid, C. werde brieflich Antwort erhalten. Im Hinausgehen hörte ich Cato murmeln: »Der Herr scheint schon nervös zu werden.«
Alexander schien, als ich das erzählte, ganz entsetzt. Hätte ich es ihm nicht sagen sollen?

23. 10.

Wieder bei Caebios Mutter gewesen. Sie sagt, wenn er seine jetzige Stelle verliert, will er zu den Catilinariern gehen. Die versprechen Posten. Mein zarter Caebio Soldat!
Freilich, die Leute leben in schrecklichem Elend. Es ist ein achtstöckiges Haus, das ständig am Einfallen ist und durch drei dicke Holzbalken von der Straße aus gestützt wird. Über zweihundert Menschen wohnen darinnen, wenn man das wohnen nennen kann. Kinder mit eitrigen Augen rollen die verfaulten Stiegen hinunter. Was diese Armen essen (und wovon sie nicht genug haben), ist so, daß es bei uns in die Abfalltonne käme.
Kann mich nicht des Gedankens erwehren, daß ich gegen Caebio ungerecht bin. Er hat einfach den finanziellen Druck nicht ausgehalten. Von mir sah er sich verraten. Ich bezahlte plötzlich nicht einmal mehr seine Miete. Wie sollte ich ihm klarmachen, daß ich meine Ersparnisse C. geborgt hatte? Was

nützte ihm das? Seither habe ich C. gegenüber immer wieder Andeutungen fallen lassen. Er reagiert überhaupt nicht. Aber der Cynthia kauft er ein Perlenarmband! (Und nicht auf Kredit; ich weiß positiv, daß kein Juwelier ihm noch etwas krediitiert.) Er hat im Augenblick wieder Geld.

24. 10.

Suche mich zu betäuben, indem ich mich wieder mit Politik befasse. Mit C. ist oft schwer zu arbeiten. Meist verhält er sich tagelang absolut untätig, ist nicht zu sprechen, faßt keine Entschlüsse, gibt keine Orders. Dann hört man den einfachen Distriktswahlleiter Zweifel an C. äußern, an seiner Entschlußkraft, seiner Stetigkeit usw.: »Er schwankt hin und her, er spricht so vage, er weiß nicht, was er will; wochenlang ist er nicht zu sprechen, und alles geht drunter und drüber, niemand weiß, was er beschließen wird. Er ist ein großer Mann, aber leider, er ist nicht immer er selber.« Wüßte der Mann auf der Straße mehr von der unendlichen Kompliziertheit der politischen Kämpfe, ahnte er, von was allem der Führende selber abhängt in seinen Entschlüssen, daß er eigentlich »niemals er selber ist«, indem ja andere da sind, denen wieder er ausgeliefert ist, spräche er gewiß nicht so. Seit heute ist C. z. B. wieder höchst aktiv. An der Haltung der Demokraten bei dieser Wahl stimmt irgend etwas nicht. Wieder sind die Papiere der asiatischen Steuergesellschaften um zwölf Punkte in die Höhe gegangen. Was ist da hinter den Kulissen vorgefallen? Hat man sich geeinigt? Wer mit wem? Ciceros Warnungen, Catilina werde, zur Macht gelangt, den Pöbel auf das Forum loslassen, werden jedenfalls nicht mehr mit dem Achselzucken der letzten Wochen aufgenommen. Die Fachvereine sind schon gegen Catilina; fallen jetzt auch die Banken um? C. scheint jetzt der Sache auf den Grund gehen zu wollen. Heute ließ er sich, wie ich durch die Sänftenträger in Erfahrung brachte, die abends ganz zusammengebrochen waren, in der City von Kontor zu Kontor tragen. Dem Clodius erzählte er heute abend in meiner Anwesenheit, er habe jetzt von Cato politische Zugeständnisse verlangt. (Ich hatte ihm von Alexanders mißtrauischer Frage Meldung erstattet.) »Was für politische Zugeständnisse?« fragte Clodius, sichtlich mit Argwohn. »Die gewöhnlichen«, antwortete C. Der Pomadekopf bohrte aber weiter: »Kornspenden?« – »Ja, auch«, sagte C. nervös. »Aber natürlich legte ich mehr Gewicht auf die Bodenfrage. Wenn der römische Arbeitslose Boden zu bestellen hat, braucht er keine Almosen.« – »Vorläufig hat er Hunger«, bockte Clodius. C. wurde ganz wild. »Mit Leuten«, sagte er wütend, »die immerfort auf ihren Magen zeigen, kann man doch keine Politik machen. Mit einem Heer, das sich immerfort in die Kornspeicher verläuft, kann man nicht Rom nehmen. Die Fragen werden im großen gelöst oder überhaupt nicht. Wenn dieses Gesindel nicht mehr will als einen Laib Brot, wird es eben Gesindel bleiben. Ich bin Politiker, nicht Bäcker. Übrigens habe ich nicht verhandelt, sondern nur auf den Busch geklopft.« – »Und was antwortete Cato?« fragte Clodius ganz ruhig. »Er wollte es sich überlegen, schien nicht abgeneigt, entgegenzukommen.« – »Wie weit?« fragte Clodius. »Ich sagte ihm«, erklärte C. etwas ruhiger, »daß der ganze Wahlapparat der Demokratie bis auf den letzten Mann für Catilina eingesetzt werden wird, wenn keine Zugeständnisse gemacht werden.« – »Du weißt aber, daß das nicht stimmt. Die City hat schon Gelder gestoppt.« C.: »Darum war ich heute den ganzen Tag in der City. Sie *muß* mit der Wahl Catilinas drohen.« Clodius: »Und sie *darf* Catilina nicht wählen lassen. Das hieße: Schuldenstreichung. Das weiß doch der Senat auch.« C.: »Wir können auch der City Obstruktion machen, das weißt du ganz genau, und das weiß auch Cato, mein Lieber. Und seit heute weiß es auch die City. Dafür habe ich gesorgt. Wir können die Wähler für Catilina stimmen lassen und ihnen Bezahlung versprechen, wenn Catilina durch ist.« Clodius: »Und willst du das?« C.: »Unter Umständen.« Clodius: »Unter welchen Umständen?« C.: »Wenn keine Zugeständnisse erfolgen. Frag nicht so dumm.« Clodius stand auf. »Und wann erfährst du, ob Zugeständnisse gemacht werden?« C.: »Ich habe heute nacht noch Besprechungen.« Clodius: »Und wann erfahren wir es?« C.: »Sobald ich Bescheid habe, natürlich.« – »Gut«, sagte Clodius kurz und nicht sehr freundlich. Er ging bald weg.

Das Schlimme ist nur, daß C. gar keine Besprechungen mehr hatte, sondern zur Mucia ging; allerdings erst, als von Cato ein Kuvert abgegeben worden war, das ziemlich dick war. Darin standen kaum Zugeständnisse; so viele politische Zugeständnisse gibt es gar nicht. Ich sehe schwarz in die nächsten Tage.

Ironie des Schicksals: jetzt habe ich die 4000, um deretwillen ich meinen Caebio verloren habe! Mummlius Spicer hat sie mir geliehen. Zu spät . . .

25. 10.

C. ist heute für die Wahlvorsteher nicht zu Haus. Er hat sogar die Klientelstunde abgesagt, um niemand Rede stehen zu müssen.

Dagegen empfing er dauernd Leute, in denen ich Mitglieder der Handelskammer erkannte. Er scheint auf alle Büsche zu klopfen, die es gibt.

26. 10.

C. ist mitten in der Wahlkampagne in eines der Seebäder gefahren. Er hat nur mir angegeben, in welches, da er absolute Abspannung braucht, sehr nervös ist und wieder anfängt, nicht

einschlafen zu können. So sagte er der Pompeja. Ich weiß aber, daß er sich mit der Mucia trifft. Ob sie ihrem Mann auch schreibt, daß sie nervös ist, und ob Pompejus das glaubt wie Pompeja? Dabei hat sie, zufällig hereinkommend, gesehen, wie er seinen »Hercules« einpackte, diese schrecklichen Hexameter, die er vor fünfzehn Jahren dichtete und die er immer den Damen vorliest, weil er kein Thema findet. Das mit der benötigten Abspannung sagte er sogar mir und entblödete sich nicht, mit der Hand an den Kopf zu greifen, als schmerze er.
Bin gespannt, was Clodius und der Wahlausschuß sagen werden, wenn es ruchbar wird, daß C. weggefahren ist . . . Und der »Schwamm« ist auch weg!
Ich selbst froh, daß C. abwesend. Suche jetzt kleineres Ladenlokal. Bin fest entschlossen, Caebio einen Parfümerieladen einzurichten. Er soll in seinen Entschlüssen frei sein. Kann einfach nicht zusehen, wie er sich verkauft.
Die Mieten sind verhältnismäßig billig, da immer mehr Zwangsversteigerungen stattfinden. Die Banken gehen jetzt ganz rigoros vor. Den Handwerkern werden die Darlehen aufgekündigt, und die Patrone vermieten für fast nichts, wenn sie nicht ihre Sklaven in die Läden setzen oder Freigelassene, die ihnen dann Provisionen zahlen müssen. Die Namen der Ladeninhaber zeigen, wie die Fremden in Rom zunehmen. Das sind die Sklavenimporte aus Asien. Alexander sagt darüber: Pompejus besiegt die Römer.

27. 10.

Vormittags gegen 11 Uhr zogen die Subura herunter Trupps junger Leute mit weißen Armbinden. Das ist die in den letzten paar Tagen hastig aus dem »Kaufmannsstande« gebildete Bürgergarde des Herrn Cicero. Die Bevölkerung sah sich die Abteilungen neugierig und schweigend an. Ich sah in den klei-

nen Fenstern manches erstaunte Gesicht zwischen den Wäschestücken, die an Seilen über die Straße zum Trocknen aufgehängt sind. Herr Cicero schützt seine Republik.
Mittags erhielten wir die Erklärung dieser kriegerischen Demonstration in Form von plötzlichen, bestimmt auftretenden Gerüchten, daß die Catilinarier in Etrurien die Catilinarischen Adler aufgepflanzt haben. Ist das der Beginn des Bürgerkriegs? Sie sollen eine kriegsstarke Legion früherer Sullascher Legionäre aufgestellt haben. In Etrurien sind tatsächlich viele Veteranen des Sulla angesiedelt worden, und natürlich sind ihre Höfe mit Hypotheken überlastet. Der Getreideanbau rentiert sich eben nicht im kleinen.

28. 10.

Wahlen. Seit dem frühen Morgen die Stadt in riesiger Bewegung. Überall Züge, Straßenredner, Plakate, Wagen mit Wählern. Viel Polizei.
Das Marsfeld ist ganz und gar von der Leibwache Ciceros, der neuen Bürgergarde, besetzt. Er präsidierte selbst dem Wahlakt – wie es heißt, mit einem Küraß unter der Toga. Ich sah ihn auf dem Gerüst sitzen, umgeben von Bewaffneten, als ich mittags auf das Marsfeld ging, um womöglich meinen Caebio wenigstens von weitem zu sehen. Graues, stürmisches Wetter. Ungeheurer Lärm. Unmöglich, nahe an die Laufstege heranzukommen, über die die Wählercenturien an den Kasten für die Stimmtäfelchen geführt werden. Caebio in der Menge nicht zu entdecken. Einmal glaubte ich, ihn zu sehen; ein offensichtlich junger Mensch ging an den Seilen entlang, ohne sich einzuhalten, sein Gehen war dem Caebios ähnlich, aber die Kopfhaltung war anders. Mein Herz schlug laut einige Minuten lang. Aber ich stand viel zu weit entfernt. Er kann es doch nicht gewesen sein.

Auf dem Heimweg traf ich schon die ersten Betrunkenen. Der ganze Wahlrummel widerte mich an.
Die Nacht vor dem Wahltag war scheußlich. Alle Augenblicke kamen, da die Gelder nicht ausbezahlt wurden, Abordnungen der Distrikte und verlangten stürmisch nach C. Natürlich glaubte niemand, daß er verreist ist. Die Erbitterung gegen ihn ist ungeheuer. Er hat die Distriktsleiter immerfort hingehalten, so daß die Wähler noch heute morgen auf das Geld warteten und ihre Stimmen im allerletzten Moment losschlagen mußten, als sie fast nichts mehr dafür bekamen. Die Gegenpartei brauchte ja nur 51 Prozent aller Stimmen. Sie kaufte also einen kleinen Teil der demokratischen Stimmbestände auf, um sicher zu gehen. Diese Stimmen bekam sie für einen Teller Bohnensuppe, da die Wähler sich gegenseitig unterboten in den letzten Stunden vor dem Wahlakt, aufsitzend mit ihren bestellten und nicht abgeholten Stimmen. Die riesige Mehrzahl ging leer aus.
Die Gegenkandidaten Catilinas sind beide von der Senatspartei.
Hat C. sich tatsächlich mit dem Senat geeinigt? Gibt es eine friedliche Demokratisierung? C.s Verhalten sonst unverständlich. Es kann doch nicht nur das Kuvert des Cato sein?

29. 10.

Catilina ist durchgefallen. Er soll ungeheuer deprimiert sein. Dabei gibt niemand seine Sache verloren. Man glaubt allgemein, daß er die Entscheidung mit der Waffe suchen kann. Auf dem Kapitol hat er ausgespielt. Die noch ausstehende Wahl der beiden Volkstribunen wird nichts mehr ändern. Die Kandidaten sind noch nicht einmal aufgestellt, so wenig Interesse besteht dafür angesichts des Riesensieges der Senatspartei.

Gerüchtweise verlautet, daß die Steuerpachtgesellschaften jetzt Pompejus da haben, wo sie ihn haben wollten. Aber ob die neuen Konsuln den Kontrakt, den ein paar Banken mit Pompejus gemacht haben, sanktionieren werden, ist eine andere Frage.

C. noch in der Campagna. Ist er wirklich dort? Oder ist er in Etrurien? Pompeja und seine Mutter sehr nervös. Fand heute die Alte weinend. An unserer Hauswand stand, drei Meter über dem Boden, in schwarzer Farbe: »Nimm dich in acht, Schwindler!« Dicht neben dem Tor, so daß jeder es sehen mußte, der in die Klientelstunde kam.

Zum erstenmal wieder in der Barbierstube. Alles redet von Catilinas Heer in Etrurien. Die Leute versprechen sich alles von seinem Programm der Schuldenstreichung. Man hört über ihn nur Gutes, über Cicero nur Schlechtes. Ein großer, dicker Mann, Metzgertyp, nannte ihn einen Verräter der Demokratie.

30. 10.

Auch wir werden bei der kochenden Wut der Wählermassen in der nächsten Zeit allerhand einstecken müssen. Gestern die Inschrift an der Hauswand, heute früh lagen im Atrium faustdicke Steine.

C. ist zurückgekehrt. Er war *nicht* in Etrurien. Als ich ihm sagte, daß seine Mutter sich ängstigt, war er ganz erstaunt.

Als ich ihm berichtete, daß Clodius tobt, lachte er nur. »Er bekommt ab«, sagte er. Daß die demokratischen Wähler empört sind, nimmt er nicht tragisch. »Wenn man seine Überzeugung verkaufen will«, sagte er, »muß man sie genau so rechtzeitig losschlagen wie jede andere Ware. Natürlich, jetzt sind den Guten ihre Stimmen faul geworden wie Fische, die man zu lange zurückhält, um den Preis hochzutreiben.

Geschieht ihnen recht. Vielleicht lernen sie noch, daß man mit dem Kopf und nicht mit dem Magen denken muß.« Er kann einem ungeheuer leicht alle Besorgnis nehmen, wenn er nur will. Er hat dann so große Gesichtspunkte.

Er erzählte auch von der entsetzlichen Lage der kleinen Landwirte. Sie können teilweise nicht mehr ihre Ernten einbringen, da Söhne und Männer im Feld sind. Sie hoffen auf ein Steigen des Kornpreises, sind sonst ruiniert. Daß Catilina den römischen Arbeitslosen Kornspenden verspricht, hat viele Landwirte gegen ihn gestimmt. C. fand warme Worte für das demokratische Programm, das die Lösung der ganz unhaltbaren Bodenfrage vorsieht.

Anscheinend hält er also den Sieg der Senatspartei, von dem alle Welt redet, für noch nicht so gesichert.

War sehr guter Stimmung, als Caebios Bruder kam und mir schweigend ein Paketchen mit dem goldenen Medaillon übergab, das ich Caebio einmal geschenkt habe.

Geriet in tiefste Verzweiflung.

31. 10.

Pomponius Celer (Häute und Leder) erzählt, daß in der City alle mit allen verkracht sind. Riesige Unzufriedenheit. Immer noch sind bedeutende Gruppen für Catilina. Kann mir nur nicht erklären, warum. Jetzt, wo seine Bewegung sich doch unerhört radikalisieren wird! Mein Metzger vom Barbierladen, gut. Aber der Bankier Oppius? Rätselhaft.

Kurze Unterredung C.s mit Alexander und Clodius. Alexander war ungeheuer niedergedrückt, als er C. (zum erstenmal nach der Unglückswahl) begrüßte. Als anständiger Mensch war er verlegen, weil er C.s Haltung für tief unanständig hielt. Der Pomadekopf dagegen war merkwürdig zivil, C. muß ihm schon »abgegeben« haben.

Immerhin berichtete er ausführlich von der ungeheuren Erbitterung bei den Wählermassen. Die Obleute der aufgelösten Straßenklubs waren bei ihm gewesen. In diese Organisation kommt jetzt ganz von selber wieder Leben. Augenscheinlich, Clodius drückte sich da sehr vag aus, verlangten die Obleute von ihm, daß er sich von C. trenne, den man jetzt natürlich allgemein verwünscht.

C. war ziemlich betroffen.

Er erzählte Näheres über den Umfall der Banken knapp vor der Wahl.

Er berichtete, wie er bei dem Bankier X. die eigentlichen Wahlgelder abholen wollte. Er hatte sich kaum gesetzt, als der Mann ihm kühl sagte, man könne nun abrechnen, er solle seine Auslagen usw. spezifizieren. C. fiel aus allen Wolken. X. redete etwas herum, erwähnte lässig, er habe alles versucht, habe aber bei keiner der großen Firmen das zugesagte Geld bekommen können. Überall Klagen über die außerordentliche Geldknappheit, die Großbanken seien im asiatischen Geschäft engagiert, das nach wie vor sehr unsicher sei, die Wahlparolen Catilinas hätten durch ihren aggressiven Ton verstimmt usw. usw. C. fragte ihn, was dazu Crassus sagen werde. X. antwortete langsam, jedes Wort sorgsam wählend: »Ich habe von Herrn Crassus seit zwei Wochen nichts mehr gehört. Gestern hat er jedoch brieflich die Weisung erteilt, seinen Beitrag an die Wahlleitung nur auszuzahlen, wenn auch die andern zugesagten Beiträge ausgezahlt würden.«

C. hatte, natürlich außer sich, geltend gemacht, man habe ihn wissentlich getäuscht, er werde vor dem demokratischen Wahlausschuß sein Gesicht verlieren. Der Bankier hatte ihn nur unverschämt angeblickt und einfach wiederholt: »Nennen Sie Ihre Ansprüche, ich bin dazu bevollmächtigt, Sie abzufinden.«

Nach einem nicht ganz angenehmen Schweigen sagte Clodius lustlos, man müsse also wohl auf die Rückkehr des »Schwamms« warten, bei dem jetzt alles liege. Hier wurde Alexander sehr verlegen, und nach einigem Herumreden kam er damit heraus, daß Crassus schon zurückgekehrt sei.
C. und Clodius sahen einander erstaunt an.
Alexander sagte schnell, er sei sicher, Crassus werde »schon in den nächsten Tagen« eine Zusammenkunft herbeiführen.
Man ging recht bedrückt auseinander.

1. 11.

Der Brotpreis ist wieder erhöht worden. Die Getreidefirmen sind wahnsinnig geworden. Was bezwecken sie? Einen Aufstand der hungernden Menge? Das arbeitet alles dem Catilina in die Hände. Aber das soll es wohl auch. Nur: wozu? Warum hat man dann seine Wahl vereitelt?
Während Cicero im Senat nutzlose Verordnungen gegen die Kapitalflucht durchpeitscht, Polizeirazzien auf auslaufenden Schiffen nach Goldtransporten stattfinden, tobt einige Schritte weiter auf dem Forum der Aufruhr der Kornspekulanten. Irrsinnige Welt.
Es wird immer deutlicher, daß Rom nötiger als alles andere einen »starken Mann« braucht! Es zerfleischt sich über der asiatischen Beute.

2. 11.

C. hat das Gestüt in Präneste wieder aufgefüllt. Es macht ihm und Pompeja großes Vergnügen, die neuen, hochklassigen Pferde zuzureiten. Es war nicht nur das Kuvert Catos. Es müssen auch Kuverts der City gewesen sein.
Immer noch kein Wort von Crassus.
Dafür ein Beamter der Prätur hier. Er erzählte, die aufge-

lösten Straßenklubs entfalteten jetzt wieder eine eifrige unterirdische Tätigkeit. Gegen C. würden, wie die Prätur in Erfahrung gebracht hat, sehr heftige Reden geführt. Er solle nicht ohne Begleitung ausgehen.

2. 11. (abends)

Habe Caebios Bruder informiert, daß ich über einen Laden verhandle. Versicherte ausdrücklich, daß ich keine Bedingungen daran knüpfe.

Glaucos in großer Aufregung. Alle Fechtersklaven werden aus Rom entfernt. Auch Glaucos hat von der Polizei die Order erhalten, sich nach Capua zu begeben. Augenscheinlich fürchtet Herr Cicero eine Radikalisierung der Catilinarischen Bewegung jetzt nach der Wahlniederlage. Cicero traut ihm ohne weiteres zu, daß er jetzt sogar unter den Sklaven Anhänger werben wird. Er ist damit nicht so ganz auf dem Holzweg: tatsächlich gestand mir Glaucos, daß er nicht nur Fechtlehrer, sondern Rottenführer ist. Das bedeutet natürlich nicht, daß man im Catilinarischen Lager geradezu für die Gleichstellung der Sklaven ist. Glaucos rechnet nur damit, daß er bei der Umwälzung soviel Geld machen kann, als nötig ist, sich freizukaufen. Kein Plebejer will einen allgemeinen Sklavenaufstand auf den Hals bekommen. Schließlich hätte das Wahlrecht – und es handelt sich dabei nicht *nur* um die damit verbundenen Sporteln – keinen Sinn mehr, wenn es plötzlich auf alle übertragen würde. Man tut also, wie Glaucos nicht ohne Bitterkeit bemerkt, alles, in den Rotten die Sklaven »auf ihrem Platz zu halten«. Er war schon manchmal darüber recht deprimiert.

C. schickte ihn mit einem Brief auf die Prätur. Die Order wurde zurückgenommen.

3. 11.

Crassus hat sich endlich gemeldet! Er ließ merkwürdigerweise sagen, daß er mit einigen Herren vom Senat kommen würde.

C. zeigte seinen Gästen die neue Reitschule. Die »Diana auf dem blauen Pferde« erregte auch bei ihnen Kopfschütteln. Allgemeine Meinung: Pferde sind nicht blau. C. sagte, den Künstler entschuldigend: »Und Politiker sollen zu unserer Zeit mitunter keine Politiker sein, Finanzleute kein Geld haben und Priester nicht an die Göttinnen glauben.«

Man lachte, da er selbst Oberpriester ist.

Verständnis für die moderne Kunst findet man nur in der City.

Die Herren vom Senat nahmen den »Catilinarummel« immer noch nicht ernst. »Die City wird schon kalte Füße bekommen«, sagte jemand, »wenn sie erst einmal den ganzen Abschaum der 34 Bezirke mit Rucksäcken zu den Wechselstuben des Forums heraufpilgern sieht.« Und ein besonders fetter Junker stopfte unsere köstlichen Wachteln in sich hinein und sagte grinsend: »Als die Fachvereine Gratiskorn für ihre faulenzenden Mitglieder wollten, drohten sie damit, den Catilina zum Konsul zu wählen. Nun, es gab kein Gratiskorn, und Catilina wurde nicht gewählt.« – »Aber mit den Fachvereinen ist verhandelt worden«, sagte der »Schwamm« böse. »Um sie von Dummheiten abzuhalten. Es finden keine Verhandlungen mehr statt.« Die Sicherheit dieser Herren ist aufreizend.

Man darf die ungeheure tatsächliche Macht des Senats nicht unterschätzen. Er ist der Staat schlechthin. Dreihundert Familien, fast alle mit riesigem Grundbesitz. Diese Leute hat man auf goldenen Wägen in ihren Triumphzügen durch die Gassen fahren, Soldaten ausheben, als Richter fungieren sehen. Wer eine Wasserleitung bauen will, muß zu einem von ihnen gehen. Jede einzige der Familien hat eine Klientelschaft von Tausenden in der Stadt, kleine Kaufleute, Handwerker, Pächter, Kriegslieferanten. Sie verheiraten, sie scheiden, sie geben Empfehlungsbriefe in die Provinzen und kleine Zettel für die Ämter, die Tür und Tor öffnen.

Der »Schwamm« blieb noch, als die andern gegangen waren. Das Gespräch hatte ihn sehr verstimmt. »Sie weichen keinen Fußbreit, wie?« sagte er. »Man muß den Druck verschärfen. Vielleicht hätten wir doch den Catilina durchboxen sollen bei der Wahl. Dann sprächen sie anders.« C. sah ihn erstaunt an und warf dann, scheinbar uninteressiert, hin: »Warum hast du dann die Wahl in die Binsen gehen lassen?« – »Das ging nicht«, sagte der »Schwamm« faul, »nachdem einmal die Fachvereine dagegen waren.« Und nach einer Weile fügte er hinzu, nach der Decke schauend: »Was wird Catilina jetzt machen?« – »Vermutlich abdanken oder losschlagen.« – »Aufstand? Nicht für fünf Asse Aussicht in Rom. Das kann Herr Cicero mit seiner elenden Bürgergarde und mit ein paar tausend von Lucullus ausgeliehenen Fechtersklaven erledigen.« – »Aber er hat auch ein Heer. In Etrurien.« – »Ja, und kein Geld dafür.« C. sah ihn aufmerksam an. »Bist du denn überhaupt noch interessiert?« Der »Schwamm« erwiderte seinen Blick. »Warum nicht«, sagte er, »er müßte vielleicht etwas mehr zeigen. Bis jetzt bringt er nur die Salons durcheinander. Warum ist er nicht bei seinem Heer?« – »Willst du, daß ich ihn frage?« sagte C., als mache er einen Witz. »Da wird er mich fragen, warum du das Geld abgestoppt hast.« – »Wieso habe ich das Geld abgestoppt? Es ist nicht abgeholt worden, mein lieber Caius.« – »Das ist hochinteressant«, sagte C.

4. 11.

Von Paestus, dem Sekretär des Clodius, weiß ich, wie man

versuchen will, den Catilina aus seiner Zurückhaltung (er ist immer noch in Rom und scheint den Aufstand mehr zu fürchten als seine Geldgeber) herauszulocken. Clodius hatte eine lange Unterredung mit der Fulvia, der Geliebten des Catilinariers Quintus Curius. Sie soll zu Cicero geschickt werden, mit Enthüllungen. Clodius: »Cicero ist ein alter Bock und kann nicht widerstehen, wenn er etwas umsonst kriegt. Sie wird alles enthüllen, auch sich selber, versteht sich. Das Weitere besorgt seine grenzenlose Feigheit.«
Paestus verfolgt mich mit seiner Zuneigung ganz unleidlich, aber solche kleinen Nachrichten sind einen Abend wert.

5. 11.

C.s Teilnahme an der jetzt überhaupt in der Stadt immer mehr grassierenden Grundstückspekulation beunruhigt mich nachgerade.
Ich räumte demonstrativ seine Landkarten auf nach dem Diktat. Er sah mir lächelnd zu und sagte: »Die Mucia hat mich gebeten, etwas Land für sie zu erwerben. Ich berate sie ein wenig. Wenn ich Geld hätte, kaufte ich auch.«
Nun, mich täuscht er nicht. Wenn ich Geld hätte! Anscheinend hat Mucia Geld. Schließlich ist sie die Frau des Pompejus.
Die Grundstückkäufe belaufen sich auf immense Summen, mindestens fünf Millionen. Die Preise sind sehr gestiegen in der allerletzten Zeit.
C. steht zweifellos im Augenblick ausgezeichnet mit der Hochfinanz. Sonst hätte er kaum in ihre Grundstückspekulationen einsteigen können. Daß er, was ruchbar geworden ist, aus Cato einen Scheck herausgeholt hat für die Sabotage der Catilinawahl, als er schon wußte, daß die City sie niemals zulassen würde, nimmt man ihm nicht übel; man lacht sogar darüber.

6. 11.

Wieder finden hier im Haus in der Bibliothek geheime Zusammenkünfte statt. Meist kommen Curius, Lentulus und Statilius, stadtbekannte Catilinarier vom radikalen Flügel. Der frühere Konsul Lentulus, einer der flottesten und fallitesten Lebemänner der Hauptstadt, bekam einen Spitznamen, die »Wade«, dadurch, daß er, vor dem gesamten Senat haarsträubender Korruption überführt, trocken antwortete, Rechenschaft könne er nicht ablegen, aber er wolle sein Bein hinhalten, wie es die Knaben machen, wenn sie beim Ballspiel einen Fehler gemacht und zur Strafe der Ball möglichst schmerzhaft nach ihrer Wade geschmissen wird. Statilius, ein langer, dünner Mensch, dessen Vater bei einem Bankkrach sein Vermögen verloren hat, ist sehr gebildet und unterhält sich mit C. stundenlang über Grammatik. Der brutale Libertinismus der »Wade« macht ihn verlegen. Er beteiligt sich am Putsch, wie er betont, nur, weil er gegen die »Tyrannen« ist. Curius ist unbedeutend.

Alle drei beschweren sich, sobald sie etwas getrunken haben, über Catilinas Zaudern, den einzigen Weg zu beschreiten, der ihm jetzt noch übrigbleibt. Er will absolut nicht weg aus der Stadt und den fruchtlosen Verhandlungen. Dabei läuft das Heer in Etrurien auseinander. Auf Geld sind sie ungeheuer scharf; schon sein bloßer Geruch regt sie an. Andererseits sind sie mißtrauisch. Die »Wade« macht fortgesetzt Witze über das Spiel mit dem Feuer, das die City spielt, und über die »Klubs der Freunde des bewaffneten Aufstands«.

Habe übrigens beschlossen, keinen Versuch mehr zu machen, Caebio zu treffen, bevor ich seinen Laden vollständig eingerichtet habe. Für die Wände habe ich blau gewählt, sehr licht. Nach einigem Schwanken nahm ich doch die teuren, aber schönen ägyptischen Flaschen mit den geschliffenen Stöpseln.

Als ich Caebios kleinem Bruder den nun fast kompletten Parfümerieladen zeigte, stand er eine ganze Zeitlang mit offenem Mund. Dann sagte er nur: »Der ist ja dumm.«

8. 11.

Cicero hat im Senat eine sensationelle Rede gehalten. Er hat ein Mordkomplott der Catilinarier gegen sich enthüllt. Er schrie immerfort: »Ich weiß alles!« Fulvia hat also funktioniert.

Ich kam mit einem Brief für Crassus zum Tempel des Jupiters Stator, wo der Senat tagte. Davor, in der Heiligenstraße, war ein ganzer Wald von Sänften, die auf die Senatoren warteten. Großes Hin und Her aufgeregter Sekretäre. Die Sänftenträger, meist Anhänger des Catilina, machten Witze über den Senat und lachten über die Sekretäre, die sie zur Ruhe verwiesen.

Catilina war bei der Sitzung anwesend. Sein Sänftenträger war der Star vor dem Tempel. Die andern umringten ihn und schnappten nach jedem seiner Worte. Ein großer, hübscher Kerl.

Auch in den Senat konnte ich einen Blick werfen. Der gewaltige Raum schien überfüllt. Die nicht in Rom wohnenden Senatoren waren nachts durch Spezialkuriere von ihren Landgütern geholt worden. Die Sitzung war schon im Gange, aber Cicero war noch nicht im Hause. Niemand hörte auf den Redner, der eintönig über Makedonien sprach. Die Unterhaltungen wurden laut, über mehrere Bänke weg, geführt. Auch hier wurden Witze belacht, nur war das Lachen fettiger als draußen. Doch an der einen Wand sah ich um ein Kohlenbecken eine Gruppe, die etwas ernster konversierte, wahrscheinlich über Geschäftliches.

Ich hörte nachher, daß man Ciceros wuchtige Anklagen ohne

große Erregung anhörte. Aber als Catilina sich dann verteidigte, rückten die neben ihm Sitzenden sichtlich von ihm ab, wie von einem ansteckend Kranken. Die Bänke um ihn waren leer beim Ende seiner Rede.
Der Senat hat ihm gegenüber lange eine erstaunliche Geduld gezeigt. Allerdings haben die Herrschaften bisher nur von ihm profitiert. Siehe die Wahlen! Ciceros hysterische Attacken allein hätten den Senat kaum gerührt, aber in der letzten Zeit soll es auf einigen großen Landgütern Unruhe unter den Sklaven gegeben haben. Man weiß nichts Näheres darüber, aber daß man ihm etwas von der Art in die Schuhe schiebt, zeigte die heutige Sitzung. Er steht jetzt tatsächlich vor der Verhaftung. Wird er losschlagen?

9. 11.

Catilina ist mit zweihundert Anhängern, viele davon sind Mitglieder des Adels, abgereist! Er befindet sich auf dem Weg nach Etrurien. Das ist endgültig der Bürgerkrieg.

10. 11.

Catilinas Abreise wird völlig überschattet durch das neue Stadtgespräch: im Auftrag des Pompejus ist sein Schwager Quintus Metellus Nepos in der Hauptstadt eingetroffen, um sich am 13. um das Volkstribunat zu bewerben. Es heißt, daß seine Kandidatur im Senat eine kühle Aufnahme gefunden hat. Cato selber will Volkstribun mit ihm zusammen werden, sicher nicht, um ihn zu unterstützen. Die Wahl des Herrn aus Asien ist natürlich gesichert. Er muß ganze Körbe mit »Kuverts« in Brundisium an Land geschafft haben. Er war schon Gast der Handelskammer. Auch C. erwartet ihn bei sich.

Fulvia: »Dieser Oberst Nepos ist reizend! Ganz was andres als diese Jüngelchen, die immerzu vom Umsturz faseln, wenn sie nicht grad Migräne haben. Was mich mein Curius anödet mit seinem ›wenn wir erst‹! Nepos hat mir übrigens ernsthaft versichert, daß Pompejus (er sagt immer ›der Chef‹) absolut demokratisch fühlt. Er nennt ihn den einzigen Demokraten von allen Römern. Natürlich, (zu C.) Sie sind auch einer. Schamlos nur, wie sich unsere Damen an ihn heranschmeißen, sie zerfleischen sich! Er zeigt aber Reserve. Wo der herkommt, gibt es schließlich auch Frauen. Ein Römer in Asien, alte Familie, gestählt, siegreich, wo sie dort nur diese fetten, überfeinerten Männer haben, ach ja! Er ist so unbeschreiblich schmal in den Hüften, wissen Sie. Ich habe ihm gesagt: ›Sie könnten ein Armband als Gürtel benützen, natürlich nicht meines, aber eines von der Mucia!‹ Er hat sehr gelacht.«

Im Barbierladen große Debatte über den »Herrn aus Asien«, der ohne Zweifel allerhand »kleine Wünsche des großen Pompejus« anmelden und dessen Tätigkeit man »bald in Rom spüren« wird. Einige betonen allerdings auch, daß ihm die Catilinarische Bewegung einiges Kopfzerbrechen verursachen dürfte.

Catilinas Anhängerschaft ist, seit er sich von Rom entfernt hat, zweifellos gewachsen. Jedermann weiß, daß er seine Hauptmitverschworenen in der Stadt zurückgelassen hat. Einige von ihnen sitzen sogar immer noch ganz ungestört im Senat, so Lentulus (die »Wade«), der als Prätor die Polizei unter sich hat. Der Fähigste, Cethegus, war einer der beiden Herren, die am Morgen des achten in Ciceros Haus erschienen, um ihn, wie dieser sagt, umzulegen. Trotzdem wagt er nicht das Geringste gegen Cethegus zu unternehmen. Alle Verschworenen bewegen sich nach wie vor völlig frei in der Stadt, halten Geheim-

zusammenkünfte ab und korrespondieren mit Catilina. Und ihre Rotten füllen sich mehr und mehr mit Sklaven. Cicero soll nur noch mit dem Küraß unter der Toga umhergehen. (Er hat einen Schlitz in die Toga gemacht, damit man sehen kann, wie bedroht er sich fühlt!) Der Senat betreibt die Aufstellung von Heeren gegen Catilina mit äußerster Nachlässigkeit.
Das Forum bekam heute, wie ich abends erfahre, einen ziemlichen Schock. Von der Menge wurden zwei Wechslerbuden gestürmt! Irgend jemand wollte in einer Bank ein zurückgefordertes Darlehen einbezahlen und fand plötzlich heraus, daß die Zinsen zu hoch seien. Der Zinsfuß war ihm natürlich bekannt gewesen, aber er erinnerte sich, als er die aufgelaufene Summe vorgewiesen bekam, daß der Sohn seiner Schwester, die das Darlehen aufgenommen hatte, im asiatischen Feldzug gefallen war, und machte einen solchen Radau, daß er an die Luft gesetzt werden mußte. Im Nu, niemand weiß eigentlich woher, war das ganze Forum von einer rasenden Menge besetzt. Da sie an die Bank selber nicht herankonnte – sie hat ausgezeichnete Bronzetüren und genügend Wächter –, stürzte sie sich auf zwei kleine Wechslerbuden daneben, schlug alles Mobiliar zusammen und plünderte die Kassen aus. Die City spricht von nichts andrem. Man ist in gewissen Kreisen hauptsächlich darüber bestürzt, daß die Menge das Geld, wie man hört, regelrecht verteilte (und zwar unter solche Anwesende, die in Asien Angehörige verloren hatten oder anderswie durch den Feldzug zu Schaden gekommen waren.) Gewöhnliche Plünderung hätte lange nicht so beunruhigt.

12. 11.

Wundervolle Herbsttage. Suche abends melancholisch alle Stellen auf, wo ich voriges Jahr, als das Laub fiel, mit meinem Caebio saß. Vermisse ihn sehr, gedenke aber, stark zu bleiben

und ihn vorläufig nicht zu sehen. Jedoch stehe ich oft noch nachts vor dem kleinen Laden und schaue durchs Fenster, wo schon die Tiegel und bunten Töpfe aufgebaut sind. Ob er nie hierherkommt? Sein Bruder hat ihm doch sicher die Adresse verraten.
Übrigens kann man in dieser Gasse an den vielen geschlossenen Läden sehen, wie der Krieg in Asien mit seinen Sklavenimporten und der Friede in Asien mit dem Versiegen der Kriegslieferungen die kleinen Geschäfte verheert hat.

13. 11.

Nepos und Cato sind also zu Volkstribunen gewählt worden. Der Bezwinger des Ostens, der großmächtige Pompejus, greift damit aktiv in die Politik ein. Allerdings hat sein Mann Nepos in der Person des Cato eine nicht zu unterschätzende Bremsvorrichtung beigegeben erhalten. Das asiatische Geld ist in Strömen geflossen heute (und auch einiges römisches Geld, wie es scheint). C. hat von Nepos, dem Herrn mit den schmalen Hüften, noch nichts zu sehen bekommen. »Man« ist in Asien wohl verstimmt über die Politik der demokratischen Führung.
Gerade heute kam es wieder zu Unruhen, die einen häßlichen Mißklang in die Wahl der Volkstribunen brachten. In der Gegend der unteren Subura sollten einige Familien aus ihren Wohnungen entfernt werden, weil sie die Miete schuldig geblieben waren. Das Viertel tat sich jedoch zusammen, und als die Gerichtsvollzieher und Sklaven des Crassus kamen (dem gehören diese Mietshäuser), fanden sie die schmale Gasse, eine der krummen, steilen Gassen, die zum esquilinischen Hügel hinaufführen, verstopft mit wütenden Weibern und – Eseln. Diese Tiere hatte die Menge aus den Ställen eines Fuhrunternehmers geholt, der beim Wahlakt war. Zuerst belustigte sich

die Menge, in der übrigens viele Sklaven waren, nur über die Situation und begrüßte die naheliegenden Wortspiele mit schallendem Gelächter, das freilich nicht ohne Zorn war. Es gab auch schon zahlreiche Betrunkene darunter, wie immer am Tag der Wahlen. Der Spaß schlug aber schnell in Raserei um, als berittene Polizisten anrückten. Es kam zu einer regelrechten Schlacht. Die Menge wich, von einigen jungen Burschen kommandiert, die sich nachher als Mitglieder Catilinarischer Sturmrotten und demokratischer Straßenklubs herausstellten, immer wieder in die Hauseingänge zurück, um es den Bewohnern der hohen Häuser zu ermöglichen, allerhand Töpfe über die Polizisten auszugießen, und bald regnete es, von Rufen »Schont die Esel!« begleitet, Dachziegel. Merkwürdigerweise ging es eine ganze Zeitlang ohne blutige Zwischenfälle ab, aber dann kam es zu einem schrecklichen Unfall. Die Polizei ritt eben wieder einmal die Gasse hinauf, als eine ältere Frau, eine Salzfischverkäuferin, in einen Hauseingang laufend, ihren Fischkorb fallen ließ. Er kollerte das holperige Steinpflaster hinunter, den Reitern entgegen. Die Salzfische waren sicher nicht mehr als ein paar Asse wert, aber die Frau lief instinktiv ihrem Korb nach, mitten unter die Hufe der hochstürmenden Pferde. Sie war nur noch ein blutiger Klumpen. Das war schlimm genug, aber als noch schlimmer erwies sich ein Umstand, dem man zunächst keine besondere Bedeutung beilegte. Der Korb selber blieb nämlich, zum Unglück, wie man sagen muß, unversehrt, und so entdeckte die Menge, daß darin nicht mehr als drei armselige Salzfische lagen. Das verbreitete sich mit rasender Eile in wenigen Stunden durch die ganze innere Stadt. Jedermann begriff, daß es gegen die Behörden sprach, wenn die Leute so gestellt sind, daß sie um dreier Salzfische wegen ihr Leben einsetzen müssen. Die Catilinarier machten abends bekannt, daß sie der Frau

ein Staatsbegräbnis veranstalten wollten, und forderten das Volk auf, daran teilzunehmen.
Und erst vorgestern wurden die Wechslerbuden auf dem Forum gestürmt!

14. 11.

Höchst zufällig erfuhr ich etwas über finanzielle Schwierigkeiten, die ganz plötzlich im Catilinarischen Lager aufgetaucht sein sollen. Da ich auf mein Angebot (ohne Bedingungen) von Caebio nichts hörte (sein Bruder konnte mir nur sagen, er habe ungläubig dreingeschaut), entschloß ich mich doch noch, über Glaucos an ihn heranzukommen. Natürlich kann ich Glaucos nicht reinen Wein einschenken; so sagte ich ihm nur, Caebio schulde mir etwas Geld. Glaucos brachte mich auch in das Lokal in der Sandalenmachergasse, wo die Rotte, zu der Caebio gehört, verkehrt. Er kam nicht, aber ich hörte, wie erwähnt, von den Herumsitzenden, größtenteils Arbeitslosen, daß sie den dritten Tag ohne Dienstgelder sind. Die Stimmung war ziemlich gedrückt.
Glaucos schimpfte aus vollem Hals auf die »Führung«. Er versteht nicht, daß kein Geld in der Parteikasse ist. Sie bekommen Dienstgelder, aber sie zahlen ja auch Beiträge. Und sie veranstalten Haus- und Straßensammlungen. Auch durch die Veranstaltungen geht etwas ein. Er würde verstehen, wenn er wüßte, daß diese Schröpfungen im kleinen, die ihm so fühlbar sind, überhaupt nur dazu dienen, die Herkunft der großen Gelder zu verschleiern, die ganz woanders geholt werden. So sagte Glaucos nur düster: »Unsere Bonzen in der Umgebung der Parteikasse leben ein wenig zu fett, das ist es. Man müßte Catilina ein Licht über sie aufstecken. Er weiß das ja alles nicht.«

Auch wir sind schon wieder in Geldverlegenheiten. Die Banken scheinen ihre Zuschüsse tatsächlich gestoppt zu haben. Ob da dieser Nepos die Hand im Spiel hat? Langt der »große Pompejus« von Asien herüber und schlägt die Kassenschränke der Banken zu? Es ist klar, daß er gegen den Aufstand sein muß. Oder ist es wirklich, wie mit Bestimmtheit behauptet wird, die lächerliche Angelegenheit mit den zwei gestürmten Wechslerbuden, was die Banken zu so radikalen Entschlüssen treibt? Und der »Schwamm« ist wieder in Sizilien!
Wie unverbrüchlich man übrigens »unten« immer noch an Catilina und den Sieg seiner Sache glaubt, zeigt eine sehr unerquickliche Auseinandersetzung, die ich heute mit Spicer hatte, dem hartnäckigsten aller Gerichtsvollzieher. Er hat eine ganze Menge von meist kleineren Vollzugsbefehlen gegen uns, Schneider- und Fleischerrechnungen, abgesehen von größeren (Kunstgegenstände). Interessant, daß die kleinen Leute jetzt so blutgierig sind wie die Stechfliegen vor dem Gewitter. Alle glauben sie eben fest an Catilinas Sieg, und dann werden ja die Schulden gestrichen, und natürlich meinen sie lächerlicherweise, das gälte auch für die Fleischerrechnungen.
Wir versuchen, die Villa in Präneste zu verkaufen, ohne daß die Gläubiger davon Wind bekommen. Es handelt sich um Bargeld. Ein paar griechische Statuen habe ich auf Umwegen, die übrigens teuer sind, verkaufen können. Aber das ist natürlich nichts.
Einen schönen Hermes hat Spicer abholen lassen.
So etwas spricht sich herum!
Bevor sie mit Pompeja gestern aufs Land fuhr, verlangte die Alte auch wieder, das ist vielleicht zum sechstenmal, die 400 Sesterzien zurück, die C. sich vorigen Monat ausgeliehen hatte. Ich sagte ihm danach: »Ihrer Frau Mama müssen Sie

zurückzahlen, bevor Sie Spicer etwas zahlen.« Er sah für einen Augenblick wirklich bekümmert aus. Glücklicherweise brachte er dann abends plötzlich 20 000 Sesterzien nach Haus. Das ist immerhin etwas. Ich sehe jetzt Spicer, der morgens immer schon um acht Uhr kommt, einigermaßen gefaßter entgegen.

Catilina ist, da er sich in Etrurien zum Konsul hat ausrufen lassen, jetzt, merkwürdig spät, zum Volksfeind erklärt worden. Auf seinen Kopf und die Köpfe seiner Anhänger sind Preise ausgesetzt, und gegen ihn wurde Ciceros Kollege, der Konsul Antonius, mit zwei Legionen ausgeschickt. Das Forum nahm die Ernennung des Antonius günstig auf. Die Werte, die vor der Ernennung des Antonius um zehn Punkte und mehr gefallen waren, befestigten sich merkwürdigerweise wieder. Nur auf dem Getreidemarkt setzt sich die Baissetendenz fort. Große Kornverkäufe.

Die Tage vergehen unerträglich langsam. C. viel auf dem Forum in Geschäften. Seine Grundstücke machen ihm Bauchweh. Er ist schrecklich deprimiert. Sagt wieder, daß er sich von aller Politik zurückziehen will.

16. 11.

Glaucos sagt, zu ihren Leuten gehören manche, von denen man es nicht glaubt. Auch Senatoren. Ich zeigte Zweifel, um mehr zu erfahren, und er fragte mich, ob ich es zum Beispiel für möglich hielte, daß sogar einer der beiden Konsuln zu ihnen gehöre. Das kann nur Antonius sein, der allerdings sehr verschuldet sein soll.

Zwei Wahldistriktsvorsteher da. Ob wir uns um die nächstjährige Prätur bewerben wollen? Lächerlich! Wer soll uns noch Gelder für die Bewerbung um die Prätur anvertrauen? Man kauft die Ämter nur der Provinzen wegen, die es danach

gibt, aber man kauft sich eben völlig zu Tode daran, und wenn man aus seiner Provinz ein wenig herausholen will, wenigstens die Spesen, dann gibt es Prozesse wegen Amtsmißbrauch – wenn man im Senat als Demokrat verrufen ist. C. hat recht, wenn er heute sagte: »Neue Villen, fette Ämter und Caelia« (eine hübsche Kokotte, hinter der er gerade her ist) »müssen wir uns aus dem Kopf schlagen für die nächste Zeit, Rarus.«
Ich weiß, daß er alles versucht, das abrupte und fast vollständige Versiegen der Geldquellen aufzuklären. Er bekommt von den dem Crassus nahestehenden Banken, wie Alexander sagt, die widersprechendsten Begründungen. Nur eines ist klar: die City schwenkt immer mehr zu Cicero über. Also zur Versöhnung mit dem Senat, der übrigens einige Zeichen von Nachgiebigkeit zeigen soll. (?) Einige Banken sagen C.: »Hoffen Sie wirklich noch auf eine gemäßigte Diktatur Catilina, gemäßigt durch Sie und Ihre Freunde? Oder meinen Sie, man wartet auf Ihre Diktatur, des Herrn Caesar aus dem Café Forum? Der den Straßenmob wieder zur Vernunft bringt, wenn er einmal auf dem Capitol sitzt? Seien Sie nicht naiv!« Und alle reden immer noch von der unseligen Stürmung der Wechslerbuden.

16. 11. (nachts)

Als ich nachts nach Haus kam, war in der Subura, vor unserm Haus, ein Auflauf. Gesindel aus den Vorstädten, viele junge Burschen darunter, deklassierte Elemente. Mindestens zweihundert Menschen. Sie führten Schimpfreden gegen C. Ein verhungerter Mensch, mit den Schlammspuren der Tiberbänke auf den Schultern, kletterte an der Prometheus-Statue neben dem Portal hoch und schrie die alten lächerlichen Beschuldigungen, man habe sie bei den Wahlen hereingelegt und so weiter. Ich mußte hintenherum laufen, um ins Haus zu kommen. Ich lief durchs Atrium, als ich das Portal zusammenkrachen und den Mob hereinstürmen hörte. Auf dem Treppenabsatz im ersten Stock, übrigens war nirgends ein Mensch zu sehen, stand C., im Kimono, weiß wie ein Laken. Er hörte zunächst überhaupt nicht, was ich ihm sagte. Er horchte nur nach unten, auf den schrecklichen Lärm. Sie schlugen das Atrium zusammen. Ich zog ihn weg, er folgte mir, den Kopf zurückgewendet. In der Tür zu seinem Schlafzimmer stand Caelia, ebenfalls sehr blaß. Wir liefen an ihr vorbei, sie waren jetzt schon auf der Treppe. Immer noch nirgends eine Seele von der Dienerschaft. Die Hintertreppe hinunter. Durch den Säulengang. In meinen Zimmern angelangt, konnten wir die Menge schon im Vorgarten toben hören. Schreckliche fünf Minuten. Dann sind sie vor der Tür. Im Dunkeln schiebe ich C. hinter einen Aktenschrank. Dann sind sie im Zimmer, Windlichter vom Atrium schwenkend. Hier ist er hinein, sagt eine Stimme, er muß drin sein. Sie werfen mit Fußtritten die Amphora um, die in Stücke geht. Dann schieben sie den Schrank beiseite. Da steht C., gekrümmt, sein Kimono ist vorne offen. Ein Gelächter, dumme Witze. Ich bekomme einen Faustschlag, erst jetzt.

»Wo hast du die Wahlgelder, du windiger Schieber!« Sie haben ihn schon hervorgezerrt, der Kimono geht in Stücke. Sie spucken ihn an. Ein baumlanger Kerl preßt ihn mit beiden Armen an sich und zieht ihn nach unten, ein anderer reißt ihm vollends alles ab, und dann verprügeln sie ihn regelrecht. »Wirst – du – noch – einmal – stehlen«, sagen sie unaufhörlich, immer den gleichen Satz, beim Schlagen.

Dann sind sie endlich weg. C. hockt auf dem Boden, sich mit einem Fetzen seines gelben Kimonos die Spucke abwischend. Ich renne hinauf, Riechwasser zu holen. Caelia hat sich inzwischen angezogen, ihr ist nichts geschehen, ich lasse sie aber

nicht mit zu ihm herunter. Sie geht widerstrebend. Er will lange Zeit nicht hinauf, bis ich ihm sage, daß sie weg ist. Eine halbe Stunde später kommen Beamte der Prätur. Wir erstatten keine Anzeige. Ich drücke den guten Leuten etwas Geld in die Hände, damit sie keine Anzeige erstatten.
Und während des ganzen Auftritts läßt sich von den Sklaven kein einziger blicken, keiner stellt sich vor seinen Herrn, keiner fragt nach ihm. Am Morgen höre ich, daß sie in die Reitbahn gelaufen waren und dort gewartet hatten, bis der Mob weg war. Zeiten!

17. 11.

Das Atrium ist vollständig verwüstet. Die Sklaven, die aufräumten, sahen verstört aus. Die Klientelstunde sagten wir natürlich ab.
Zu Caelia brachte ich vor dem Essen einen Brief. Hoffentlich hält sie den Mund.
Am frühen Nachmittag kam Clodius, um von seiten der Straßenklubs eine formelle Entschuldigung zu überbringen. Er ist seit Wochen nicht mehr hier gewesen, wahrscheinlich hält er Besuche bei C. für kompromittierend. Ich führte ihn durch die verwüsteten Hallen; er sah nicht hin.
Er sprach mit C. zwei Stunden lang allein. Dann mußte ich Alexander holen. Mit ihm ging ich hinein.
C. ging ruhelos auf und ab. Clodius aß Ingwer aus einem kleinen Tontopf und sah nur flüchtig auf, als Alexander eintrat. Ich hatte den letzteren von den Vorgängen der vergangenen Nacht unterrichtet; sie wurden nicht mehr erwähnt. Es kam eine der erstaunlichsten Szenen, die ich je miterlebt habe. C. leitete die Unterredung mit der dürren Feststellung ein, daß das römische Volk genug von den Umtrieben des Forums habe und der fruchtlosen, trügerischen Wahlerei müde

sei. Im Schoße der Bevölkerung regten sich völlig neue Kräfte. Das Wiederaufleben der Straßenklubs beweise, daß der römische Bürger darangehe, die Leitung des Staats selber in die Hand zu nehmen. Die Unruhen in der Hauptstadt mochten noch den planmäßigen Griff einer klugen Führung vermissen lassen; unverantwortliche, wilde Elemente mochten hier und da sich in die echte Volksbewegung einmischen, aber selbst die gelegentlichen Exzesse zeigten, daß hier neues Leben durchbreche. Diese Kraft habe man in den führenden demokratischen Kreisen unterschätzt, da man sich dort nur mit den Umtrieben der Banken und höchstens noch mit der impotenten Vermittlertätigkeit der Fachvereine beschäftigt habe. Aber die City und die Fachvereine seien nicht Rom. »Es bestand bei uns allzu lange die Ansicht«, sagte er ernst, »Wählerstimmen seien Waffen. Das stimmt; Stimmen sind Waffen, aber nicht für den Wähler. Für den Wähler ist seine Stimme eine Ware. Sie ist für ihn eine Waffe, wie das Schwert für den Waffenschmied eine Waffe ist. Er benützt sie nicht, er verkauft sie. Wenn der Kunde das Schwert gekauft hat, kann er damit den Verkäufer ohne weiteres niederstoßen. Der Wahlakt ist durch und durch korrumpiert, die Demokratie kann ihn nicht mehr brauchen.«

Alexander hörte seine alte These, daß die demokratischen Programmpunkte nicht durch bloßes Wählen durchgeführt werden könnten, aus C.s Mund mit baffer Verwunderung.

C. sprach außerordentlich bestimmt und klar. Der Augenblick sei gekommen, wo der an den Rand des Abgrunds gedrängte römische Bürger seine eigene Politik machen müsse. Stimmvieh könne keine Politik machen. Man müsse aus Wählerherden demokratische Truppenkörper formieren. Die Stoßtruppe sollten die Straßenklubs stellen, die Clodius ja in der Hand hatte. Alexander sollte die arbeitslosen Mitglieder der Fachvereine zu erfassen versuchen. Die Listen der Wahldistrikts-vorsteher sollten ebenfalls herhalten. Die Vorsteher selber würden immer noch erzürnt sein. Wahrscheinlich hatten sie jetzt die hämischen Bemerkungen der Bonzen der Fachvereine über sich ergehen zu lassen. Diese Herren würden betonen, daß sie bei Wahlabkommen für ihre Mitglieder gewöhnlich auf Hinterlegung der Bestechungsgelder bestanden. Man müßte aber gerade die Empörung des einfachen Wählers über den Wahlbetrug ausnützen und ihm erklären, wie gewissenlos die feinen Cityklubs, diese Herren Demokraten des Forums, ihn geprellt hatten. Man müßte die Verräterei der Banken schonungslos aufdecken. Hinter den Catilinariern dürfte man da auf keinen Fall zurückbleiben. Die Verbindung zu ihnen würde er, C., selber aufnehmen. Er klärte die beiden auf, daß er mit deren Führung sowie mit Catilina selbst nach wie vor die besten Beziehungen unterhalte, ihnen sogar auch nach der Wahl noch finanziell behilflich gewesen sei.

Man ging ausführlich auf die Frage der Bewaffnung ein. Die Waffen der alten Straßenklubs waren noch größtenteils vorhanden, sie waren seinerzeit sorgfältig versteckt worden. In den von Ratten zernagten Fußböden lagen Waffen, und Waffen steckten in den nicht funktionierenden Wasserleitungen. Die leeren Korntruhen waren nicht *ganz* leer, und die zerlumpten Kleidungsstücke bedeckten nicht nur den Tonnenboden. Der Pomadekopf verklärte sich geradezu bei dem Gedanken, daß er nun wieder die Mauer seines Gymnasiums aufreißen und die gut eingefetteten Schwerter hervorholen lassen konnte. Es gab genug Waffen, man konnte noch den Catilinariern abgeben. (Das mußte natürlich mit allen Sicherungen geschehen.)

Man war sich einig, daß der Weg, den man beschritt, ein gefährlicher sei. Er bedeutete: unter Umständen gegen die City marschieren. Also war größte Vorsicht nötig. Crassus, der augenblicklich wieder wegen seiner Korngeschäfte in Sizilien weilte, durfte von den Einzelheiten des Komplotts überhaupt nicht unterrichtet werden, damit er jederzeit sagen konnte, er habe nichts gewußt. C. sollte schon wegen seiner augenblicklichen Unbeliebtheit nur die Obleute der Straßenklubs treffen und öffentlich eine ganz neutrale Haltung einnehmen. Er sagte, er werde womöglich sogar mit Cicero Fühlung suchen.

C. ging während der ganzen Zeit mit großen Schritten auf und ab; aber nur ich wußte, warum er sich nicht setzte.

Das Ganze kam mir sehr schlimm vor. So hinreißend seine Fähigkeit ist, aus allem zu lernen und aus allem etwas zu machen, diese Klarheit seines Geistes, die ihm gestattet, selbst die unliebsamsten Vorfälle in ihrer wahren Bedeutung zu durchschauen und sie objektiv in ihrer politischen Tragweite zu würdigen – wie schnell hat sein scharfer Blick wieder in dem tobenden Mob nur das verzerrte Abbild des Volkes selbst erkannt, hinter den paar verhetzten Randalierenden von gestern abend die große Gestalt des unruhig gewordenen, sich seiner Kraft erinnernden römischen Bürgers –, so gefährlich sind doch auch seine schnellen Entschlüsse.

18. 11.

Wir treiben auch so deutlich einer Katastrophe zu. Sofort, wenn die großen Summen für politische Zwecke dieser oder jener Art aufhören hereinzufließen, wie eben jetzt, herrscht im Hause nackter Bargeldmangel. Es ist eben alles auf Sand gebaut. Die 20000 von vorgestern waren gleich weg. Während die Wasserleitungen von den Reitknechten repariert werden müssen, da der Spengler nur gegen Barzahlung arbeiten würde (im Haus des Oberpriesters!), hat der Hausherr Grundstücksagenten abzuwimmeln, die eine halbe Million bis mittags zwölf Uhr verlangen. C. wollte in der Frühe aufs Land fahren, um Pompeja und seine Mutter abzuholen, aber dann kam ein Brief von einer Großbank, und bald darauf meldeten sich einige Herren, die ihn zwei Stunden aufhielten. Er schickte mich zu Mucia mit einem Brief, und sie kam nachmittags. Inzwischen hatte C. den Clodius gebeten, die Pompeja abzuholen. Er sollte mit den Damen keinesfalls vor Mitternacht eintreffen.

C. aß dann mit der Mucia (mir gefällt sie nicht, zu alt), und im Atrium saß ein Bankmensch und wartete. Vergebens. C. kam mit rotem Kopf heraus und schickte ihn mit einer lahmen Vertröstung weg. Wahrscheinlich ist es die Mucia müde, allen Schmuck zu verklopfen, den ihr Pompejus schickt. Es ist alles so unmoralisch.

Wissen möchte ich auch, woher C. die 20000 hatte. Servilia? Aber ihr Mann soll ihr ja jede Sesterzie nachrechnen, seit sie die Sache mit dem Faustkämpfer hatte. Cynthia ist böse. Tertulla? Vielleicht Tertulla.

19. 11.

Clodius kam mit den Damen erst heute mittag aus der Campagna zurück. Pompeja beschwerte sich, daß Clodius nur Albernheiten mit ihr rede, bemitleidete C. sehr seines überarbeiteten Aussehens wegen.

C. nahm mich zu einem Pontifikalessen mit, bei dem auch Herr Cicero anwesend war. Ich konnte so ziemlich gut seine Haltung C. gegenüber beobachten. Sie kennen sich von klein auf, und Cicero kann wohl heute noch nicht den Respekt vor dem Adligen ganz überwinden, den er damals überwältigend empfunden haben muß. C. behandelt ihn mit der Liebenswürdigkeit, die er gegenüber Niedrigergestellten zeigt (übrigens nicht Alexander gegenüber; den behandelt er einfach als bedeutenden Menschen). Schon bei den Austern stritten sie in leichtem Ton über literarische Themen, und C. gab geflissentlich nach, ohne daß Cicero ganz befriedigt schien. Der große Mann ging zum Thema »Der Krieg im Osten« über.

»Zweiundzwanzig Diktaturen gestürzt!« sagte er zufrieden. »Die Welt zivilisiert sich. Bedenken Sie, daß unter diesen zweiundzwanzig Königen kein Mensch Rechtsschutz genoß. Jeden Tag konnte jeder Mensch ohne Gerichtsverfahren hingerichtet werden, ob er hoch oder gering war. Wo die römischen Adler aufgepflanzt sind, kann das niemand passieren. Dieser Vogel ist struppig und verfressen, aber er hat Rechtssinn. Es gibt keinen andern Staat der Welt, in dem ein Bürger, hoch oder niedrig, nur mit Einwilligung der ganzen Bürgerschaft hingerichtet werden kann.«

Man weiß, daß er den Grundstock seines Vermögens in Ephesus angelegt hat und so finanziell ganz von der Regelung abhängt, die Pompejus in Asien durchführt. Er denkt kaum an andres als an die Höhe der Zollpachten. Er sprach dann noch sehr hoch von der asiatischen Kultur. »Wir haben auch Bücher erobert, Kunstwerke, Kunstverstand, Ideen. Es heißt, wir haben Asien unterworfen. Ich sage: nun kommt es darauf an, daß wir uns den Unterworfenen unterwerfen, nämlich ihrer Kultur. Mir scheint der Stab unseres guten Pompejus ein wenig unvollständig. Er enthält zu viele Soldaten und Wirtschaftler, zu wenige Literaten und Künstler. Und, wohlverstanden, ich rede vom praktischen Standpunkt aus, als Realpolitiker. Unsere Catos und Catulusse haben ja das Wort gepachtet. Nach diesen Herren sind nur solche Leute Realpolitiker, die es verstehen, Bücher wegzuwerfen. Realpolitiker lesen keine Bücher, es seien denn Hauptbücher.« Er erzählte witzig eine Anekdote vom alten Catulus, der Kurator des Jupitertempels

ist und von zwei goldenen Götterstatuen, die Pompejus schickte, einfach die des dickeren Gottes auswählte.
Seine Witze wären mir wohl noch besser erschienen, wenn ich hätte mitessen dürfen. So verspürte ich mehr Appetit nach den Artischocken, die er aß, als nach den Witzen, die er machte. Dieser Mensch erinnert mich immer an einen kranken Fisch. Sein Gehabe war lebhaft genug, er war ungemein witzig, aber sein Auge blieb tot. Er horchte sozusagen seinen Witzen nach und litt, wenn sie nicht genügend gewürdigt wurden. So zeigte er auch Festigkeit, jedoch auf eine Weise, als sei er keineswegs sicher, daß man sie ihm auch glaube. Mit seiner zur Schau getragenen Allwissenheit war es nicht anders; sie war die Allwissenheit eines Finanzmanns, dem immer noch eine letzte Nachricht, ein letzter, vielleicht alles entscheidender Tip fehlt. Als er einen Krammetsvogel aß, fielen ihm die Spargelköpfe, mit denen er gefüllt war, auf den Ärmel; sogleich schob er das Gericht zurück und machte sich an ein Wildhaschee. C. behandelte er sehr ähnlich diesem Krammetsvogel. Die beiden waren ihm unheimlich (da gefüllt). Natürlich weiß er, daß C. mit den Catilinariern auch jetzt noch verkehrt.
Geschickt brachte C. das Gespräch auf die Tagesereignisse. Er beglückwünschte Cicero warm zu seiner anticatilinarischen Rede vom 8., und sie unterhielten sich drei Gänge lang über ein paar Wendungen darin, die grammatikalische Kühnheiten enthielten. Catilinas Flucht aus Rom wurde erwähnt. Hier fiel ein bezeichnender Ausspruch Ciceros: »Indem Catilina aus der Stadt ist, ist er auch schon aus dem Spiel. Kein Mensch verhandelt mehr mit ihm. Und seine Aussichten lagen im Verhandeln, nicht im Handeln. Mit dem Aufstand drohen, mag ein Geschäft sein. Ihn machen, ist der Ruin.«
C. bedauerte, daß die Verdienste des Konsuls um die Republik vom Senat lange nicht genug gewürdigt würden. Er ließ

dabei, wie, weiß ich nicht mehr, den Namen der Fulvia einfließen als einer alten Bekannten von ihm, was Cicero mit einem schnellen mißtrauischen Blick quittierte. Bei den Früchten erwähnte Cicero lässig »eine kleine Überraschung, die den Catilinariern bevorstünde und die wohl bald ihre Schatten über diese, irdischen Gütern ja nicht abgeneigten Herren werfen dürfte«. Leider ließ er sich über diese Überraschung, deren Schatten C. schließlich hergetrieben hatte, nicht näher aus.

Am Schluß, beim Käse, berührte C. noch flüchtig die Bodenfrage. Cicero sah ihn aufmerksam an, als C. beredt die unwürdige Lage der Landwirte schilderte. Jedoch blieb er auch hier ausweichend und allgemein. Er hat die demokratischen Vorschläge zur Bodenreform schon einmal zu Fall gebracht und scheint seine Ansicht nicht geändert zu haben. Er ist zu gut befreundet mit den sizilianischen Kornfirmen.

(C. sagte auf dem Nachhauseweg: »Der Bursche hat nicht so viel Patriotismus wie ein etrurischer Schafhirt. Haben Sie gesehen, wie er schaute, als ich die Bodenfrage anschnitt?«)

Man verabschiedete sich im Zeichen alter Freundschaft und Vertraulichkeit.

20. 11.

Clodius und Alexander haben mit ihrer unterirdischen Agitation in den neu aufgezogenen Straßenklubs begonnen. Die Stimmung soll vortrefflich sein. Das Schlagwort von dem »Verrat der Banken« hat gut gewirkt. Alexander berichtet: »Die Leute sind wie von einem Druck befreit. Ein arbeitsloser Lederarbeiter sagte mir: ›Waffen brauchen wir, nicht Wahlen! Meine Stimme muß ich ihnen verkaufen, wenn Wahlen sind, sonst verhungere ich mit meiner ganzen Familie. Eine Eisenstange kann ich ihnen auf den Kopf hauen.‹ Und ein gewöhn-

licher Kutscher sagte: ›Hat etwa Pompejus den Osten durch Wahlen gekriegt?‹ Überall regen sich ganz neue Kräfte.«
Die Mitglieder bringen die Kosten nach wie vor selber auf. Sie opfern ihre letzten Asse, verkaufen Hausrat, bleiben die Mieten schuldig usw., um Versammlungslokale zu mieten und ihre Agitation in Gang zu bringen.
Er hat wirklich einen genialen Blick. Man denke: auf Grund einer Tracht Prügel ganz instinktiv zu erfassen, wo das Volk steht! Schließlich wurde ihm ein abgründiger Haß demonstriert; daß dieser Haß das Volk befähigen würde, eine Politik zu machen, die es selber bezahlt, mußte er erst erschließen. Gerade in dem Augenblick, wo er ohne alle Mittel war, traf er hier auf Leute (in großer Masse!), die bereit waren, für nichts zu kämpfen, ja sogar ihre Kampfmittel selber zu bezahlen! Er sah das in einem einzigen Blick! Das ist Inspiration!
Übrigens fanden schon vor Wochen Verbrüderungen mit den Catilinariern statt. Auch mit der Auslieferung von Waffen an die Rotten hat man nicht auf die Weisung der Leitung gewartet.

20. 11. (nachts)

Woher C. die 20000 hatte, weiß ich jetzt. Es gab da einen üblen Auftritt. Als ich in die Bibliothek trat, saß die »Wade« dort, neben sich einen staubbedeckten Fremden, zweifellos ein Offizier. C. stand mit kalkweißem Gesicht am Kamin. Die »Wade« spielte mit einem Buchöffner und lächelte, daß es mir kalt den Rücken herunterlief. C. wandte sich an mich und fragte stockend, ob ich mich nicht erinnerte, an die bewußte Adresse vorige Woche einen Scheck über 22000 Sesterzien abgeschickt zu haben. Ich sagte natürlich ja. Die »Wade« sah den Offizier an, und der Offizier sagte nur: »Man scheint hier nicht mehr mit unserm Erfolg zu rechnen.« Er gehörte also zu Catilinas Leuten! Seine Drohung beeindruckte natürlich C. weit weniger als das Lächeln der »Wade«, die auf dem Forum verkehrt.

Schlimm auch, daß wir über die von Cicero vorausgesagte »Überraschung« nichts in Erfahrung bringen können. Nicht einmal Alexander weiß etwas. Die Fachvereine, über die er sonst viel erfährt, schließen ihn in letzter Zeit geflissentlich von ihren Sitzungen aus, vermutlich weil seine enge Beziehung zu uns bekannt ist.

21. 11.

Ich weiß nicht, wodurch C. auf den unseligen Gedanken kam, zu einem Treffen der Obleute der Straßenklubs zu gehen. Mißtraut er dem Pomadekopf? Er wußte jedenfalls, daß der nicht anwesend sein würde. Wir ließen die Sänfte zwei Straßen früher halten und wurden zunächst nicht unfreundlich in dem Kellerlokal empfangen. Man behandelte irgendeine Organisationsfrage. C. gab einige gute Ratschläge, die auch gut aufgenommen wurden. Aber dann erbot er sich, für die besprochenen Zwecke Gelder flüssig zu machen, und merkwürdigerweise kam es dabei ganz unvermittelt zu einer schrecklichen Szene. In zwei Minuten glich das schlecht gelüftete und halbdunkle Lokal einem Tollhaus. Mit einemmal entlud sich das ganze gegen C. hier aufgespeicherte Mißtrauen. »Bietet er schon wieder Geld an?« wurde geschrien. »Was ist das für Geld?« – »Bisher ist es ohne großes Geld gegangen!« – »Kaum ist er hier, sollen wieder diese dreckigen Gelder fließen!« Einige suchten zu vermitteln, aber drei oder vier von ihnen drangen auf C. ein, um ihm mit den Weinkrügen den Kopf einzuhauen. Ich sah schon die Vorgänge von neulich nachts sich wiederholen, als ein geistesgegenwärtiger Obmann,

der Stellvertreter des Clodius, seinen Krug nach der Lampe warf und in der Dunkelheit uns auf die Straße zog.
Diese haßerfüllte Reaktion auf ein finanzielles Angebot berührte mich geradezu tragisch. Wußte ich doch, daß C. im Augenblick kaum die paar Sesterzien besitzt, seine Fleischerrechnung zu bezahlen, und nur aus angeborener Großartigkeit und um sich ein Air zu geben »Gelder« in Aussicht gestellt hatte!
Er hat in diesen Tagen eine unglückliche Hand.

22. 11.

Die Catilinarier tun alles, um die Stimmung in den Rotten zu heben, die infolge der Ebbe in den Kassen gesunken war. Sie schlagen geschickt Münze aus kleinen Vorfällen. Das Begräbnis der Salzfischverkäuferin, die neulich in der Subura verunglückte, hat ihnen allgemeine Sympathien eingebracht (was sich nicht nur im Florieren ihrer Straßengeldsammlungen zeigt). Als ich heute C. zu einem Essen der Handelskammer aufs Forum begleitete, mußten wir durch das Gedränge, das um den Trauerzug war. Die Catilinarier hatten die Losung ausgegeben, daß »alles kommen solle, was von Salzfisch leben muß«. Der Zug wurde ungeheuer, weit länger als irgendeiner, den je ein Triumphator gehabt hat. Hinter der Urne wurde der Fischkorb getragen. (Es zeigt die ganze unglaubliche Volksfremdheit der Polizei des Demokraten Cicero, daß sie sich nicht einmal dieses Korbes bemächtigt hatte!) Die Erregung bei seinem Anblick war groß und eigenartig. Obwohl die fünf oder sechs Familien, die ausquartiert werden sollten, von Crassus natürlich nun in ihren Wohnungen belassen worden waren, gingen sie doch im Zug mit; es war, als ob sie mitbeerdigt oder doch wenigstens unter die Tiberbrückenbogen geführt werden sollten.

Wir mußten über eine Stunde warten, bis wir durch eine Lücke des Zuges schlüpfen konnten, und dann folgten unserer Sänfte, obwohl man uns nicht erkannte, nur wegen ihres senatorischen Purpursaums sehr unfreundliche Rufe.

Die Rede, die C. auf dem Bankett hielt, führte zu einem unerwarteten Ergebnis. Der Grundton war: »Die Hauptstadt der Welt besteht aus einigen Regierungsbauten inmitten von Vorstädten. Ein paar Sitzungssäle, Tempel und Banken sind umgeben von einem Meer baufälliger Mietshäuser, vollgestopft mit Elenden. Der Krieg war ein Verbrechen. Besiegt worden sind zweiundzwanzig asiatische Könige und das römische Volk. Die Hauptstadt der Welt beherbergt außer Ihnen, meine Herren, nur noch Arbeitslose. Die Arbeit, an die sie eines Tages gehen werden, wird Sie in Erstaunen setzen. Die führenden Köpfe der Demokratie sind nicht mehr allzu lange imstand, den Massen Vernunft zu predigen. Und da halten Sie die Daumen auf Ihre Geldsäcke! Sie werden Ihnen morgen abgenommen werden, *mit* den Daumen. Sie stehen vor dem bewaffneten Aufstand, meine Herren!« Das war so deutlich, daß ihn Manius Pulcher, das Haupt der Asiatischen Handelsbank, mit den Worten abfertigte: »Ihr Aufstand ist genau so bewaffnet, wie Herr Crassus ihn bewaffnet, lieber Mann.« Daraufhin legte C. noch einmal mit einer langen Schilderung des Elends der arbeitslosen Bevölkerung los, wobei es allgemeines Gelächter gab, als einige Bankiers ihm mit genauen Zahlen zu Hilfe kamen, die C.s jammervolle Schilderungen bekräftigten. C. wurde blaß und hörte mit dem Reden auf. Er hatte aber Glück. In diesem Augenblick übernahm es eine andere Instanz, einiges Licht über die Lage in der Stadt zu verbreiten. Schon gleich nach dem Beginn des Essens hatte man von außen einen dumpfen Lärm vernommen. Der Trauerzug der Salzfischverkäuferin kam von der Beisetzung zurück, und zwar über das Forum. Man hatte sich beim Essen nicht stören lassen, da man Unruhen nachgerade gewohnt war. Aber plötzlich hörte man es an die Mauer klatschen, und durch eines der schmalen Fenster kam ein Pflasterstein geflogen. Er fiel mitten auf den Tisch in ein Kristallgefäß mit Thunfisch. Niemand an der Tafel bewegte sich. Plötzlich wurde in dem luxuriösen Saal das Brausen der großen Volksmenge hörbar. Es geschah sonst nichts.

Der Zug bewegte sich, wie man hören konnte, draußen weiter. Der Wortlaut der Rufe war nicht festzustellen. Nur der Stein im Kristallgefäß ließ darauf einige Schlüsse ziehen. Als die Sklaven ihn entfernten, war das Forum wieder still geworden. Es wurde weiter serviert, aber der rechte Appetit fehlte. Nach dem Käse hob sich die Stimmung wieder etwas, und nun geschah das Unerwartete. (Ich habe es von – Mummlius Spicer, der glänzende Beziehungen hat, verschuldete Söhne großer Bankiers usw. Es ist eine Schande, daß ich mir immer nur hintenherum Einblick in C.s Geschäfte verschaffen kann!) Nach dem Käse nahm Pulcher C. unauffällig beim Arm, führte ihn in ein anderes Zimmer und sagte ihm im Beisein mehrerer Herren: »Sie müssen doch entdeckt haben, daß uns Ihre Drohungen mit dem Aufstand ziemlich kaltlassen. Sie sagen, Ihre Klubs, die übrigens ungesetzlicher Art zu sein scheinen, sind bewaffnet. Ich frage mich: wie sind sie bewaffnet? Sie brauchen nicht zu antworten. Ich verfolge nur meinen Gedankengang weiter. Sie wollen finanzielle Hilfe für die Elemente, die Ruhe und Ordnung garantieren, mit den Waffen, versteht sich. Aber ruhige und ordentliche Leute bekommen weder die wirtschaftliche Kontrolle über die beiden Asien noch Äcker für Siedlungszwecke, noch staatliche Kredite für den Ankauf von Sklaven, noch Aufträge im Verlauf der Ansiedlung von Arbeitslosen. Für ruhige und ordentliche Leute sind Waffen einfach ein Luxus. Einige unserer Freunde hier werden nervös, wenn eine Wechslerbude gestürmt wird, ein Fischweib bestattet oder eine Rede gegen die Banken gehalten wird; aber nicht alle werden nervös. Einige würden auch, eine halbwegs kontrollierbare Buchführung vorausgesetzt, unruhige Leute, die Gegner der bestehenden Ordnung sind, finanziell unterstützen; ich sage: eine kontrollierbare Buchführung vorausgesetzt, denn die wirtschaftliche Lage ist im Augenblick alles andere als rosig. Plump gesprochen, mein Lieber: Ihre Privatgeschäfte, und davon soll es einige geben, müßten Sie schon allein klären. Sie sollten das nicht vermengen, das ist nie gut.« C. soll außer sich vor Wut weggegangen sein. Er soll aber das Angebot nicht geradezu ausgeschlagen haben.

23. 11.

Ein Lichtpunkt: der Senat stand bisher in dem dunklen Sturm, der aus der Niederung der sieben Hügel so scharf zu wehen begonnen hat, wie ein Turm. Der Turm scheint jetzt ins Wanken gekommen zu sein.

Es ist durchgesickert, was für Anträge der Herr aus Asien beim Antritt seines Tribunats (am 10. Dezember) stellen wird. Sie sind allerdings sensationell: er will fordern, daß Pompejus mit seinen asiatischen Legionen zur Wiederherstellung der Ordnung nach Italien zurückberufen wird. Die hohen Herren sollen, sich gegenseitig besuchend, sich in ihren Sänften begegnen. Allgemeines Schlottern. Mindestens 500 Zentner Fettmasse sollen ins Schwabbeln geraten sein. Auf dem Landsitz des Catulus hielt die Cato-Clique eine bewegt verlaufene Besprechung der plötzlich veränderten Lage ab. Der Schrekkensruf unserer Väter heißt: Wer rettet uns vor dem Retter?

23. 11. (abends)

Bin wie vor den Kopf geschlagen. Caebio ist verschwunden. Er hat seiner Mutter nichts gesagt. Sie ist aber sicher, daß er bei den Catilina-Truppen in Etrurien ist. Ich erniedrigte mich soweit, wieder in die Speicher zu gehen. Ich *mußte* Gewißheit haben. Rufus ist ebenfalls weg.

Ich wußte es, bevor der Schreiber es mir sagte.

Beide sind vor zwei Wochen entlassen worden. Die Lagerverwaltung hat an ihrer Stelle Sklaven eingestellt.

Alles ist aus.

24. 11.

Der Senat hat gegen Catilina zu einem tödlichen Hieb ausgeholt! Der Mann des Volkes ist seit heute nacht Herr Cato von der Senatspartei! Man stelle sich vor!

In aller Frühe äußerst heftiger Auftritt zwischen C. und Crassus. Der »Schwamm« kam, sichtlich übernächtig, hereingeprustet und ließ C. aus der Fechtstunde holen. »Seit wann bist du in Rom zurück?« fragte C. feindlich. Crassus antwortete überhaupt nicht. Noch im Atrium berichtete er, nach Luft schnappend, daß eine Nachtsitzung des Senats stattgefunden habe, in der Cato durchsetzte, daß die »Kornspenden« wieder eingeführt würden. »Jetzt Kornspenden?« sagte C. ungläubig. »Ja«, sagte der »Schwamm« und sah sich nach einem Stuhl um, »ich bin müde, ich stand die ganze Nacht auf der Kornbörse. Der Senatsbeschluß erfolgte erst 3 Uhr früh. Kann ich was zu trinken haben?« – »Kornspenden! Und das sagst du mir erst jetzt um 8 Uhr?« schrie C. ihn an. Der »Schwamm« blinzelte. »Ich sage dir doch, ich hatte auf der Börse alle Hände voll zu tun, der Kornpreis rasselte von 20 auf 2 nieder – meinst du, das ist eine Kleinigkeit, eine solche Operation?« Plötzlich wurde er wütend. »Wieso muß das überhaupt ich dir sagen?« verteidigte er sich empört. »Wieso warst du nicht selber im Senat? Wenn man einen Putsch macht, ist man eben nicht im Puff, sondern auf der Börse!« – »Man kann auch Politik machen«, sagte C. verbissen, »und nicht nur Geschäfte.« Sie gingen, beide blaß, in die Bibliothek, ich ging hinterher. Es gab einen furchtbaren Krach. Crassus gestand ein, daß er den Beschluß vorausgesehen hatte. Wie es sich herausstellte, hatte er tatsächlich in Korn auf Baisse spekuliert und deshalb ein Vermögen gemacht damit. C. warf ihm vor, daß er nur aus kommerziellen Gründen das Ganze vor ihm verheimlicht habe, obwohl es von großer politischer Bedeutung war. Der »Schwamm« leugnete und brachte vor, er habe lediglich nach einem Besuch bei Cato seine Maßnahmen getroffen. C. erstarrte. »Wann warst du bei Cato?« fragte er. Der »Schwamm« sah ihn tückisch an. »Kurz bevor du dort warst«, antwortete er. »Ich war für die Bewegung dort«, schrie C. »Ich ebenfalls«, der »Schwamm«. C.: »Dann mußt du wissen, daß er nicht nachgab. Von Cato war nicht, was unter den Fingernagel geht, an Konzessionen zu erreichen!« Der »Schwamm«: »Nicht damals, vor der Wahl! Er wußte doch, daß die City den Catilina nicht wirklich zum Konsul wählen lassen würde.« C.: »Und warum gibt Cato jetzt nach?« Der »Schwamm« hatte sich gesetzt. Er betrachtete C. abwägend und nicht freundlich. »Du bist sehr wenig im Bild, lieber Caius Julius«, sagte er. »Er gibt nach, weil der Oberst Nepos zum Volkstribun gewählt ist, wie du vielleicht im Puff gehört hast, und weil sie vor Pompejus eine Scheißangst haben.« C. blieb eine ganze Weile still. Anscheinend hatte er die Aufregung des Senats über die Gerüchte um Pompejus nicht so ernst genommen. »Auf Catilina hast du also überhaupt nicht gesetzt, keinen Augenblick, wie?« sagte er dann ausdruckslos. »Doch«, sagte der »Schwamm« schnell, »aber ob

Catilina oder der Senat Korn verteilt, das ist doch dem Kornpreis gleichgültig. Er fällt eben.« C. drehte sich plötzlich auf dem Hacken herum nach ihm. Er war ganz und gar außer sich. »Aber Catilina«, schrie er, »fällt damit auch! Ob sie das Korn von ihm kriegen oder von Cato, das ist den Leuten doch ebenfalls gleichgültig! Und was ist dann mit uns? Meine du ja nicht, daß wir aus der Sache ohne weiteres wieder herauskommen. Jetzt kommt der Zusammenbruch und damit die Untersuchung.« Crassus schien das einzusehen. »Natürlich ist es jetzt schwierig für Catilina. Es ist eben ein guter Zug dieses alten Säufers Cato«, sagte er schwach. Es gab eine Pause. Als C. wieder sprach, schien ein alter Mann zu sprechen, so klanglos war seine Stimme. »Ich bin ruiniert«, sagte er. »Ich habe Grundstücke gekauft.« Der »Schwamm« wachte auf. »Was hast du gekauft?« fragte er, als traue er seinen Ohren nicht. »Grundstücke«, wiederholte C. Der »Schwamm« schien erschlagen. »Du lieber Styx«, murmelte er, »was hast du dir dabei gedacht?« – »Die Bodenfrage *muß* doch in Angriff genommen werden«, sagte C., mit einem Versuch, sich zu verteidigen. »Du lieber Styx«, wiederholte der »Schwamm« nur, und sein Ton war nicht ohne Mitgefühl. »Und jetzt kommt die Untersuchung. Ich habe von meinen Grundstücken abgestoßen, soviel ich konnte, damit ich gegebenenfalls wegkann. Die Untersuchung muß, wenn sie geführt wird, von uns geführt werden.« – »Das kostet zehn Millionen«, sagte C. verbissen. »Fünf«, sagte der »Schwamm« sofort. »Gestern hätte sie fünf gekostet, heute kostet sie zehn«, sagte C. bockig, »da jedermann weiß, daß wir sie jetzt unbedingt brauchen.« – »Catilina ist noch nicht ganz aus«, wand sich der Dicke, »da kann sich noch viel ändern. Schließlich hat er ein Heer.«

Mir, der ich das alles anhören mußte, wurde übel. Das Heer, das war für mich Caebio.

Als ich gestern vormittag in Caebios Wohnung kam, sagte mir sein kleiner Bruder, die Mutter sei schon in den Hallen, wo abends Korn ausgegeben werden würde. Er ging mit mir, sie dort zu suchen.

In den riesigen Höfen herrschte starker Lärm und ein wüstes Durcheinander. Zehntausende von Menschen suchten ihre Ausgabestelle. Die Kornspenden waren seit Jahren suspendiert gewesen, so daß niemand mehr sich genau der einstigen Organisation erinnerte. Schwitzende Beamte brachten Tafeln mit den Zahlen der Bezirke an.

Alles schob sich durcheinander, Kinder weinten, Polizei zog Stricke, um die Menschenströme abzuleiten. Was für Gestalten! Was für Gesichter! Hier war der Hunger. Hier war ganz Rom.

Wir brauchten Stunden, bis wir Caebios Mutter fanden. Sie stand, die Markttasche unter dem Arm, in die Leute eingezwängt, die den gleichen Distrikt bewohnten. Sie konnte mir jedoch Caebios Adresse nicht angeben, mir auch nicht sagen, wie ich durch andere an ihn gelangen könnte. Er war in Catilinas Heer einfach untergetaucht. Und jeder Schöpflöffel Korn, der hier verteilt werden würde, war ein Schwertstreich, der gegen ihn fallen mußte.

Als ich wegging, verbreitete sich eben die Meldung, das Korn werde erst am nächsten Morgen, vielleicht erst gegen Mittag verteilt werden. Die Vorräte seien noch nicht aufgefüllt. Aber ich sah niemand seinen Platz verlassen.

Es fiel leichter Herbstregen. Durchnäßt und schweigend stand die ungeheure Menge in den Höfen vor den Kornhallen und wartete. Verstört ging ich in die leer erscheinende Stadt zurück.

25. 11. (abends)

In der City breitet sich heute doch eine gewisse Nervosität aus, Besorgnis, daß Catilina eines Tages mit den Sklaven in seinen Rotten nicht mehr fertig werden könnte. Die Kornspenden werden seine Reihen zweifellos etwas lichten. Die Lücken wird er dann durch Sklaven auffüllen müssen. Und unter den Sklaven herrscht seit einiger Zeit eine nicht ungefährliche Gärung. Die vielen billigen asiatischen Sklaven drücken ihren Lebensstandard herunter.

Ein deutliches Alarmzeichen kommt schon: die großen Fachvereine machen jetzt geschlossen gegen Catilina Front. Sie schäumen über seine verhüllten Versprechungen an die Sklaven. Cato soll die Wiedereinführung der Kornspenden an die Arbeitslosen auf Grund langer Verhandlungen mit den Fachvereinen konzediert haben.

Die asiatischen Papiere fallen.

25. 11. (spätabends)

Der »Schwamm« hat uns einen unerhört schmutzigen Streich gespielt. Aus der Wahlkampagne für Catilina ist er seinerzeit schon gleich zu Beginn weggefahren, als er hörte, daß die Fachvereine nicht zogen und mit dem Senat direkt über Kornspenden verhandelten. Er ging einfach zu einer schmutzigen Kornspekulation über. Aber was er uns jetzt antut, setzt allem die Krone auf.

C. war heute abend fest entschlossen, den Banken (der Gruppe Pulcher) angesichts der vorauszusehenden demoralisierenden Wirkung der Kornspenden auf die Straßenklubs neue Bedingungen für die Fortführung der Putschvorbereitungen zu diktieren. Die Sache ist ja jetzt viel zu gefährlich geworden. C. war vor einer Woche in der Handelskammer belehrt worden, daß es falsch war, der City jetzt mit dem Aufstand zu

drohen. Er mußte mit der Liquidierung des Aufstands drohen. Er ging abends zu Manius Pulcher aufs Forum. Ich war mit und trug die Dokumente, größtenteils die Grundstückskäufe betreffend. Pulcher schien unterrichtet, er hatte andere Herren von der City bei sich im Kontor. Man setzte sich, und C. sagte, ohne jede Einleitung und im Geschäftston: »Sie haben freundliches Interesse an dem Gedeihen der wiedererstandenen demokratischen Straßenklubs gezeigt. Die Leitung der Klubs befürchtet nun, daß durch die Kornspenden des Senats ein Teil der Mitglieder mehr oder weniger demoralisiert werden wird. Die politische Initiative der einzelnen, oft der wertvollsten, ist nicht selten durch schwere Überschuldung gelähmt. Die Existenz der Klubs hängt davon ab, ob ihnen jetzt, wo das Verbleiben in den Klubs ›Kopf und Kragen‹ riskieren heißt, das Gefühl verschafft werden kann, daß der Sieg der Demokratie auch ihr Sieg wäre. Als Geschäftsmann, der Sie sind, äußerten Sie den begreiflichen Wunsch, spezifizierte Ausführungen über die von den Klubs benötigten Summen, ihre Verwendung usw. zu sehen. Ich habe veranlaßt, daß Ihnen einige Ziffern zur Verfügung gestellt werden. Hier eine Liste der dringendsten Verbindlichkeiten.«
Pulcher, der ihn mit einem Gesicht, auf dem nichts zu lesen war, angehört hatte, nickte. C. nahm mir die Mappe mit den Dokumenten ab, suchte ein wenig darin herum, zog dann eine Aufstellung seiner eigenen Grundstückkäufe hervor und reichte sie dem Bankier. Pulcher nahm das Blatt entgegen und studierte es schweigend. Dann sah er auf und sagte, nicht ohne innere Bewegung: »Und ohne die Durchführung dieses übrigens sehr großzügigen Sanierungsplans glauben Sie nicht, daß von dieser Seite wirkliches Interesse für eine Stärkung der Demokratie zu erhoffen wäre?« Dabei reichte er das Blatt den andern Herren weiter. »Nein«, sagte C. überzeugt.

Pulcher sah ihn starr an. Er ist ein kleiner, dicker Mensch mit kahlem Kopf und kalkiger Gesichtsfarbe. Er betrachtete C. wie einen Gichtknoten an seiner Zehe. Als er wieder sprach, war seine Stimme barsch. »Sie wollen also alle Aktionen abblasen, wenn wir Ihnen nicht Ihre privaten Spekulationen finanzieren. Ist das die Meinung?«

C. betrachtete ihn ebenfalls einige Augenblicke lang. Dann sagte er steif: »Nein. Ich scheine Ihnen das falsche Blatt gereicht zu haben.« – »Sicher«, sagte Pulcher trocken, nahm das Blatt seinen Geschäftsfreunden, die bisher kein Wort geäußert hatten, aus den Händen und schob es C. über den Tisch zu. C. stand auf. Er sah bewundernswert gleichgültig aus. Er sagte: »Ich habe den Eindruck, daß der Augenblick für eine ernsthafte, geschäftliche Aussprache nicht ganz gut gewählt ist. Solche Gespräche sind nur fruchtbar, wenn sie in einer freundschaftlichen Atmosphäre vor sich gehen, die vielleicht hier fehlt.«

»Vielleicht«, sagte Pulcher, blieb aber sitzen und fuhr langsam fort: »Schenken Sie uns noch einen Augenblick Ihrer, wie es scheint, ganz außerordentlich kostbaren Zeit. Wir haben bis jetzt das Vergnügen gehabt, mit dem Politiker zu sprechen. Es drängt uns danach, uns noch mit dem Privatmann zu unterhalten. Wir sehen nämlich zufällig diese, hm, Aufstellung, die Sie uns versehentlich gereicht haben, durchaus nicht ohne Interesse. Seit gestern sind wir im Besitz einer Reihe von Schuldverschreibungen, die Ihre Unterschrift tragen. Sie sind uns von Herrn Crassus abgetreten und belaufen sich auf insgesamt neun Millionen Sesterzien. Nur mit äußerster Bestürzung sehen wir nun, daß Sie, finanziell vorbelastet, wie Sie sind, sich auch noch in Grundstückspekulationen von enormer Höhe eingelassen haben. Vielleicht wünschen Sie das zu erklären?« C. stand wie vom Blitz getroffen. Der

»Schwamm« hatte aus C.s Hilferuf die Konsequenzen gezogen. Er hatte C. fallenlassen!
Ich denke nicht, daß C. den Schluß der Unterredung völlig klar aufnahm. Pulcher sprach zu ihm wie zu einem Angestellten. Er wies ihn barsch an, die von ihm eingangs erwähnten Vorbereitungen zur Stärkung der Demokratie, »welcher Art sie auch sein mögen«, fortzusetzen, und zwar »mindestens bis zum 10. 12.«. C. wagte nicht ein Wort zu sagen. Seine Grundstückspekulationen sind katastrophal. Er weiß bestimmt schon gar nicht mehr, wieviel und welches Land er gekauft hat. Er hat natürlich nur angezahlt, und das wahrscheinlich mit dem Geld der Mucia. Außerdem muß er alles hoch beliehen haben.
Der 10. 12. ist der Tag, an dem Metellus Nepos das Tribunat antritt.

26. 11.

Und doch ist er schon wieder obenauf! Eine halbe Stunde morgens in der Reitbahn, und er ist wieder der große Herr in der Klientelstunde. Als ob es keine Fleischerrechnungen, keinen Mummlius Spicer, keine Vorbereitung des bewaffneten Aufstands und keine Bankiers gäbe!
Er hat wirklich Nerven! Gigantisch, wie er die Vorbereitung des bewaffneten Aufstands in den Armenquartieren immer weitergehen läßt, obwohl er selber, zumindest seit Catos Kornspenden, den bewaffneten Aufstand für unmöglich halten muß.
Mit einem Brief C.s bei Alexander. In seiner kleinen, peinlich sauber gehaltenen Kammer organisiert er zusammen mit Publius Macer, unserm heimlichen Vertrauensmann bei den Distriktsleitern, den bewaffneten Aufstand. Macer, ein langer Mensch wie aus vertrocknetem Leder, saß auf einem Stapel

Bücher und notierte die Weinschenken, die man als Versammlungszentren der einzelnen Straßen gewählt hat. Die beiden arbeiten mit den Straßenklubs des Clodius zusammen und bilden bewaffnete Kader aus den oppositionellen Mitgliedern der Fachvereine und den in den Listen des demokratischen Wahlausschusses geführten Wahlberechtigten. Seit sie neuerdings über etwas Kapital verfügen können, hat sich die Disziplin der Kampfverbände sehr verstärkt.
Alexander und Macer können unverdächtigt arbeiten in dem großen, schönen, nur unruhigen Haus des Crassus. Aber aus der Art, wie Alexander über Catos Kornspenden sprach (»Der Kerl hat von den demokratischen Programmpunkten ›Acker und Korn‹ mit untrüglichem Herreninstinkt das Korn gewählt; so behalten sie das Volk an der Strippe – der Acker würde es unabhängig machen«), sah ich, daß er nicht mehr allzu fest an den Putsch glaubt, den er vorbereitet.
C.s Brief enthielt wohl eine Aufforderung, nichts zu überstürzen, denn Publius Macer äußerte mürrisch: »Jeden Tag was anderes. Heute: nichts überstürzen, auf sicher gehen. Vorige Woche: es geht zu langsam. Ein Termin niemals. Nun, ein Blutbad muß ebenso organisiert werden und kostet ebensoviel Arbeit wie jedes andere Bad, das die Herren zu nehmen wünschen.« Als er meinen erstaunten Blick sah, sagte er trocken: »Hoffentlich weiß man oben, daß eine solche Sache einige tausend Familien in allerhand verwickeln kann.«
Alexanders Ausdruck bewies mir, daß er die Wahl nicht vergessen hat. Ich ging sehr bekümmert weg.

26. 11. (abends)

Mit Paestus, dem Sekretär des Clodius, auf Wunsch C.s in einem Lokal die Versammlung eines Straßenklubs besucht. Vor der Tür wurden unsere Papiere kontrolliert. Es wird

während der Sitzung nicht getrunken, was in Rom unerhört ist.
Thema: Sollen wir Sklaven in die Klubs aufnehmen? Ein Redner führte aus, man könne, aber nur einzelne. Ein anderer, zweifellos ein Arbeitsloser, sagte gereizt, Sklaven blieben nie auf dem Platz, wo sie hingehörten, sondern verlangten immer mehr. Er sei ein römischer Bürger und kämpfe nicht mit Sklaven zusammen.
Ein großer, bleicher, ausgemergelter Mensch, undeutlich sichtbar durch den Kneipendunst, sagte grob: »Hört doch schon auf mit dem Idiotengewäsch gegen die Sklaven, so lang wir die gleichen Blutegel haben wie die Sklaven!«
Er wurde aber sofort niedergeschrien. Als wir gingen, sahen wir noch, wie ein halbes Dutzend, über ihn gebeugt, zornig auf ihn einredete. Der Klubleiter versicherte uns noch vor der Tür, daß die Stimmung gut sei. Die Kornspenden des Senats hätten keinerlei Zerrüttung bewirkt. Von den Mitgliedern sei Alexanders Losung, sie sollten sich nicht Korn in die Augen streuen lassen, mit großem Beifall aufgenommen worden. Man wolle Arbeit, nicht Almosen.
C. hatte wissen wollen, wie die Klubs den Stoß der Kornspenden aushielten. Meinen Bericht nahm er ziemlich teilnahmslos auf. Er ist wieder völlig erschlafft. Liegt den ganzen Tag in der Bibliothek und liest griechische Romane.

27. 11.

In dem alten Viertel hinter dem Gemüsemarkt hatte ich eine eigentümliche Unterhaltung mit einem arbeitslosen Maurer. Wieder einmal war eines der siebenstöckigen Mietshäuser eingestürzt. Eine Rotte Sklaven räumte die Trümmer weg. Der Mann saß auf dem Torso eines ärmlichen Küchenschranks und blickte auf einige überlebende Hausbewohner, die im

Schutt nach Resten ihrer Habe wühlten. Durch Staubwolken sahen wir, wie eine alte Frau einem schaufelnden Sklaven mit der Faust ins Gesicht schlug, weil sie meinte, er schaufle nicht vorsichtig genug. Da sprach der Mann neben mir plötzlich. »Sie prügeln einander noch«, sagte er. »Bevor das nicht aufhört, kommen sie in keine andern Häuser als solche. Die armen Teufel machen meine Arbeit, ich kann keinen Aß mehr verdienen in dieser Stadt. Aber ich gehe zu Catilina, weil ich gehört habe, daß er mit den Sklaven zusammengehen will. Wir werden über das Geschmeiß auf dem Forum und dem Capitol nicht Herr, ohne mit den Sklaven zusammenzugehen. Alles, Wahl und Revolution, ist Schwindel ohne das, reiner Schwindel.« Ich ging sehr nachdenklich heim.

Habe bei Cethegus, den ich in seinem Haus aufsuchte, erwirkt, daß mit einem Kurier eine Anfrage nach Caebio ins Catilinarische Lager abgeht, gab zur Sicherheit auch noch Rufus an. Fühle mich seitdem beruhigter. Es geschieht doch nun wenigstens etwas.

Ich nahm eben eine Fechtstunde bei Glaucos, als gemeldet wurde, in den Hallen seien größere Unruhen ausgebrochen. Die Catilinarier hatten in den letzten Tagen alle, die in den Listen der zum Kornempfang Berechtigten nicht eingeschrieben waren, aufgefordert, in die Hallen zu gehen und Korn zu verlangen. Die Listen sind alt, und die Arbeitslosigkeit ist seit dem asiatischen Krieg ungeheuer angewachsen. Um fünf Uhr nachmittags waren die Höfe so mit Menschen angefüllt, daß zu Hilfe gerufene Polizei nicht mehr durchkam. Dutzende wurden niedergetrampelt, darunter Frauen. Es heißt, daß auch zwei Beamte der Kornverwaltung von der erregten Menge angegriffen wurden. Nachts hieß es, sie seien getötet. Vier große Magazine sind von der Menge völlig geleert worden.

Die Straßenklubs von zwei Bezirken arbeiteten mit den Catilinariern Hand in Hand, und wieder wurden bei den Tumulten zahlreiche Sklaven beobachtet, die besonders wild vorgingen.

28. 11.

Die blutigen Vorgänge in den Hallen werden die Massen noch mehr radikalisieren. Niemand spricht mehr vom »Volksmann Cato«. Die ganze Unzulänglichkeit der staatlichen Fürsorge stellt sich heraus. Praktisch ist eben halb Rom arbeitslos.

Mummlius Spicer beklagt sich sehr über den wachsenden Widerstand, der ihm und seinen Kollegen in den Arbeitervierteln entgegengesetzt wird. Die Agitation der Catilinarier bekommt er auf Schritt und Tritt zu spüren. Die Leute liefern nicht mehr schweigend ab, was er holen will. Er setzte sich erschöpft im Atrium nieder und sagte: »Ich kann Ihnen sagen, lieber pfände ich hier.«

28. 11. (abends)

Nach Glaucos großer Krach im Catilinarischen Lager. In einer Kneipe am Rindermarkt, einem Lokal, wo die 22. Rotte verkehrt, wurde ein syrischer Sklave verdroschen, weil er behauptete, die römischen Legionäre seien nach der Eroberung seiner Heimatstadt, als sie die syrischen Weiber vergewaltigten, sobald ein Hauptmann vorbeigegangen sei, aufgestanden und hätten die Ehrenbezeigungen gemacht. Das war vor vier Tagen. Seitdem hätten neun Rotten verlangt, daß die Sklaven ausgeschlossen würden. Es komme ständig zu Prügeleien, und die Sklaven, die teilweise besser genährt seien als die ausgehungerten arbeitslosen Handwerker, schnitten dabei keineswegs schlecht ab. Die Führung versuche zu vermitteln, da sie glaube, ohne die Sklaven den Aufstand nicht machen zu kön-

nen, was absolut wahr sei. Jedoch stoße sie dabei auf riesige Widerstände bei den freien Mitgliedern. Andrerseits seien die Sklaven empört, besonders über eine Äußerung des Statilius, die römischen Plebejer seien doch noch nicht so herunter, daß sie bereit wären, mit Sklaven gemeinsame Sache zu machen.
Ich sprach lange mit Glaucos darüber. Ich mag Sklave sein, aber ich betrachte mich bei weitem nicht als so »herunter« wie diesen bankrotten Adligen und seine verkommenen faulenzenden Plebejer.

29. 11.

Alexander warnt. Er sagt C. heute: »Ich habe absolut zuverlässige Berichte, daß die ›Wade‹ von Catilina einen Brief bekommen hat, in dem er ausführt, der Aufstand gehe nicht ohne gleichzeitige Sklavenerhebung. Das können wir niemals mitmachen. Es verfälscht unsere Sache und stempelt sie zu einem Verbrechen.«
C. wich ihm aus. Er gab zu, daß Catilina an sich zu so etwas fähig sei, da er jeden sittlichen Halt verloren habe und eben zu *allem* bereit sei. Nur: die römischen Bürger in seinen Rotten würden sich zu so einem Abenteuer niemals hergeben.
Aber als Alexander gegangen war, schien C. doch sehr aufgeregt. Er ging über eine Stunde lang in großer Unruhe im Garten herum. Als zum Mittagessen Fulvia kam, war er ungewohnt einsilbig. Ich pumpte sie diskret aus. Schon vor geraumer Zeit war sie bei einem kleinen Gelage gewesen, wo hervorragende Catilinarier, deren Namen sie nicht nennen will, über die Sklavenfrage stritten, anscheinend nach reiflichem Weingenuß. Die Herren äußerten Zweifel darüber, ob das römische Volk allein mit dem Senat fertig werden würde. Die alten Bedenken: das Militär, unter senatorischen Offizieren, werde doppelte Löhnung bekommen und jede Unruhe

unterdrücken; das halbe Volk bestehe aus Pächtern, Mietern und sonstigen Schuldnern von Senatoren, was ja jede Wahl zeige; sogar die Sklaven würden ihre Herren verteidigen, wenn der Aufstand ihnen nichts verspreche, und auf jeden römischen Bürger kämen fünf Sklaven. Also: man muß die Sklaven zu sich herüberziehen, ihnen die Freiheit zumindest versprechen, später könne man dann sehen usw. Aber die Sklaven seien Ausländer? Ja, sie seien keine Bürger, solange sie nicht eingebürgert seien, und die Römer seien Bürger, solange sie nicht ausgebürgert seien, und die schlimmste Form der Ausbürgerung sei der Tod, z. B. der bei einem verunglückten Aufstand. »Wird das schöne Palais des Lucullus, der so viel Sklaven nach Rom gebracht hat, das schöne am Pinciushügel, einmal einem Sklaven gehören?« fragte Fulvia ängstlich. C. beruhigte sie, obgleich er, wie ich deutlich sah, alarmiert war. »Wenn der kleine Mann, ohne mit dem Sklaven gemeinsame Sache zu machen, keine Politik führen kann, so wird er eben keine Politik führen können«, sagte er abwesend. Als ich beistimmte, fragte mich Fulvia, die sehr nett, aber ein wenig dumm ist: »Sind Sie denn auch nicht dafür, daß die Sklaven freigelassen werden?« Ich versicherte ihr, daß ich davon weit entfernt sei. C. sah mich an und setzte hinzu: »Wenn unsere Haussklaven heute über uns kämen, würden sie den Rarus vor dem Caesar umbringen, meine Liebe.« Ich mußte ihm da leider recht geben.

Fulvia ging bald, ein wenig pikiert über unsere Schweigsamkeit, und C. legte sich zu Bett. Er klagte über heftigen Durchfall, und wir borgten uns zwei Ärzte von Crassus aus.

29. 11. (spätabends)

Obwohl es schon 2 Uhr ist, sehe ich in der Bibliothek, wo C. sich heute niedergelegt hat, immer noch Licht. Er läßt sich aus

dem Aristoteles vorlesen. Die Ärzte sagen, seine Magenverstimmung komme nur von Aufregungen.
Er wird jetzt einfach wissen, daß das Operieren mit dem »bewaffneten Aufstand« sich jeden Augenblick in einen blutigen Sklavenaufstand verwandeln kann. In den Catilinarischen Rotten sind, seit sie mehr und mehr Sklaven aufgenommen haben, nur noch die allerverzweifeltsten Elemente verblieben. Die Straßenklubs haben sich natürlich von Sklaven freigehalten, aber sie würden die Führung niemals behalten können bei einem Aufstand. Und was soll wirklich werden, wenn die Sklaven erst einmal alle Fesseln der Vernunft und der Sittlichkeit zerbrechen? Der römische Bürger mag jetzt hungern – wenn die Sklaven nicht mehr arbeiten, wird er einfach Hungers sterben. Wie soll die Hauptstadt auch nur vierzehn Tage lang verproviantiert werden können ohne die großen Güter, die mit Sklaven betrieben werden? Kein Getreideschiff, das ohne Sklavenbemannung noch segelte! Es ist alles Wahnwitz!
Wo mag mein Caebio sein? In einer Soldatenkaserne in Faesulae, mit all dem schmutzigen Pack zusammen? In einem Zelt, in das der Regen läuft? Es regnet sicher auch in Etrurien.

30. 11.

Ein gallischer Kaufmann kam heute in die Klientelstunde. Er hatte einen Empfehlungsbrief des dicken Favella aus Cremona und erzählte viel von den Hoffnungen, die nicht nur die Po-Ebene, sondern auch das ganze cisalpinische Gallien immer noch in Catilina setzen. C. unterhielt sich eine halbe Stunde lang mit ihm unter vier Augen.
Vormittags schickte er mich mit einem Brief zu – Cicero. Der riß ihn in meiner Gegenwart auf, überflog ihn mit einem eigentümlichen Ausdruck, gemischt aus Staunen, Schrecken

und Triumph, und ging, ohne mich weiter zu beachten, schnell in seine Schreiberstube. Was stand in diesem Brief?
Die Spannung in der Stadt wird unerträglich. Alles deutet auf eine bevorstehende Explosion hin. Die Catilinarischen Rotten exerzieren nachts auf dem Marsfeld, und die demokratischen Straßenklubs sind längst bis auf den letzten Mann bewaffnet. Der Polizei des Herrn Cicero bleibt das natürlich nicht verborgen. Merkwürdigerweise scheint sich aber Herr Cicero damit begnügen zu wollen, hin und wieder ein gegen ihn selbst gerichtetes Mordkomplott aufzudecken. Dafür wird der Senat jetzt energisch. Er soll seinen Druck auf Cicero täglich verstärken, Cato wünscht unbedingt, daß mit dem »ganzen Spuk« radikal aufgeräumt wird, schon damit man den Ansprüchen des Pompejus fester entgegentreten kann, der immer gebieterischer auftritt. In der Tat begreift eigentlich niemand, warum Cicero nicht zuschlägt. Ist es Nepos, der Herr aus Asien, der ihn lähmt? Denn inzwischen gehen die unterirdischen Kämpfe auf dem Forum weiter, in denen der neugebackene Volkstribun mit seiner Mappe voll Steuerpachtkontrakten eine beherrschende Rolle spielt. Die Haltung der City ist völlig undurchdringlich. Einige Banken haben seinerzeit den Catilinaputsch finanziert, dann brüsk fallenlassen, worauf prompt eine andere Finanzgruppe einsprang, sicher mit ganz anderen Zielen im Auge. Und jetzt heißt es, daß ausgerechnet der Mann des Pompejus seine schützende Hand über Catilina hält. Warum sonst wird gegen Catilinas etrurisches Heer der Konsul Antonius geschickt, ein Catilinarier, wie jeder weiß! Und das Tollste ist, daß trotz der tagtäglich drohender lautenden Gerüchte von der Putschvorbereitung der Catilinarier (und der demokratischen Straßenklubs) die asiatischen Werte auf der Börse wieder im Steigen begriffen sind. Das verstehe, wer kann!

1. 12.

Keine Nachricht von Caebio. Verzweifelt.
Denke in diesen Tagen viel nach über Caebio. Auch politisch. Was weiß ich von ihm, der mir so nahegestanden hat? Was wissen wir in den großen Häusern, in der Umgebung der Großen dieser Erde, von den Hunderttausenden dieser Stadt? Nichts. Ich bin nur ein Sklave. Aber er, der römischer Bürger ist, ein freier Mann, mußte sich doch in allem und jedem nach mir richten, nur weil ich Trinkgelder bekomme. Natürlich, er steht an Bildung unter mir. Unsere Liebe zerbrach nicht daran, sondern daran, daß ich ihm den Parfümerieladen nicht rechtzeitig kaufte. Die Arbeitslosen haben keine Hoffnung außer Catilina. Gestern schien mir noch, daß nur die allerverzweifeltsten Elemente bei Catilina verbleiben könnten, aber vielleicht sind das Hunderttausende? Diese Catilina-Bewegung ist vielleicht doch eine Volksbewegung? Man bedenke: Herr Cicero deckt Diktaturpläne auf, die Fachvereine erheben laut die Anklage, Catilina rühre an die Sklavenfrage, und trotz der ungeheuren Belohnungen, die man seinerzeit für Angaben gegen die Verschwörer ausgesetzt hat, 100 000 Sesterzien und Freilassung für Sklaven, 200 000 Sesterzien für Freie, haben sich keine Angeber gezeigt. Und es wissen doch alle um die Verschwörung! Sind denn alle beteiligt?
Man erwartet einen Schlag der Catilinarier beinahe für jeden Tag. Der Grund ihres Zuwartens ist, daß Clodius angeblich nicht mit seinen Vorbereitungen fertig ist. In Wirklichkeit kann er bloß von C. immer noch nicht die Zustimmung zum Losschlagen bekommen.

1. 12. (abends)

Heute war schon wieder der »Schwamm« da, um C. zur Kandidatur um die Prätur (Stadtrichteramt) zu bewegen.

C. verhält sich immer noch reserviert. Ich sehe daraus, daß er erstaunlicherweise nach wie vor an seinen Grundstückspekulationen hängt. Er will kein Amt, da es ja Senatsmitgliedern verboten ist, solche Geschäfte zu machen, was das Machen solcher Geschäfte immerhin erschwert. Der »Schwamm« ist offiziell womöglich noch mehr in die Affäre verwickelt als wir. Schließlich weiß man, daß wir finanziell nicht in der Lage waren, Catilina auszuhalten. Aber Crassus war es. Er soll Geld auf Schiffe gebracht haben, aber: »Er kann nicht halb Rom mitnehmen«, sagte C. kühl, »seine jämmerlichen Holzbaracken würden ihm beim Transport aufs Schiff auch unweigerlich zusammenfallen.«
Der »Schwamm« hat sich aus aller politischen Tätigkeit zurückgezogen. Er ist nervenmäßig ganz kaputt. Er schläft bestimmt keine Nacht mehr. Er fürchtet die Polizei des Senats und die Banden des Catilina. Er fürchtet sogar die Straßenklubs, jetzt, wo sie sich, wie er genau weiß, unter der Parole »Gegen die Reichen« bewaffnet haben. Er fürchtet Pompejus, und er fürchtet seine Konkurrenz in der City. Aber vor allem die Sklaven, vor allem die Sklaven! Er weckt seinen Bibliothekar mitten in der Nacht, sitzt schwitzend auf dessen Bettrand und spricht bis in die grauen Morgenstunden über ein Leben nach dem Tod.
Er kann nicht der einzige sein in der City, der so fühlt. Und doch, unfaßlich! Sie zahlt immer noch ...

2. 12.

Der Senat soll rasen! Cato soll genaue Angaben über die Gelder vorgelegt haben, welche von der City auch nach der Wahl noch in die Catilinabewegung gepumpt worden sind!
Dazu beunruhigende Nachrichten aus Capua. In den dortigen Fechterschulen sind Unruhen ausgebrochen. Sie waren heute

das Stadtgespräch. Auch den kleinen Mann konnte man sagen hören: »Wenn es Bürgerkrieg gibt, kommt es zu einem Sklavenaufstand, und dann ist alles aus.«

2. 12. (abends)

Die City zittert jetzt. Der Ruf »Die Sklaven kommen« ist ihr doch in die Knochen gefahren. Die Handelskammer hielt eine Sitzung ab, bei der sie beschloß, eine Untersuchung darüber zu führen, welche ihrer Mitglieder Gelder an Catilina »und ihm angeschlossene Bewegungen« geleitet haben. Pulcher und seine übrigens zusammengeschmolzene Gruppe waren natürlich nicht anwesend.

3. 12.

Und nun ist der Schlag tatsächlich gefallen, aber nicht von Catilinas Seite, sondern von »Ciceros«!

Früh 4 Uhr wurde an der Aemilischen Brücke eine Abordnung »gallischer Kaufleute« von der Polizei angehalten und ihr Gepäck durchsucht. Es enthielt Briefe und Schriftstücke hochverräterischen Inhalts, unterschrieben von bekannten Catilinariern.

Eine Stunde später fand bei Cethegus eine Haussuchung statt, die ein großes Waffenlager ergab. Die Verschworenen wurden aus ihren Betten heraus verhaftet und zum Concordiatempel gebracht, wohin Cicero den Senat berufen hatte. Er legte dem Senat Korrespondenzen der »Wade« mit Catilina vor, in der Einzelheiten über die Einschaltung der Capuanischen Fechtersklaven in den Aufstand stehen sollen. Die Dokumente werden zunächst noch geheimgehalten. Lenthulus und Cethegus konnten angesichts des belastenden Materials jedenfalls nicht leugnen. Sie wurden bis auf weiteres bei einzelnen Mitgliedern des Senats in Gewahrsam gegeben.

So wurde gegen Mittag Statilius von Bewaffneten hierhergebracht: man hatte ihn C. übergeben!
C. selber kam nachmittags, sehr erschöpft und blaß. Er aß nichts und ging nicht zu Statilius hinein.
Sein (und Crassus') Name soll aber in der Sitzung nicht genannt worden sein. Es heißt, sie seien nicht ernstlich verwickelt.
Ich kann den ganzen Tag leider nicht die Unterredung C.s mit dem gallischen Kaufmann aus dem Kopf bringen.

3. 12. (nachts)

Fünf Bezirke sind von Militär besetzt. Die Truppen (eine Legion, gebildet aus Bauernsöhnen des Picenum) biwakieren in den Straßen. Da sie auch auf der Straße abkochen, drängt sich Gesindel um ihre Feldküchen. Die Soldaten sind gutmütig oder verlegen oder sogar furchtsam und teilen bereitwillig Bohnensuppe aus. Aber die anständigen Leute nehmen nichts und schlagen, wie man erzählt, ihren hungernden Kindern das bei den Soldaten gefaßte Essen aus den Händen.

4. 12.

Schon gestern abend durchschwirrten wieder die tollsten Gerüchte die Stadt. Sie wurden übertroffen durch den Inhalt der beschlagnahmten Dokumente, die Cicero kurz nach 8 Uhr veröffentlichte. Vor den Schaukästen und Plakaten stehend, erfuhr eine riesige Menschenmenge, daß man in Cethegus' Haus Werg und Schwefel vorgefunden habe, nebst genauen Brandplänen. Rom sollte an zwölf Ecken angesteckt werden!
Glaucos schwört, daß diese Behauptung aus der Luft gegriffen ist. Die Polizei habe das Zeug, übrigens nicht mehr, als in einen Handwagen geht, selber in Cethegus' Haus deponiert.

Die gallischen Kaufleute hätten die Dokumente von einem Provokateur eingehändigt bekommen, und sie seien gefälscht. Alles sei gefälscht und gestellt. Aber die Briefe enthalten die Skizze zu einer Proklamation, welche die Sklaven für frei erklärt! Danach kann niemand, der auch nur eine Bettstelle besitzt, noch für die Verschwörer sein. Jeder Handwerker hat Sklaven.

Nachts hieß es, man habe auch geplant, die Wasserleitungen zu verstopfen.

In den Straßenklubs herrscht unbeschreibliche Verwirrung. Alexander hat die Obleute zusammengerufen, um ihnen zu erklären, daß man die Aktion abblasen müsse, da authentische Zeugnisse vorliegen, daß die Catilinarier auch in der Stadt die Sklaven bewaffnet haben. Es erschienen von einundzwanzig Obleuten nur sechs. Zwei standen übrigens anfangs auf dem Standpunkt, man solle doch kämpfen, Sklaven hin, Sklaven her. Die andern versicherten, man könne sicher sein, daß die Mitglieder auch ohne Weisung heute nacht ihre Waffen wegschaffen würden.

Die Catilinarischen Rotten sind durch die Enthüllungen Ciceros anscheinend ebenfalls vollständig gelähmt.

Clodius hält sich außerhalb Roms verborgen.

Heute vormittag tauchten doch wieder C.s und Crassus' Namen als an der Verschwörung Beteiligte auf. Ein gewisser Vettino, ein notorischer Polizeispitzel, erschien auf der Quästur und zeigte C. als einen der Geldgeber an.

C. ging nachmittags wieder in den Senat. Catulus soll Cicero in aller Frühe aufgesucht haben (auf dem Capitol, der Konsul ging nicht nach Haus, sondern übernachtete dort) mit dem dringenden Ansuchen, C. zu verhaften. Cicero soll sich aber geweigert haben.

C. ist überzeugt, daß gegen ihn kein Material vorliegt.

Er kam auch unangetastet nachts zurück. Er erzählte der aufgeregten Pompeja, daß ein Ankläger im Senat, als er den Namen Crassus aussprach, von allen Seiten niedergeschrien wurde. Viele der Senatoren sind Schuldner des Crassus. Auch er selber konnte sich vom Verdacht reinigen. »Ich habe«, sagte er, »zu viele Gläubiger.«
Aber um die Verhafteten stehe es schlimm. Die Väter wollten diesmal Blut sehen. Cicero weigere sich natürlich, Todesurteile überhaupt in Betracht zu ziehen, er sage immer wieder, sie seien ohne die Zustimmung der Volksversammlung ungesetzlich und müßten auf sein Haupt zurückfallen. Jedoch seien eben jetzt Cato und fünf andere bei ihm, die wohl einige Druckmittel besäßen.
Sie sprachen eben noch im Atrium, als sich Manius Pulcher melden ließ. Er trat ein zusammen mit Afranius Cullo, dem vielleicht größten Finanzier der City, dessen Name beinahe nie genannt wird, dessen Stimme aber in Finanzkreisen für ausschlaggebend gilt, und noch drei andern bekannten Steuerpächtern, alle sehr bleich und nervös.
Man zog sich in die Bibliothek zurück. Ohne alle Umschweife rückten die Herren mit ihrem Anliegen heraus. Es war tatsächlich erstaunlich. Sie schlugen mit dürren Worten vor, C. solle morgen, in der entscheidenden Senatssitzung, für die Verhafteten eintreten und unter allen Umständen ein Todesurteil verhindern! C. war zu Beginn sehr ruhig. Er wies auf die schweren Verfehlungen der Leute hin und auf die Stimmung gegen sie. Afranius Cullo, ein kleiner, knorpliger Fünfziger, ließ ihn ausreden und wiederholte dann nur: »Unter keinen Umständen Todesurteile. Das wäre der endgültige Sieg des Senats!« C. schickte mich hinaus.
Die Herren gingen erst nach eineinhalb Stunden. Als ich nach ihrem Weggang in die Bibliothek kam, fand ich C. in einem

Weinkrampf. Er schrie mindestens dreimal: »Das mache ich unter keinen Umständen. Für was halten mich diese Koofmichs?«
Es ist klar: wenn er die Forderungen der Banken erfüllt, sieht jedermann, wie tief die Demokraten in den Putschversuch verwickelt sind, und besonders er – und das in einem Augenblick, wo die Senatspartei die Messer schleift!
Um 11 Uhr kam der »Schwamm«, der von gestern auf heute mindestens zwanzig Pfund an Gewicht verloren hat. Er blieb bis spät in die Nacht. Statilius verlangte immer, C. zu sehen. Natürlich umsonst.

5. 12.

Seit dem frühen Morgen ist die ganze Stadt auf den Beinen. Die Straßen sind voll von erregten Gruppen. Kein Mensch spricht mehr für Catilina. Jeder Tischler scheint überzeugt, daß ihm die Catilinarier seinen Hobel anzünden wollten. In den Barbierstuben werden im Viertel als Catilinarier bekannte Kunden nicht mehr barbiert. Dem Mann auf der Straße fällt es wie Schuppen von den Augen.
In Rom sind eine Million Sklaven oder anderthalb Millionen. Hannibal stand vor den Stadttoren, aber die Sklaven stehen innerhalb der Stadttore!
Während C. sich auf das Capitol begab, ging ich mit einem Brief zur Servilia, Catos Schwester. Was man auch immer gegen sie sagen mag, sie liebt ihn wirklich. Sie las seinen Brief und gab mir sogleich eine Antwort mit.
Das Forum war gesteckt voll. Die Banken waren alle geschlossen. Viel Polizei. Man wartete seit Stunden auf den Senatsbeschluß.
Als ich auf das Capitol kam, war die Sitzung noch in vollem Gang. Ich hörte, daß C. schon geredet habe, sehr kühn, »für

die Schonung der Catilinarier!« Mir schlug das Herz bis in den Hals. Ich stand in einem Haufen meist junger Leute aus dem Kaufmannsstand, alle bewaffnet. Sie gehörten zu Herrn Ciceros Bürgergarde und sprachen nur von C.s Rede, die sie unverschämt nannten. Einer schrie: »Dieser Caesar ist der Schlimmste von allen. Natürlich ist er bezahlt. Er macht nicht den Mund auf ohne Barzahlung.« Und ein anderer antwortete ihm: »Das Geld des Catilina stinkt bis hier heraus!« Ich hätte beinahe gelacht, da ich an Afranius Cullo dachte.

Endlich konte ich C. den Brief der Servilia hineinschicken.

Ich erfuhr erst am Abend, was für eine Sensation er hervorrief.

Ganz wie C. vorhergesehen hatte, entstand sogleich Unruhe. Als er den Brief in Empfang nahm, verlangte der alte Esel Cato, der eben die Todesstrafe beantragt und C. dabei ziemlich ungeschminkt der Mittäterschaft beschuldigt hatte, daß C. den Brief vorzeigen solle, andeutend, er komme wohl von einer dem Catilina nahestehenden Person. C. reichte ihm liebenswürdig den Brief seiner Schwester. Der alte Säufer erblaßte vor Wut und warf ihn C. mit dem Wort »Wüstling« vor die Füße. Die Episode genügte, seine Verdächtigungen der Lächerlichkeit preiszugeben. In solchen Details ist C. groß.

Im Grunde glaubte niemand, daß eine Exekution stattfinden könnte. Überall konnte man hören: »Wir leben nicht unter einer asiatischen Despotie.« Die Gesetze schreiben deutlich vor, daß römische Bürger nur mit Zustimmung der Volksversammlung zum Tod verurteilt werden dürfen. Als gegen Abend bei einbrechender Dunkelheit Cicero die Verhafteten abholte und sie über die Heiligenstraße und das Forum durch die schweigenden Menschenmauern führte, dachte jedermann, sie kämen lediglich in Verwahrung. Allerdings, da, wo die Heiligenstraße in das Forum mündet, wurde die »Wade« ohn-

mächtig. An den geschlossenen Bankbuden vorbei mußte man ihn tragen. Und ganz Vornstehende, die das schweißdurchnäßte Haar des Cethegus sehen konnten, mochten ahnen, wohin der kleine Zug ging. Aber keiner der Geführten rief der Menge auch nur ein Wort zu, und kein einziger der vielen, die noch vor zwei Tagen alles auf diese Leute gesetzt hatten, machte jetzt Miene, eine Hand für sie zu erheben.
Sie hatten an die Sklavenfrage gerührt!
Als der Konsul wieder heraustrat aus dem Mamertinischen Gefängnis, selber ein veränderter Mann, mit Schweißtropfen auf der Stirn und kaum fähig, sich auf den Beinen zu halten, und mit dumpfer Stimme sagte: »Sie leben nicht mehr«, gab es in der großen Menge kein Wort der Kritik. Und als er eine Stunde danach das Capitol verließ, umringt von den bekanntesten Mitgliedern des Senats, die ihn eben als »Vater des Vaterlandes« begrüßt hatten, lauter Leuten, die große Kriege geführt und Rom viel Beute erobert hatten und nun ihm dankten, daß er sie ihnen gerettet hatte, wagte sich das bessere Publikum vor, und es erhoben sich einzelne Zurufe. Auch wurden Lampen vor die Haustüren gestellt, und man sah Frauen vom Balkon herab ihm zuwinken.
C. hatte recht gehabt am Morgen, als er sagte, die einzige Gefahr für die Verhafteten sei Ciceros Feigheit und seine Angst, sie zu zeigen. Abends erfuhr ich, daß auf C. beim Verlassen der Kurie ein Attentatsversuch verübt wurde. Die Bürgergarde! Einige Senatoren stellten sich vor ihn. Was wird noch alles geschehen?
Er gab mir abends 50 000 Sesterzien, damit ich die dringendsten Bankzinsen bezahlen kann. Er muß sie von Pulcher bekommen haben, der wohl die Untersuchung der Handelskammer fürchtet.

6. 12.

Stand früh auf, da wegen Caebio schlecht geschlafen. Wollte an den Tiber hinuntergehen. Erwischte an der Kehrichttonne einen zerlumpten Kerl, der in den Speiseresten herumfischte. Unterhielt mich mit ihm. Er haust unter der Tiberbrücke. War Bauer in der Campagna, wurde zwangsversteigert, lief nach Rom, fand nur kurze Zeit Arbeit in den Schlachthäusern. Fragte ihn, was er über Cicero denkt. Er: »Wer ist das?« Solche gibt es natürlich Tausende.

7. 12.

Tage verräterischer Ruhe.
Vormittags sagte C. im Garten, im Karpfenteich die zwei schäbigen Karpfen betrachtend, niedergedrückt: »Wenn ich meine Grundstücke los bin, fange ich ernstlich mit meinem Buch über die Grammatik an.« Wie soll er je seine Grundstücke loswerden? Als er so über sein Buch sprach (das er schon seit vier Jahren anfangen will), sah ich im Geist auch an den Karpfen schon die Gerichtsvollziehermarken Mummlius Spicers.

8. 12.

Seit vorgestern ist alle Welt für die Rettung der Republik. Die City feiert in Bankettreden die »Abwehrung der Diktatur«. Cicero ist der Mann des Tages.
Alexander über die Todesurteile gegen die Catilinarier: »Die Wirkung der Todesurteile in den Köpfen der kleinen Leute ist ungeheuer. Verbrecher werden hingerichtet, also: die hingerichtet werden, sind Verbrecher. Aber dahinter steht noch mehr. Die Herrschenden haben gezeigt, wie weit sie gehen wollen. Sie haben Köpfe verlangt und kämpfen von nun ab also selber um ihre Köpfe. Und das Schlimmste von allem:

die Urteile sind von Herrn Cicero gefällt, von einem Demokraten. Der Senat weiß seine Henker zu wählen.«
Unter der Oberfläche gehen die Untersuchungen der Polizei weiter. Man hält sich vorläufig vor angesehenen Namen noch zurück, da Catilina ja noch nicht geschlagen ist. Es steht jedoch eine Reihe großer Prozesse bevor. (!) Weniger bekannte Leute werden verhaftet. Täglich hört man von Haussuchungen.
Die Fachvereine haben nicht mitgekämpft, sie sind jedoch mit besiegt worden. Es nützt ihnen wenig, daß sie alle Mitglieder ausschließen, die in den Aufstand verwickelt sind. Der Senat nützt seinen Sieg aus und kündigt eine allgemeine strenge Nachprüfung der Bürgerrechtslisten an.
Am schlimmsten geht es natürlich den ihrer Führung beraubten Mitgliedern der Sturmrotten und der Straßenklubs. In den ärmeren Quartieren geht die Polizei aus und ein. Sie können nicht fliehen, da sie keine Mittel zur Flucht haben und überall verhungern würden. So warten sie einfach auf die Verhaftung. Im besten Fall werden ihre kleinen Läden beschlagnahmt und ihr Mobiliar auf der Straße verauktioniert. Erst hat man diese Leute in die Wahl, jetzt hat man sie in den Aufstand hineingehetzt.
C. ungewöhnlich verstört. Die Catilinarier scheinen ihn doch in der Hand zu haben. Es handelt sich um irgendeinen Brief in seiner Handschrift. Das ist schrecklich.
Nachmittags fuhr er zu Crassus. Er ist jetzt mit der Kandidatur für die Prätur einverstanden. Ich bin sicher, daß ihm unter den so veränderten Umständen, das heißt, wenn der »Schwamm« davon Wind bekommt, die Prätur nicht mehr einfach gekauft wird. Crassus wird ihm das Geld dann wohl auch nur vorschießen. Gestern noch hätte er es ihm geschenkt.

Die Polizei war gestern abend noch hier. Sie wollten wissen, wo C. um den 28. Oktober herum war, als er verreiste. Das ist das Datum der Konsulatswahl und des ersten Staatsstreichsversuchs Catilinas. C. war mit der Mucia in einem Campanischen Bad. Das können wir nicht gut sagen. Sie meinen, er war in Etrurien, bei den Catilinarischen Truppen.

C. sagte, als er heimkam und ich ihm berichtete: »Wenn sie noch einmal fragen, sage ich ihnen die Wahrheit. Da werden sie es sich überlegen, ob sie das in öffentlichem Gericht wiederholt hören wollen. Lieber sehen sie von einer Untersuchung ab, wie ich sie kenne.«

Er hätte hinzufügen können: und wie ich Pompejus kenne. Aber er wahrt mir gegenüber immer noch den Schein.

Heute früh nicht halb so viele Klienten in der Klientelstunde. Die Catilinasache hat uns doch mehr geschadet bei den kleinen Leuten, dem Mann auf der Straße, als man hätte vermuten können. Denn eine offizielle Untersuchung hat ja bis heute noch nicht stattgefunden. Aber man weiß natürlich, daß die Polizei ihre Leute hier hat. Ein Teil unserer Klienten scheut wohl auch überhaupt Orte, wo Polizei ist.

Sehr beschäftigt mit den Vorbereitungen zur Kandidatur für die Prätur. Sie wird in der Tat sehr teuer werden. Ein Teil der Gewinne aus Crassus' famoser Kornspekulation wird dabei draufgehen. Die Gegenkandidaturen werden von der Senatspartei geradezu verschwenderisch finanziert. Nur gut, daß der »Schwamm« weiß, daß es diesmal um seinen Kopf geht. Er verhandelt selber mit Macer. Wir werden das Stadtrichteramt gerade rechtzeitig bekommen. Zu Neujahr. Vorher wird Catilina kaum völlig erledigt sein. Und bevor er nicht völlig erledigt ist, wird man sich mit den Untersuchungen nicht *allzusehr* beeilen.

Die Börse ist unerhört nervös. Man hatte nach der »Klärung der Lage« ein Ansteigen der Werte erwartet. Statt dessen findet ein Absinken statt. Zwei Getreidefirmen und mehrere Rüstungsbetriebe sind bankrott. Eine Großbank soll wackeln. Und man befürchtet Schlimmeres.
C. fragt kaum mehr, wie die Grundstückpreise sind. Sie sind mit allen andern Werten ungeheuer gesunken. Meine Berichte darüber hört er mit finsterem Schweigen an. Ich vermute, daß sie wirklich für Rechnung der Mucia gekauft sind. Das macht C.s Lage nur noch unhaltbarer, besonders, da Pompejus ihnen ja bei seiner Rückkehr unbedingt draufkommen muß.
Man erwartet seine Rückkehr für das Frühjahr.
Morgen will Metellus Nepos seinen ersten Antrag als Volkstribun stellen – auf die Rückberufung des Siegers im asiatischen Krieg auf italischen Boden: zur Niederwerfung Catilinas.

10. 12.

Metellus Nepos hat seinen Antrag gestellt und ist damit durchgefallen. Grund: man braucht kein besonderes Heer mehr gegen Catilina. Er ist ja längst erledigt.

11. 12.

Schwarzer Tag an der Börse. Ungeheurer Sturz aller Aktien. Besonderer Verfall asiatischer Wertpapiere. (Ich bin um tausend Sesterzien ärmer. Cicero soll ein Drittel seines Vermögens eingebüßt haben.) Die Banken schließen mittags.
Viele Bankrotte. Über die Gründe der Baisse gehen die verschiedensten Versionen um. Pompejus soll eine Reihe von Steuerpachtverträgen kassiert haben. Catilina soll Präneste erobert haben. Catilina soll sich zur Schlacht gestellt haben und besiegt sein. Pompejus soll vom Senat doch noch gegen Catilina zu Hilfe gerufen worden sein. Was ist die Wahrheit?

Über die Aktienstürze auf dem Forum werden nachmittags, wie Clodius spottend erzählte, schreckliche Einzelheiten bekannt. Der Bankier Cittus Vulvius hat sich in seinen Schreibgriffel gestürzt und liegt schwer verwundet. Seine Kinder verheimlichen ihm die Kurse, da er sich sonst den Verband abreißt. Cucca (Getreideimport) versammelte seine sämtlichen Schreiber um sich, als die Panik einsetzte, und befahl seinem Prokuristen, das Hauptbuch vorzulesen, was unter dem Schluchzen aller geschah. Vitturius (Grundstücke) schlug in seinem Büro am schwarzen Brett an, es möge sich ein Angestellter melden, der bereit sei, ihn zu töten. Alle meldeten sich.

Eine groteske Sache passierte (immer nach Clodius) der Familie Pirius Qualvus. Die Frau des Inhabers der bekannten Reederei ging mit ihrem Sohn und ihren zwei Töchtern in Trauerkleidern über das Forum. Einige Arbeitslose verspotteten sie laut, indem sie ihnen nachriefen: »Wie viele Millionen sind *euch* gestorben?« Sie mußten darauf aufmerksam gemacht werden, daß die Familie nicht um ihr Geld trauerte, sondern um das Familienoberhaupt, das sich wegen des Bankrotts umgebracht hatte. Einen Auflauf verursachte der alte, dicke Balvius Cucumbrus (Steuerpachten). Aus seinem Kontor stürzend, wandte er sich an ein paar Frauen, die vor den Tafeln standen, auf denen die Listen der auf dem asiatischen Kriegsschauplatz Gefallenen angeschlagen sind, und schrie außer sich: »Geht heim! Sie sind umsonst gefallen!« Die Frauen protestierten und mußten abgeführt werden.

11. 12. (abends)

Die Panik brach aus, als von den Großbanken definitiv festgestellt wurde, daß auf eine Belebung des asiatischen Geschäfts keine Hoffnung mehr bestehe.

Abends verkündet der Senat einen Zahlungsaufschub für alle schwebenden Schulden bis auf weiteres. Die Banken bleiben auch morgen geschlossen.
Cicero soll krank zu Bett liegen.

12. 12.

Es wird Licht! Über das ganze schreckliche, verworrene halbe Jahr verbreitet sich jetzt plötzlich die Klarheit des Herbstes und des Bankrotts.
C. kam heute nach Haus mit einer tollen Sache. Er holte mich noch spät, gegen 3 Uhr früh, draußen rollten schon die Kehrichtwagen vorbei, in die Bibliothek, um mir einen Brief zu diktieren. Er hat (von der Mucia) erfahren, daß die entscheidenden Großbanken das ganze Vierteljahr der Catilinarischen Unruhen unentwegt mit Pompejus zwecks Übernahme der Diktatur verhandelten und sich nur nicht gleich mit ihm über die Steuer- und Zollpachten Asiens einig werden konnten! Über eine Milliarde Sesterzien stehen für die City in Asien auf dem Spiel. Diese Banken haben den Catilina zuerst unterstützt, weil sie einen Druck auf Pompejus ausüben wollten, solange dieser mit seinen Steuer- und Zollpachtkontrakten noch etwas zurückhaltend war. Sie zeigten ihm, da waren noch andere Herren, die für die Diktatur in Betracht kamen: Herr Catilina und Herr Crassus. Und außer seinen asiatischen Legionen gab es noch die Catilinarischen Banden und das demokratische Stimmvieh des Herrn Caesar. Also nicht darum hatte es sich gehandelt, ob man mit dem erpreßten Senat gegen Catilina (Kombination Cicero) oder mit dem erpreßten Catilina gegen den Senat (Kombination Crassus) gehen sollte, sondern allein darum, wie man Herrn Pompejus erpressen konnte. Dafür hatte man die nötige Unruhe in Rom geschaffen durch die Kapitalflucht (ich erinnerte

mich an Celers – Häute und Leder – rätselhaften Ausspruch, der uns damals so unverständlich war) und die Manipulationen mit dem Brotpreis. Und dafür hatte man gezahlt! Herrn Catilina, Herrn Caesar und Herrn Cicero. Und als dann der große Pompejus endlich nachgab (es dauerte lange, schon wegen der Entfernungen), plötzlich der Schrei nach Schutz der Republik, Ciceros große Arie über Demokratie! Da hatten sie eben in die Militärdiktatur des Pompejus eingewilligt!

Die Wahl Catilinas wurde abgeblasen. Aber man war noch nicht fertig. Was nützte der Pakt mit Pompejus, wenn der Senat nicht gezwungen werden konnte, ihn zu unterschreiben? Nur wenn ihn Pompejus, auf seinen asiatischen Säbel gespießt, präsentierte, würde er unterschrieben werden. Auch Crassus war noch nicht fertig. Die Großbanken weihten ihn in ihre Verhandlungen mit Pompejus vorsorglich nicht ein, da er mit diesem verfeindet ist. Aber er hatte noch immer nicht die Kornspenden, die er vom Senat erpressen wollte, nachdem er die Hoffnung aufgegeben hatte, sie von Catilina zu bekommen. Er zahlte weiter, bis er, um den 13. November herum, vom Senat doch noch die Kornspenden herausgeholt hatte, nicht, weil der den Catilina fürchtete, sondern den Pompejus, der diesen gern persönlich niedergeworfen hätte. Denn für die Großbanken galt es jetzt, dem Pompejus den Aufmarsch in Italien zu ermöglichen. Da mußte Catilina aber eine »Gefahr« bilden! Und wieder öffneten sich für Catilina und die Klubs die Geldschleusen.

Klar, daß wir alle im Dunkeln tappten. Die Catilinasache hatte vom Beginn bis zum Ende nicht die geringste Chance. Und wir mit unsern Grundstückkäufen! Sie sind heute wertlos. Hätte Catilina gesiegt und sein Siedlungsprogramm durchgeführt, wäre C. heute einer der reichsten Männer Roms.

Wenn Catilina nur wenigstens so lange durchgehalten hätte, bis man Pompejus mit seinem Heer zur Niederzwingung auf italischem Boden gehabt hätte, wäre das Siedlungsprojekt ebenfalls ausgeführt worden, nämlich von Pompejus, und wir hätten ebenfalls verdient. Die City hat ihr Spiel verloren, da sie die Unruhen nicht lange genug aufrechterhalten konnte. Sie bekam selbst kalte Füße! Ihre asiatischen Kontrakte mit Pompejus sind heute nicht mehr das Papier wert, auf das sie geschrieben sind. Der Senat wird sie nie sanktionieren. Und auch die Massen der römischen Arbeitslosen haben kalte Füße bekommen und ihr Spiel verloren. Sie, die Senat und City in Furcht versetzen wollten, fürchteten die Sklaven! Dieser Zusammenbruch wird das ganze Weltreich in den Grundfesten erschüttern.
C. sagte dann etwas, was mich sehr überraschte: »Und doch haben wir richtig gelegen, als wir die ganze Sache nur als eine Gelegenheit für Geschäfte betrachteten. Wir betrachteten sie genau wie die Banken. Das spricht für unsern Instinkt.«

13. 12.

Kann kaum noch auf Nachricht von Caebio hoffen. Cethegus ist tot und verscharrt, und jede Verbindung mit dem Hauptquartier des Catilina ist jetzt vollständig abgeschnitten. Habe keine Kraft mehr.

15. 12.

Der Börsenkrach zieht immer weitere Kreise. Viele kleinere Firmen sind in die Konkurse verwickelt, weitere Tausende von Handwerkern sind auf die Straße geworfen. Mit den Hoffnungen auf Aufträge im Rahmen einer großzügigen Siedlungspolitik ist es aus. Die heutige Senatssitzung hat mit all diesen Projekten aufgeräumt.

In den Barbierläden herrscht darüber eine Aufregung, wie sie, als die Cimbern und Teutonen heranzogen, nicht geherrscht hat. Der mir bekannte Inhaber einer kleinen Bronzefabrik sagte laut: »Da hätte ich meinen Betrieb auch von Catilina anzünden lassen können!«
Catilina – man spricht sonst nur noch wenig von ihm. Irgendwo in Etrurien sitzt er mit seinen auseinanderlaufenden Heerhaufen und wartet auf die Heere der Regierung. Der letzte Versuch der Großbanken, ihn noch zu halten, indem man ihm den Antonius entgegenschickte, der jederzeit bereit war, überzulaufen, ist nun auch gescheitert. Antonius hat sich ein zweites Mal bestechen lassen. Cicero hat ihm seine Provinz Makedonien abtreten müssen, und er hat dafür das Kommando an einen Unterfeldherrn abgegeben, der loyal ist.
Mein armer Caebio!

17. 12.

Eines jedenfalls hat dieses halbe Jahr bewiesen: ein Politiker großen Formats ist C. nicht und wird es nie sein. Bei all seinen glänzenden Fähigkeiten! Was Rom mehr denn je braucht, der starke Mann, der unbeirrbar seinen Weg geht und der Welt seinen Willen aufzwingt, eine große Idee verwirklichend, ist er nicht. Er hat weder den Charakter dazu noch die Idee. Er macht Politik, weil ihm sonst nichts übrigbleibt. Er ist aber keine Führernatur. Ich sehe schwarz in unsere Zukunft.

20. 12.

Die Prätorwahl liegt hinter uns. Wenn der Stadtrichter C. die Untersuchung in der Catilinaaffäre führt, wird es ihm wohl gelingen, den Politiker Caius Julius aus der Sache von jedem Verdacht geklärt hervorgehen zu lassen. Wir schulden dem »Schwamm« wieder eine nette Summe. 9 (neun) Millionen. Der Catilinaputsch war kein Geschäft.

Jahresende

Ich habe eine Aufstellung unserer regulären Einkünfte gemacht. Trostlos. Aus dem Oberpriesterposten zum Beispiel schlugen wir dieses ganze Jahr nicht mehr heraus als schäbige 320 000 Sesterzien (inklusive Scheck von den ägyptischen Leinwandspinnereien für die neuen Augurenüberwürfe und Remuneration für Verlegung der Ceresfestlichkeiten). Das Amt hat uns 840 000 gekostet. Zinsen zahlen wir acht Prozent! Natürlich hätten wir besser abschneiden können, wenn C. wirklich rechnete und nicht nur ab und zu und dann so unvorsichtig wie möglich einige Fischzüge veranstaltete. Er nimmt 20 000 Sesterzien für einen Augurenspruch, der die Wahl eines Quästors verhindert, und gibt dann ein Pontifikalessen, das 22 000 kostet. Das Schlimmste ist, daß die City ganz unverschämt alles als »Gefälligkeiten« in Anspruch nimmt, und wir müssen das schlucken, weil wir Wechsel laufen haben. Ein ewiger Kreislauf!

Drittes Buch

Klassische Verwaltung einer Provinz

Den steinigen Pfad zu Mummlius Spicers Villa in der heiteren Frische der ersten Vormittagshälfte hochkletternd, hörte ich aus den Ölfeldern seitwärts Gesang. Die Töne schwollen an, gingen zurück und schwollen von neuem an, ziemlich gleichmäßig. Die Wörter konnte ich nicht verstehen; vermutlich war es ein Lied in fremder Sprache.

Ich ging in Gedanken. Die kühlende Brise vom See her, der Ausblick auf die friedliche Landschaft und das Lied taten mir wohl nach der Lektüre der Nacht. Die von Staub und blutigem Tumult erfüllte Welthauptstadt sank auf den Boden meines Gemüts. Es war, als ob der Wind die verhängnisvollen Geräusche wegtrüge. Ich fühlte plötzlich wieder mit einem Aufatmen, daß doch drei Jahrzehnte seit diesen Geschehnissen, von denen ich gelesen hatte, vergangen waren.

Das Singen wurde stärker, es füllte merkwürdig die Luft. Am Tor seines Besitztums stand Spicer, im Gespräch mit einem Sklaven. Er begrüßte mich, und wir sahen für einige Augenblicke über die Felder hin.

»Was singen sie?« fragte ich.

»Das ist keltisch«, antwortete er. »Ich verwende Kelten beim Ölbau. Kelten und Dalmatier, aber ich stecke die Landsleute zusammen. Das hätte man vor zwanzig Jahren noch nicht machen können. Man mußte mischen, um den Streit in Gang zu halten zwischen ihnen. Unruhige Zeiten. Jetzt mache ich ganz gute Erfahrungen mit Abteilungen, die aus der gleichen Gegend sind. Die Abteilungen konkurrieren sogar miteinander, aus Nationalstolz.«

Wir stiegen nach oben. Während er sprach, sah er mich nicht an, ich hatte aber das Gefühl, daß er auf meine Eindrücke von den Aufzeichnungen des Rarus gespannt war. Ich sagte ihm also in kurzen Worten, ich hätte meine Gedanken noch nicht geordnet, da die Rolle, die er mir gegeben hatte, mit dem Jahresschluß endete, wo die Geschehnisse noch nicht ganz zum Abschluß gelangt waren.

»Sie können die nächste Rolle gleich haben«, sagte er gleichmütig. »Die Aufzeichnungen über das folgende Jahr 92 sind aber nicht so vollständig. Ich habe sie heute morgen selbst durchflogen. Der Verfasser ist durch privates Mißgeschick niedergedrückt und legt seine Erlebnisse nur noch hin und wieder schriftlich nieder. Sie wissen: Caebio.« Wir warteten in der Bibliothek auf die zweite Rolle, die in Spicers Schlafraum lag. Der schwache Geruch des vielen Leders mischte sich angenehm mit dem Duft des Weißweins, den mir der Alte kredenzte.

Er sagte: »Einiges sollten Sie vielleicht noch wissen. Es gelang mir im Sommer 92, die kleineren Schuldtitel gegen C. in meine Hand zu bekommen. Ich arbeitete mit einer Bank zusammen. Ich hatte eine große Menge anderer Fälle, aber er nahm einen immer größeren Teil meiner Arbeit in Anspruch. Ich konzentrierte mich schließlich sozusagen auf ihn. Seine Verlegenheiten wurden für mich zur großen Chance meines Lebens. Ende 92 trat ich in die Leitung der Bank ein, mit der zusammen ich den Fall C. bearbeitet hatte. Ich war eine Art Spezialist für sie, C.s Geldangelegenheiten betreffend. Seine Gesamtverpflichtungen bezifferte ich Ende des Jahres 93 auf rund 30 Millionen Sesterzien.«

Dann wurde die Rolle gebracht, eine sehr dünne diesmal, und ich begab mich auf den Heimweg.

Das Singen der keltischen Sklaven folgte mir den ganzen Abstieg zum See herunter ...

1. 1. 92

Großer Wirbel im Haus. C.s Amtsantritt.
Das sehnlich erwartete Kuvert des Nepos endlich eingetroffen. Der Herr aus Asien hat sich damit Zeit gelassen. Aber nun, es ist da. Natürlich war die Prätorenrobe nicht fertig geworden. Es gab einen fürchterlichen Auftritt mit dem Schneider. Die Stickereien wurden am Schluß mit der Nadel festgesteckt. C. kam eine Stunde zu spät aufs Forum. Merkwürdige Zustände in der »Hauptstadt der Welt«, wenn die Schneider die Robe für den höchsten Gerichtsbeamten des Reiches erst abliefern, wenn die Rechnung bar bezahlt wird!
Die Sitzung verlief aber dann sehr würdig. Verhältnismäßig viel Volk da. Es herrscht immer noch die größte Angst in der ganzen Stadt, da die Untersuchungen wegen des Putsches fast jedes Haus bedrohen. Die Straßenklubs setzen ihre ganze Hoffnung in C. Rührende Szenen. Eine alte Frau lief durch das Spalier, zupfte C. am Ärmel und schrie: »Vergiß den Taesius nicht!« Sie meinte wohl, er kenne jeden in den Klubs von Angesicht! C. wehrte seinen Liktoren, als sie die Alte wegreißen wollten, mit freundlichen Worten. Weitergehend sagte er ziemlich laut: »Mich interessieren weniger die Vergehen der Unteren als die der Oberen.« Das wurde sogleich überall kolportiert.
Es wurde auch mit Beifall vermerkt, daß er nicht, wie es für den Prätor »sich schickte«, zuerst auf das Capitol ging, um den neuen Konsuln dieses Jahres seine respektvolle Aufwartung zu machen, sondern sogleich mit der Arbeit anfing. Wie es sich schnell erwies, zog er es vor, daß die Väter zu ihm aufs Forum kamen.

Er saß kaum ganz in seinem Elfenbeinsessel auf dem Gerüst und seine sechs Liktoren standen noch kaum um ihn, als er schon mit geschäftsmäßiger Stimme den Kurator des Jupitertempels zu holen befahl, damit er sich vor dem Volk wegen seiner Buchführung verantworte. Die Sensation war ungeheuer.

Der Kurator war Catulus, der große alte Mann des Senats.

Die Zeremonien in der Kurie waren noch nicht beendigt, als die Liktoren C.s erschienen und den ältesten und angesehensten Mann der erlauchten Versammlung aufs Forum zitierten, damit er über die Verwendung der Gelder beim Wiederaufbau des Tempels des Capitolinischen Jupiters aussage. Dem alten Mann, der völlig verdattert aus dem hohen Haus ging, folgte der ganze Senat in größter Aufregung.

C. war noch mitten in seiner Rede, als sie gelaufen kamen. Er erging sich in nicht mißzuverstehenden Andeutungen über die vergoldeten Bronzeplatten des Tempeldaches, erinnerte daran, daß die Gelder durch freiwillige Spenden in ganz Italien aufgebracht worden waren, und sagte wörtlich: »Die italischen Bauern haben nicht, statt sich Pflüge zu kaufen, Spenden geschickt, damit die römischen Bauherren, statt ihnen einen Tempel, sich eine Villa bauen.« Aber was die herbeieilenden Väter als erstes hörten, war der Name des Pompejus.

C. forderte nun nämlich, daß an Stelle von Catulus der große Pompejus mit der Fertigstellung des Tempels beauftragt werden solle. Dieser Name, der Name des Pompejus, solle auf dem Tempel eingegraben stehen, denn dieser Name, Pompejus, sei ein Name, der Vertrauen einflöße und so weiter ... Der bisherige Kurator aber solle seine Bücher vorlegen.

Er wurde unterbrochen von dem Zornschrei der Senatoren. Catulus wollte auf die Rednertribüne, C. verweigerte ihm dies und beorderte ihn, unten stehenzubleiben. Es entspann

sich ein häßlicher Streit über Formsachen. C. brach ihn ab und verkündigte eine Mittagspause.
C. zog sich in seine Amtsräume zurück, die Senatoren gingen geschlossen in das Haus des Cato, um zu beraten, das Volk lagerte sich in freudiger Erwartung auf dem Forum, um ja nicht den Platz zu verlieren.
C. lag beim Frühstück, umringt von einigen Herren, die ihn zu der Kunstfertigkeit beglückwünschten, mit der er in fünf Sätzen nicht weniger als elfmal den Namen Pompejus genannt hatte, als sich – Cicero melden ließ. Er ging lächelnd auf C. zu, zeigte sich sehr amüsiert, steuerte sogar einige Witze bei, erwies sich aber doch als Vermittler, vorgeschickt vom Senat. Er gab seiner »Überzeugung« Ausdruck, C. werde mit dem Erfolg seiner kleinen Kampagne befriedigt sein; tatsächlich sei es ihm ja gelungen, praktisch die ärgsten Verdächte an den Namen des alten Catulus zu heften, selbst wenn dieser die allerperfektest geführten Bücher vorweise. Man werde doch dann nur sagen, er habe eben perfekte Buchhalter. Das Schlimme für Catulus sei, daß er nun und nimmer darein einwilligen könne, die Bücher vorzuweisen, da darin schon ein unwürdiges Eingehen auf einen Verdacht erblickt werden könnte. »Wie sieht das aus«, sagte er mit Nachdruck, »wenn jemand aufsteht und in langer Rede nachweist, daß er *nicht* seiner Mutter zwei silberne Löffelchen gestohlen hat!« Tatsächlich verbiete es dem Catulus seine Würde, auch nur ein Wort auf solche Verdächtigungen zu erwidern. Der alte Mann sei übrigens sofort heim und zu Bett gegangen, krank von der Aufregung.
Er sprach noch, als ein Bote des Catulus mit einem Brief für C. erschien.
C. las ihn, steckte ihn zu sich und sagte ernst zu Cicero: »Catulus schreibt mir, die Bücher seien in Ordnung.«

Die Menge war etwas enttäuscht, als C. nach der Essenspause die Behandlung des Falles auf den üblichen Geschäftsweg verwies und einige unwichtige andere Fälle vornahm.
Abends kam Fulvia mit ihrem Freund Curius. Ich hatte ihn zuletzt an jenem denkwürdigen 4. Dezember gesehen, an dem C. im Senat seine Rede für die verhafteten Catilinarier hielt. Er war es, der C. das Leben rettete, als er beim Verlassen der Kurie von Herrn Ciceros jungen Leuten angefallen wurde. Ich war damals erstaunt gewesen über seine Liebe zu C., aber eine Woche später hatte es sich herausgestellt, daß er Beweise für C.s Verbindung mit Catilina besaß und ihn nach allen Regeln der Kunst erpressen wollte – oder das Kopfgeld von 200 000 Sesterzien einstreichen wollte. C. sagte ihm beim Essen: »Mein lieber Curius, ich habe als Prätor eine Untersuchung gegen alle Personen eingeleitet, die in die Catilinarische Verschwörung verwickelt sind. Wie ich höre, bin auch ich es. Ein gewisser Vettius soll einen von mir unterfertigten Brief an Catilina haben. Ich werde diese Anschuldigung schon morgen prüfen lassen, und wehe mir, wenn ich entdecke, daß ich tatsächlich mir etwas habe zuschulden kommen lassen. Sie sehen, wenn Sie Ihr Kopfgeld bekommen wollen, müssen Sie sich beeilen.« Curius lachte, aber ich weiß, daß er noch am selben Abend zu Novius Niger ging, der, ein Feind C.s, die Untersuchung führt.

2. I.

Da C. zugesagt hat, den Volkstribunen Nepos morgen bei seinem Antrag auf Rückberufung des Pompejus und seiner asiatischen Legionen gegen die Umtriebe des Catilina kräftig zu unterstützen, fand er sich heute großen Schwierigkeiten gegenüber. Er mußte ein für allemal mit der in der Stadt umlaufenden Behauptung, er habe selber hinter Catilina gestanden, aufräumen und hatte deshalb nichts dagegen unternommen, daß der Untersuchungsrichter Niger, sein Untergebener, die Untersuchung auch auf ihn ausdehnte. Diese Untersuchung mußte, in bezug auf ihn, natürlich ein negatives Resultat haben, aber nur in bezug auf ihn, denn die Verschwörung mußte im großen und ganzen als eine sehr mächtige, gefahrdrohende erscheinen, sonst konnte man nicht den Pompejus gegen sie zu Hilfe rufen. C. löste die Schwierigkeit spielend. In den ersten Vormittagsstunden ließ er den Novius Niger, einen grämlichen jungen Mann, der schon ein chronisches Leberleiden hatte, die Untersuchung allein führen, aber in lauter kleineren Fällen, gegen Fechtersklaven, Kleingewerbetreibende, auch gegen ein paar Dutzend Mitglieder der Straßenklubs, damit nicht von Parteiischkeit die Rede sein konnte. Er selber ging in den Senat und forderte den Curius auf, gegen ihn mit der Sprache herauszurücken. Curius sagte denn auch, er habe von Catilina selber gehört, daß dieser mit C. ständig in Verbindung gestanden habe. C. leugnete eine Verbindung nicht, bat aber Cicero, den Brief vorzulegen, den er ihm an einem der letzten Tage vor der Verhaftung der Catilinarier mit Enthüllungen und Warnungen geschickt habe. Cicero bestätigte den Brief in einigen säuerlichen Sätzen, und der Senat, der sowieso die Sache nicht auf die Spitze treiben wollte, verweigerte dem Curius kurz die Belohnung für Angabe eines Verschwörers. Von da ging C. dann auf das Forum zu der Verhandlung des Niger. Er nahm seinen Platz auf dem Elfenbeinsessel ein und sagte zu dem jungen Mann in scharfem Ton, er habe gehört, die Untersuchungsbehörden hätten auch gegen ihn selber, den Prätor, Material gesammelt. Er sei sich keiner Schuld bewußt, werde jedoch, ohne ein Wort zu verlieren, von seinem kurulischen Stuhl aus ins Gefängnis gehen, wenn schlüssiges Material gegen ihn vorgelegt werden würde.

Andrerseits werde er allerdings, wenn kein solches Material da sei, ihn, den Novius Niger, ins Gefängnis abführen lassen, weil er in diesem Fall ohne Grund gegen seinen Vorgesetzten vorgegangen sei. Niger begann noch etwas gelber auszusehen als gewöhnlich und schickte einige Gerichtsdiener, den Vettius zu holen, den Mann, der in der Voruntersuchung behauptet hatte, den Brief C.s an Catilina zu besitzen. Er hatte sich geweigert, ihn den Behörden vor der Verhandlung des Falls auszuhändigen. Man wartete schweigend. C. saß und wärmte sich seine schmalen, kräftigen Hände über einem glühenden Kohlenbecken. Es war kalt.

Dann kamen die Liktoren zurück und berichteten, daß sie den Vettius nicht zu Hause vorgefunden hätten. Es stellte sich heraus, daß er schon am vorhergehenden Abend eine Vorladung erhalten hatte. C. blickte eigentümlich auf Niger und verlangte, der Mann müsse sofort wegen verächtlicher Haltung gegenüber dem Gericht in Strafe genommen werden. Niger, mit einer gewissen, nicht unkleidsamen Würde, verfügte die übliche Pfändung. Die Liktoren entfernten sich wieder (später hörte man, daß tatsächlich das ganze Mobiliar des Unglücklichen auf der Stelle zu Spottpreisen verschleudert wurde), und Vettius erschien. Seine Kleider waren zerrissen, er hatte eine Wunde am Kopf und stammelte etwas von einem Überfall auf dem Weg zum Forum. Der Brief war weg. C. stand so heftig auf, daß sein Sessel umkippte. Er ließ den Mann ins Gefängnis werfen und ging selber weg. Abends ließ er auch den Novius Niger ins Gefängnis werfen, wie er es angekündigt hatte. Auf diese Weise wurde es dem Mann auf der Straße klar, daß die gegen die Mitglieder der Straßenklubs ergangenen Urteile des Niger von C. mißbilligt wurden, und doch hatte C. erreicht, was er brauchte, nämlich den Nachweis einer weitverbreiteten und gefährlichen Verschwörung gegen den Staat! Ein Meisterstück! Als Glaucos abends den Brief brachte, den er dem Vettius abgenommen hatte, sagte C. trocken: »Wenn sie Ruhe und Ordnung haben wollen statt Überfälle am hellichten Tag, müssen sie eben den Pompejus holen.«

Nachts lange Konferenz mit Nepos.

3. 1.

Der bitterkalte Januarsturm deckte des Crassus baufällige Häuser ab, als wir zum Forum gingen. Die Liktoren schnatterten, C. hüllte sich bis zum Kinn in seinen großen gallischen Tuchmantel. Das Forum war dicht gefüllt mit Fechtersklaven, die Nepos über Nacht aus der Campagna auf Leiterwägen hatte herbeischaffen lassen. Sie waren mißmutig und durchfroren. Ich sah auch einige Kriegskrüppel, Veteranen des Pompejus, unter ihnen. Die Wechslerbuden hatten geschlossen. Man erwartete Unruhen. Nepos saß bereits auf der Bank vor dem Castortempel, und als C. sich zu ihm setzte, erwartete ich, daß Nepos, der übrigens wirklich so schmal in den Hüften ist, wie Fulvia sagt, mit der Verlesung seines Antrags auf Rückberufung des Pompejus sogleich beginnen werde. Er machte jedoch keine Anstalten dazu. Neben der Bank hatte man einen Persenningschirm aufgestellt gegen den scharfen Zug. Zweimal blies ihn der Sturm um, und der Oberst stand jedesmal auf, um seine Wiederaufrichtung zu überwachen. C. saß still und wartete wie ein riesiger bemantelter Geier.

Dann kam Cato durch die Menge der Fechtersklaven, zwängte sich die Stufen zum Tempel durch und setzte sich zwischen C. und Nepos, wozu er als Tribun das Recht hatte. Er schien erstaunt, daß niemand ihm den Zutritt wehrte. Aber die Bewaffneten waren ja nicht dazu da, ihn anzugreifen, sondern dazu, C. und Nepos zu verteidigen.

Die beiden wußten natürlich, daß der Antrag nie durchgehen

konnte, sowenig wie der erste vom 10. Dezember. Es galt lediglich, es zu einem Rechtsbruch kommen zu lassen, so daß Pompejus einen Grund hatte, aus der Gewaltanwendung gegen seinen Volkstribunen die Konsequenzen zu ziehen.
Die Komödie wickelte sich schnell ab. Nepos stand auf und schickte sich an, seine Rede zu verlesen. Cato redete immerfort dazwischen und hielt ihm sogar den Mund zu. (Damit erfüllten sich Nepos' schlimmste Befürchtungen von gestern abend, wo er düster sagte: »Cato wäscht sich die Hände nicht.«) Nepos wurde denn auch wütend und winkte einigen in der Nähe stehenden Fechtern. Cato riß ihm, ganz rot im Gesicht, er hatte wieder schon in aller Frühe getrunken, das Manuskript aus der Hand. Dann packten ihn die Fechter und zogen ihn weg. Ein Kriegskrüppel gab ihm einen Tritt mit dem gesunden Fuß. Von unten wurden Steine geworfen, mitgebrachte. Cato riß sich los und lief, eine kleine komische Figur, in den Tempel. C. hatte dem ganzen Auftritt gelangweilt zugeschaut. Jetzt forderte er den Tribunen Nepos auf, seinen Antrag zu verlesen. Der erklärte sich außerstand, da ihm sein Manuskript weggenommen worden sei. Er sprach über diesen Akt der Willkür so lange, bis Cato zurückkehrte, nun seinerseits an der Spitze eines Haufens Bewaffneter. Aber diese Burschen schlugen richtig zu. Sie hatten große Stöcke und zielten nach den Köpfen. C. stand langsam auf und ging, immer noch, als hätte er nur das Interesse an den Vorgängen verloren, in den Tempel.
Es war übrigens nicht so leicht, wegzukommen. Er mußte tatsächlich seinen Mantel und sogar die Prätorenrobe ablegen und den Rock eines Fechtersklaven anziehen, bevor er es wagen konnte, aus einer Hintertür zu entweichen.
Zu Hause nahm er sofort ein heißes Bad. Wir erfuhren, daß der Senat seine und des Nepos Absetzung ausgesprochen hat.

Nun, das wird sich wieder einrenken. Nepos ist schon auf dem Weg zum Schiff. Pompejus wird über einen solchen Rechtsbruch erfreut sein. Einen Volkstribunen am Reden zu hindern, das heißt gegen die Grundrechte des Volkes verstoßen!

23. 1.

Am dritten Tage der Reise, in einem Planwagen auf der Militärstraße nach Arretium, hörte ich von Kaufleuten, die von Florentia herunterkamen, daß die Schlacht zwischen den Truppen des Antonius und des Catilina im vollen Gang sei. Sie nannten den Ort, Pistoria. Da es bis dorthin mindestens zwei Tagereisen sind, konnte die Schlacht jetzt schon entschieden sein. Sie hatten es sehr eilig, weil sie Geschäfte halber vor der Entscheidung in Rom sein wollten. Auch verhinderte der eisige Wind, der die Blachen an die Holzrippen des Daches schlug, die volle Verständigung, so daß ich wenig verstand. Meine Furcht, zu spät zu kommen, verließ mich den ganzen Tag und die darauffolgende Nacht nicht einen Augenblick. Ich kam mit vollständig gesetzmäßigen Papieren für Caebio. Selbst wenn er in Gefangenschaft geraten sein sollte, konnte ich ihn damit zumindest nach Rom zurückbringen.
Nach Arretium gelangten wir am Nachmittag, und wir hörten allgemein, daß von einer Entscheidung noch nichts bekannt sei. Jedoch seien in der letzten Woche zahlreiche, nach Hunderten zählende Scharen von Deserteuren aus dem Catilinarischen Heer durchgekommen, die von einer Auflösung bei ihm sprachen. Wir selbst trafen niemand mehr davon. Im Morgengrauen fuhren wir durch Florentia, das wie ausgestorben dalag. Jedoch nur der frühen Stunde wegen. Gleich hinter Florentia begegneten wir Bauern, die aus dem Kampfgebiet kamen, Leuten, die nicht gekämpft, aber Kämpfe gesehen hatten und die angestrengte, bleiche Gesichter hatten, die einen

so erschrecken. Sie berichteten, der Kampf stehe. Catilina habe aber nicht die geringste Aussicht, da hinter ihm, an den Nordabhängen des Gebirges, das frische Heer des Quintus Metellus stehe, ihn zu empfangen, wenn es ihm gelingen sollte, sich aus der Umklammerung durch das Antonische Heer zu befreien. *Er und die bei ihm hätten nur noch das Sterben vor sich.* Mir wurde übel und ich erbrach mich.

In Florentia war ein Bauer auf den Wagen geklettert. Auch er berichtete. Den Catilinariern seien die Lebensmittel ausgegangen, das habe sie von einem Marsch über die Gebirgspässe nach Gallien abgehalten und zum Kampf gezwungen. So stand ihre letzte Schlacht unter dem gleichen Zeichen, wie ihr ganzer Aufstand gestanden hatte, dem Zeichen des Hungers.

Der Kutscher, ein römischer Junge mit dem Herz auf dem rechten Fleck, namens Pistus, brachte den Bauern zum Schweigen, der mich neugierig ansah. Ich verfiel in einen unruhigen Schlaf der Erschöpfung.

Erwachend bemerkte ich, daß unser Wagen in andre Wägen eingekeilt zum Halten gekommen war. Eine große Kolonne mit Verwundeten war uns begegnet. Die Begleitmannschaften liefen fluchend herum, die Verwundeten lagen teilnahmslos, mit notdürftigen Verbänden, auf Wägen, die größtenteils ohne Dächer waren. Unsere Papiere wurden immerfort geprüft; mir kamen die römischen Soldaten wie feindliche Truppen vor. Die Schlacht war seit vielen Stunden beendet, Catilina besiegt und tot, und tot alle mit ihm, hieß es. Von diesem Augenblick begann ich wieder zu hoffen. Merkwürdigerweise wiederholte ich mir immerfort, gut, daß ich doch nicht zu spät kam.

Wir fuhren durch uns entgegenmarschierende Truppenteile und vorüber an Lagerfeuern. Die Soldaten marschierten finster, ohne Gesang, nicht wie sonst Sieger. Ich sah keinen Ge-

fangenen, nicht einen einzigen, gestand mir aber nicht ein, was das bedeutete.
An einer Straßenkreuzung begegneten wir einer Kompanie, die das erbeutete Feldzeichen, unter dem die Catilinarier gekämpft hatten, den Adler des Marius, nach Faesulae brachte. Unter diesem Adler hatten römische Soldaten einmal das Land gegen die Cimbern verteidigt.
Die Dämmerung brach herein, als wir auf das eigentliche Schlachtfeld, kurz vor Pistoria, gelangten.
Mein erster Eindruck war, daß hier nicht viel zu sehen sei. Das Feld war uneben, man überblickte nur kleine Abschnitte. Kleinere Trupps gruben bei Fackellicht den steinhart gefrorenen Boden auf. Andere Trupps durchsuchten die Haufen der Gefallenen, die man undeutlich sah, wie Zeugfetzen. Vor ein paar Tagen war Schnee gefallen, er lag noch zwischen Gesträuchern.
Ich stieg mit schwachen Knien aus dem Wagen und lief ohne Plan die Straße entlang. Rechts und links lagen die Zeugfetzen und bewegten sich die Fackeln. Der Wind hatte nachgelassen, wenigstens schien es mir, als ob es mich nicht mehr fröre. Der Kutscher ging neben mir, mich von der Seite ab und zu musternd. Bei einem Trupp, der wieder einmal unsere Papiere prüfte, hörte ich einiges über den Verlauf der Schlacht. Ich erinnere mich aber nicht mehr daran. Jedoch erinnere ich mich noch deutlich an ein Detail, das ein Offizier erwähnte: Catilina hatte es vorgezogen, gegen Antonius zu marschieren, weil er es da mit Truppen zu tun hatte, die aus Arbeitslosen der Hauptstadt rekrutiert waren. Metellus' Heer bestand aus robusten Bauernsöhnen, frisch ausgehoben im Picenischen. Die Schlächterei hätte aber nicht fürchterlicher sein können, wenn nicht Besitzlose gegen Besitzlose gekämpft hätten. Mein Kutscher (Pistus) versuchte herauszubringen, wie man be-

stimmte Leute eruieren könnte. Ein Legionär sagte, achselzuckend: »Es sind mindestens siebentausend.«
Wir gingen weiter, diesmal querfeldein. Einmal blieb ich stehen und sah aus einiger Entfernung einem Trupp zu, der Tote in die flachen Erdlöcher hob. Es war ein großer Trupp, und die Erdlöcher hatten großen Umfang. Es liefen Seile entlang. Das glich der Einteilung des Marsfeldes bei den Wahlen.
Uns wieder auf den Weg machend, kamen wir ins offene Feld. Die dunklen Haufen lagen auch hier dicht, jedoch waren keine Aufräumungsmannschaften zu sehen.
Ich bückte mich nicht ein einziges Mal nach einem Gesicht. Trotzdem hatte ich das Gefühl, ich suchte. Um es zu behalten, dachte ich. Freund und Feind waren hier ja nicht zu unterscheiden, es waren alles Römer und es trugen alle römische Uniform. Und sie stammten alle aus dem gleichen Stande. Sie hatten den gleichen Befehlsworten gehorcht, als sie gegeneinander vorgestoßen waren. Das Heer des Catilina bestand freilich sowenig aus Leuten gleicher Interessen wie das des Antonius. Schulter an Schulter standen die einstigen Militärkolonisten des Sulla mit den Bauern Etruriens, denen man den Acker weggenommen hatte, um ihn jenen zu geben. Ihnen hatten die Grundbesitzer den Acker wieder weggenommen. Unfähig, der Aussicht auf ein erträgliches Leben zu widerstehen, die ihnen Catilina eröffnet hatte, verzweifelt kämpften sie gegen die von Herrn Cicero angeworbenen Veteranen, die von ihren verschuldeten Äckern wieder in Rom gelandet und zusammen mit den verschuldeten Bauern Campaniens der Aussicht auf die 50 Sesterzien Tagegelder nicht hatten widerstehen können. Weder die Sieger noch die Besiegten gelangten zu den Herrlichkeiten der beiden Asien, um die der Kampf ging. Die Soldaten der asiatischen Könige hatten sie nicht

verteidigen, die der römischen Feldherren nicht erobern können.
Unter den gefallenen Catilinariern wurde übrigens kein einziger Sklave gefunden. Catilina hatte die Sklaven aus seinen Rotten nach dem Stimmungsumschwung des dritten Dezember herausnehmen müssen. So hatten nur Römer gegen Römer gekämpft.
Nach Stunden führte der Kutscher mich zurück nach dem Wagen. Einmal, auf diesem Rückweg, zeigte ein Soldat einem Offizier mit einer vagen Handbewegung eine Stelle in dem dunklen, beschneiten Feld und sagte: »Dort drüben liegt er, mitten in einem Haufen der Unsrigen.« Das war wohl Catilina.

7. 4.

In die Dienstwohnung des Oberpriesters umgezogen. Das alte Haus in der Subura war sozusagen von Gläubigern überflutet, als wir es verließen. Ich glaube, sie rauften sich um jede einzige Säule des Atriums. Hier, in der Heiligenstraße, ist der Umbau natürlich nicht fertig, da kein Geld dafür da ist. Pompeja haust in einem Saal.
C.s letzte Hoffnung (und die seiner Gläubiger) ist jetzt die Rückkehr des Pompejus. Aber er muß mit seinen Legionen kommen, was nicht mehr so ganz einfach geht, seit der Senat wieder so fest sitzt.
Wenn nicht der Pomadekopf wäre, wüßten wir oft nicht, wie den Haushalt weiterführen. Er hilft mit kleineren Summen aus.
Ich selber betäube mich, wie ich nur kann. Ich bin beinahe jede Nacht bei einem andern Hunderennen.

19. 6.

Wir haben als Provinz für das nächste Jahr Spanien bekommen.

Zur rechten Hand der steinigen Straße war uns gelegentlich auf einem über die Pinienhaine des unteren Abhangs vorspringenden Felsen, umgeben von zwerghaften Bäumen, ein hölzerner Bau aufgefallen, der sich nach einigem Schauen als ein halbes Kriegsschiff entpuppte. Mein Sempronius hatte sich in der Schenke danach erkundigt und mir berichtet, daß dies der vordere Teil eines kleinen Kriegsschiffes sei, den der hier lebende Dichter Vastius Alder in seinen Park habe schaffen lassen. Er hatte vor einigen Jahrzehnten mit diesem Kriegsschiff die Stadt Acme erobert. Ich traf den Dichter abends bei Spicer. Sie hatten zusammen gespeist. Er hatte etwas von einer Mumie an sich, und man konnte sich vorstellen, daß seine Diener ihn für die Nacht mit den weißen Binden bandagierten, welche die Mumien zusammenhalten. Er lebte einzig seinem Ruhm, den er ebenso aus seinen Versen wie aus seinen Feldzügen zu ziehen trachtete. Sein persönlicher Mut stand über jedem Zweifel. Er hatte, an der Spitze seiner Legionäre, mit dem Schwert in der Faust, im Handgetümmel gekämpft. Jedoch mochte sein Schwert eher als aus der staatlichen Rüstkammer aus einem Altertumsladen der Campanischen Straße gestammt haben. Und die Schauplätze seiner militärischen Unternehmungen wählte er bestimmt nach der Möglichkeit aus, die ihm ihre nachträgliche Beschreibung für die Unterbringung seltener Wörter gab. Er hatte die lateinische Sprache um mehr Wörter bereichert als irgendein anderer vor ihm.

Im Gespräch war er chevaleresk und vollkommen natürlich, von erlesener Bescheidenheit. Unser Gastgeber schien ihn vom Zweck meines Hierseins unterrichtet zu haben, und er brachte mit großer Höflichkeit sogleich die Rede auf den Gegenstand meines Interesses.

»Ein großer Mann«, sagte er, mit der feingliedrigen Hand auf der Tafel kleine Figürchen aus Brot knetend, »eine Figur, wie die Historiker sie brauchen. Der Mann des Volkes und der Mann des Senats. Diese Art Leute wird abgemalt von einem Buch ins andere, durch die Jahrtausende. Es genügen ein paar Wasserfarben. Ich zweifle, verzeihen Sie mir, Spicer, ob ein Dichter, geneigt, über ihn zu schreiben, mehr als zwei Zeilen zu Papier brächte. Nicht alles, was Flächen hat, setzt Patina an, und Kunst ist Patina, nein? Nehmen Sie einen etrurischen Bauernstuhl, ein nützlicher Gegenstand, nach vier Generationen besitzt er Kunstwert, welch ein Holz, sagen Sie. Für die Dichtung ist der Mann, von dem wir sprechen, etwas, in das Brutus sein Schwert steckte. Sie können tausendmal sagen: der Gründer des Imperiums, eine Usance im Weltmaßstab! Sie setzt nicht Patina an, diese Usance. Freilich, wozu endlich Kunst? Ich bin leider Partei.«

Es war so still in dem niedrigen, schönen Gemach, daß man von draußen das Bellen der Hunde um die Sklavenställe hören konnte. Der Bankier und ehemalige Gerichtsvollzieher saß zurückgelehnt, eine graue, umfängliche, knochige Gestalt, in Schweigen. Das Licht fiel scharf auf den Kopf des Dichters, der wie aus gelbem Wachs geformt schien, jedoch zwei schwarze, lebhafte Augen hatte.

Erst nach einer geraumen Weile sprach der Dichter weiter. Er sprach übrigens ein wenig stockend, als sei es ihm schwer, jedesmal den richtigen Ausdruck zu finden; in seiner Ausdrucksweise war nichts Routiniertes, wenn man ihm zuhörte.

»Man kann natürlich auch im Leben eines Gründers des Imperiums das Abenteuer finden. Die große Usance vergaß sich einmal. Das Geschrei darüber in den Wechselstuben ist noch heute nicht ganz verstummt. Sie wissen, von welcher Episode ich spreche, denn gefährlich zu leben, wird zu einer Episode bei unseren Usancen im Weltmaßstab, entschuldigen Sie die

Mehrzahl, meine Herren. Catilina! Der Schandfleck. Die Verschwörung. Briefe und geschlossene Türen! Dolche und Schwüre. Programme in jeder Tasche und Zeichen, die im Senat gegeben werden sollten. Wenn ich mit dem Zeigefinger meinen Adamsapfel berühre, dann . . . Hölle, öffne deine Verliese! Proskriptionslisten. Die Macht. Die Polizei. Der Finger, der nicht den Adamsapfel berührt. Verräter! Neues Wispern. Cicero hat den Senat zu einer Nachtsitzung einberufen. Der Reiter, der durch die Nacht sprengt. Die Banken schließen. Das Blutbad. Endend mit polizeilicher Untersuchung, immerhin, man hat gelebt, natürlich, man leugnet es, man hat nicht gelebt, man hat im Bett gelegen, mit einem Sklaven, ja, man hat einen Zeugen.«
Der Dichter lächelte verächtlich. Er spielte jetzt Fangball mit den Klümpchen und Figürchen aus Brotteig.
»Unsere Usance, verwickelt in die berüchtigte Verschwörung des Catilina! Durch einen Brief verwickelt, wohl in der gerühmten knappen Prosa verfaßt! Was, das kann sie auch? Mit der Schuhspitze ein Loch bohren in die ach so dünne Brokatdecke, über der die Sibyllen und die Kornhändler sitzen, und sehen, was dann da heraufkriecht auf die sieben Hügel aus den sieben Sümpfen? Was die verwanzten Wohnbuden des Crassus entlassen, damit es sich mische mit dem nicht mehr Menschen- oder Tierähnlichem, was aus den verkästen Ackerhufen von Ferne gewankt kommt, um auch dabeizusein bei der Abrechnung. Die tragen keine Adler vorher, eher anderes Geflügel. Der Capitolinische Jupiter kratzt sich noch einige Jahrzehnte, wenn er dieser Wochen gedenkt. Ja, hier fände der große Demokrat seine Wähler. Denn die bei Zama und die in den beiden Asien Besiegten wohnen sehr nahe, gleich im Keller. Das gäbe einen andern Triumphzug ab, bitte sich an die Spitze zu stellen, rot bebuschter Imperator, bitte ruhig

auf dem Schlachtroß zu verweilen, in diesem Fall! Da trügen sie wohl einen erbeuteten Campagna-Acker mit im Zug und alle Brotfladen Italiens, die ›Herren der Welt, die nicht die Herren ihrer Wohnungen sind‹. Aber wovon reden wir, unsere Usance ist es ja nicht gewesen, Sallust hat es bewiesen, sie ist lammfromm, frißt aus der Hand, hat gar nicht gelebt. Entschuldigen Sie.«

Wieder schwieg er eine Weile, wie auf das leise Brausen des Sees zu horchen. Dann, da keiner von uns etwas sagte, fuhr er fort:

»Und doch hat man damit alles gemacht. Zu gelegener Zeit, wenn die Untersuchungen wegen der veruntreuten Gelder drohten, drohte man immer einmal wieder mit dem Brodem von unten, murmelte etwas von Revolution, machte eine unbestimmte Geste in der Richtung der Vorstädte. Die Polizei verstand dann und wurde taktvoller. Eine beiläufige Erwähnung der hungernden Massen (in militärisch knapper Prosa), und der Senat grüßte wieder. Man war natürlich selber gegen diese stinkende Flut, man wischte geekelt den Spritzer von der Toga, der einen erreicht hatte. Man wußte, daß sie ihre ›Befreiung‹ dazu benützen würde, ihre verkrüppelten Bankerte den Vestalischen Jungfrauen auf den Schoß zu setzen, in den Gewächshäusern statt Chrysanthemen Rettiche zu ziehen, mit unschätzbaren griechischen Leinwänden die Zuglöcher ihrer Baracken zu verkleben, in die Grammatik zu kacken, von ein paar Literaten immer entschuldigt mit ihrer vernachlässigten Erziehung. Man wußte das alles, man besaß griechische Bildung. Man wußte, aber man mußte Politik machen. Man machte Politik, bis man am Ende die Sintflut doch hereinführte in die Kurie, wenigstens den Gischt davon; beileibe nicht die verhungerten Bauern, nur ihre Peiniger, die Wucherer. Beileibe nicht die bankrotten Handwerker, nur die

Hypothekenbesitzer. Nein, der Herr vergaß nicht das ›Elend‹, der große Demokrat erinnerte sich der ›Verzweiflung der Ausgepowerten‹. Womit hätte er sonst die Auspowerer erpressen können? Der Senat war zu klein. Er mußte vergrößert werden. Der privilegierten Räuber waren zu wenige; sie mußten ergänzt werden durch die unprivilegierten Räuber. Unter dem drohenden Blick des Diktators schüttelten diejenigen, denen ihre Polizei das Diebsgut gebracht hatte, denjenigen die Hand, die es sich selber geholt hatten. Wie war es mit dem Aussatz, den niederzuhalten, auszusperren, zu dezimieren man gegen so viele geschlossene Kuverts versprochen hatte! Nun, war er etwa nicht dezimiert, als er in die Kurie hereinströmte? War es nicht nur ein kleiner Teil von allem Aussatz? Es war doch wirklich nur der Teil des Aussatzes, der mit Moneten klimpern konnte. Ein sehr kleiner Teil. Aber kräftig. Und laut. Man muß schreien, wenn man feilschen will. Sehen Sie sich seinen Senat an: eine Markthalle. Wollen Sie zeitgemäße Motive für einen Maler? ›Römische Senatoren beim Läusesuchen.‹ Ja, wahrlich ein großer Mann, Ihr Angestellter, Spicer!«

Als Vastius Alder aufbrach, frühzeitig, da seine Gesundheit, wie er sagte, zu wünschen übrigließ, begleiteten Spicer und ich ihn bis vor die Villa.

»Er ist nur so schnell gegangen«, äußerte der Alte halblaut, »um sein Geschwätz sogleich aufzuschreiben. Die letzten paar Minuten saß er wie auf Nadeln. Haben Sie nicht bemerkt, wie er verzweifelt versuchte, was er vor so wenig Publikum gesagt hatte, auswendig zu lernen?«

Der Unterschied zwischen dem Bankier und seinem Gast war außerordentlich, kaum zu beschreiben. Beide waren niedriger Herkunft, Spicer Sohn eines Freigelassenen, Vastius sogar selber Freigelassener. Beide spielten als Kinder in der Gosse der Hauptstadt, beide saßen als Männer im Caesarischen Senat. Aber der Bankier schmatzte immer noch bei den Mahlzeiten, und der Dichter und Soldat war so weit gelangt, daß er fast schon wieder schmatzte.

Wir sahen eine Weile den Lampen des Dichters bei ihrem Abstieg zu. Der Palazzo des Dichters lag auf einem Hügel, der von dem unsrigen durch ein tief einschneidendes, von Gestrüpp verdecktes Tal getrennt war. Er schimmerte unter dem nahezu vollen Mond durch einen dünnen Olivenhain herüber. Den Felsen mit dem hölzernen Schiffsvorderteil sah man von hier aus nicht.

Als ich es, der Kuriosität halber, erwähnte, sagte Spicer unwillig: »Wenn etwas davon übrigbleiben sollte, wird man die Kunst unserer Ingenieure bewundern. Was meinen Sie, was das für Mühe gekostet hat, diese Reliquie auf den Hügel zu schaffen. Er verbot ihnen, auch nur einen einzigen seiner Bäume zu beschädigen beim Hochwinden. Es war beträchtlich mehr Gehirn dazu nötig, diese Bretter hier herauf, als sie seinerzeit nach Acme zu schaffen.«

»Die Gepflogenheit unseres berühmten Freundes, Reliquien auf Felsen zu setzen, hat ihre Schattenseiten«, sagte Spicer, als wir wieder saßen. »Aber etwas von dem großen Zug fehlt den Aufzeichnungen des kleinen Rarus doch. Er hat den Optimismus des kleinen Mannes im Kleinen und seinen Pessimismus im Großen. Seine Darstellung der Vorgänge des Jahres 91 gibt im ganzen ein zu pessimistisches Bild.«

Er wog die dünne Rolle, die ich ihm zurückgebracht hatte, in seinen klobigen Händen und legte sie auf den Tisch zurück.

»C. stand nach der gewiß unglücklich verlaufenen Catilinasache doch anders, nämlich gefestigter da als vorher. In der Politik ist es wie im eigentlichen Geschäftsleben. Kleine Schulden sind keine Empfehlung, große Schulden, das ändert den Aspekt. Ein Mann, der wirklich viel schuldet, genießt Ansehen. Für seinen Kredit zittert nicht mehr nur er selber, sondern auch der Gläubiger. Es müssen ihm große Geschäfte zugeschoben werden, sonst verzweifelt er und läßt alles seinen Lauf nehmen. Man kann auch nicht seinen Umgang meiden, da man ihn ja ständig mahnen muß. Kurz, er ist eine Macht. So ist es mit dem Politiker, der genügend Niederlagen erlitten hat. Sein Name ist auf allen Zungen. Die ihm gefolgt sind, sind in eine schlechte Lage gekommen, brauchen ihn also um so mehr. Denn sie sind an ihn gewöhnt und erwarten sich eine Verbesserung ihrer Lage ausschließlich von ihm. Die ihm Aufträge erteilt haben, lassen ihn auch nicht ganz fallen: er weiß zuviel. Die Hauptschwierigkeit besteht darin, in die großen Geschäfte hineinzukommen; ist man drinnen, wird es für die andern schwierig, einen wieder hinauszuwerfen. Es ist nicht so wichtig, daß die Handlungen eines Mannes gute Folgen haben; sie müssen nur überhaupt Folgen haben. Je größer die Folgen, meinetwegen die unglücklichen, desto größer der Mann. Die Catilina-Affäre brachte C. nach oben. Es ist richtig, daß sie die demokratische ›Partei‹ auf den Hund brachte, aber ihn brachte sie eben in der Partei an die Spitze. Die Niederlage war gewaltig, aber wenn man von dem Besiegten noch etwas wollte, mußte man zu ihm kommen. Selbst die Fußtritte empfing er. Die demokratische Sache war wirklich auf dem Hund. Der Senat hatte sich das Niederducken der City etwas kosten lassen. Die Kornspenden für die Unbeschäftigten verschlangen jährlich ein Achtel des Staatshaushalts, 25 Millionen Sesterzien. Aber das Geld war nicht hinausgeworfen, abgesehen davon, daß es nicht das eigene war. Die Vermehrung der Staatseinkünfte durch die asiatischen Eroberungen betrug weit mehr als das Doppelte. Man hatte den Anteil der City daran ganz beträchtlich herabgesetzt. Und der ›große‹ Pompejus mußte es sich jetzt überlegen, ob er es wirklich wagen konnte, vom Senat mehr zu verlangen als einen Triumph. Die demokratischen Organisationen, auf die er sich noch im Herbst hätte stützen können, bestanden aus Trümmern. Die City hatte den kleinen Mann verraten nach allen Regeln der Kunst, außer der einen, die bestimmt, daß das Opfer nichts merkt. Nach der endgültigen, brutalen Ausrottung der Catilinarier hatte sich bei den breiten Massen ein Stimmungsumschwung vollzogen. Die Sieger von Pistoria erzählten von der Tapferkeit der verzweifelten Aufständischen, in deren Tornistern man keine Brotrinde mehr gefunden hatte. Sie erzählten es in baufälligen Mietshäusern, in denen der Schwamm saß, und Leuten, die in den Händen der Banken waren, wenn sie nicht überhaupt nichts besaßen. Und den Aufstand bekämpft hatte der Demokrat Cicero, und mit ihm um diese Ehre gestritten hatte der ›große Pompejus‹. Pompejus war unpopulär geworden. Der Senat aber hatte die Macht. Die Polizei der Hauptstadt war verdoppelt, ihre Dossiers waren gespickt mit kompromittierenden Dokumenten. Die Straßenklubs waren vollständig aufgelöst, sogar auch die Fechterriege aufgelöst. Überall in Italien konnte der Senat frische und zuverlässige Legionen aus der Bauernschaft ausheben, wenn es nötig erschien. Die Bauern hatten kein Interesse an einer Lösung der Bodenfrage, die darin bestand, daß man ihnen städtische Arbeitslose als Konkurrenz auf das Genick setzte. Als ob nicht schon die unsinnigen Sklavenimporte dieses Pompejus genügt hätten!

Und die City war so bankrott, wie es ihr möglich war.

Die City sehnte sich mehr denn je nach Pompejus. Sie brauchte dringend einen ›starken Mann‹. Sie erwartete von ihm echte Tatkraft. Das Forum hallte wider von seinem Ruhm. Sein

Genie ist erwiesen, sagten die Bankiers, er hat es in Asien gezeigt. Wenn er mit dem Mithridates fertig geworden ist, warum soll er da mit unserm Cato nicht fertig werden? Der Mann hat einen Ruf zu verlieren.
Natürlich wartete auch C. auf den Pompejus. Wenn Pompejus mit seinen Legionen kam, würde es keine polizeilichen Untersuchungen der Januarvorgänge geben, die sofort einsetzen mußten, wenn er sein Amt bei der Polizei niederlegte, im Herbst. Im Augenblick, wo er nicht mehr der Richter war, war er der Verbrecher. Er spähte also nach dem Diktator Pompejus aus.
Der große Pompejus aber hüllte sich in Schweigen. Er wickelte die asiatischen Geschäfte ab und schien von Politik nichts zu ahnen. Er machte mit der City immer noch Kontrakte über die Steuer- und Zollpachten. Sie bedurften allerdings der Sanktionierung durch den Senat. Aber er würde ja wohl mit seinen Legionen kommen, und Kontrakte, deren Sanktionierung der Herzenswunsch siegreicher Legionen war, konnten nicht schlecht sein. Die City legte ein munteres, zuversichtliches Wesen zur Schau. Aber die Notierung der asiatischen Werte war merkwürdig niedrig. Wenn man die wahre Meinung der City über die Kriegsberichte wissen will, muß man ihre Börsenberichte lesen.«
Der Alte betrachtete mich eine Zeitlang nachdenklich. Es sah aus, als überlege er, wieviel er mir sagen wollte. Aber vielleicht überlegte er nur, wie er mir, was er sagen wollte, beibringen konnte. Möglich, daß er in meinem Gesicht einen Zug von Langeweile entdeckt hatte. Er wußte gut, daß ich nicht sein angeborenes Interesse an verwickelten Geschäften, überhaupt an Geschäften, hatte. Ich war noch keineswegs so weit, daß ich mir von einer Behandlung größter politischer Ereignisse, eines Geschehens von welthistorischer Bedeutung vom

rein geschäftlichen Standpunkt aus viel Erleuchtung versprach. Meine Haltung war bewußt die des geduldigen Zuwartens. Plötzlich sprach er wieder.

»Ich werde Ihnen sagen, wie wir mit den Folgen des Catilinakraches fertig wurden. Wir, denn daran hatte ich einen Anteil. Wie Sie wissen, kam Pompejus nicht mit seinen Legionen, sondern ohne sie. Zu Anfang des Jahres 92 hatte so etwas von dem großen Bezwinger der beiden Asien noch niemand für möglich gehalten. Crassus, seit dem gemeinsamen Konsulat mit Pompejus tödlich überworfen, war noch im Sommer vor ihm nach Makedonien geflüchtet. Sogar der Senat erwartete noch allerlei Hin und Her von Pompejus, der in Brundisium mit einer Riesenflotte gelandet war, als Crassus wieder auf dem Forum erschien. Als C. ihn sah, wußte er, daß Pompejus ohne Heer kommen würde. Crassus hatte seine Verbindungen.

C. ließ mich noch am Nachmittag zu sich bitten. Er stand neben einer Statue der Minerva und gab einem Dutzend Sklaven Aufträge, zu packen. Er sagte: ›Pompejus wird als Privatmann zurückkommen. Crassus ist schon wieder hier. Ich gedenke in meine Provinz abzureisen. Können Sie das ordnen?‹ Ich fragte: ›Müssen Sie weg?‹ – ›Ja‹, antwortete er und sah mich scharf an. ›Wenn Sie mich weglassen.‹

Ich hatte in meiner Hand so ziemlich die meisten seiner Verpflichtungen vereinigt. Für die Bank, die mit mir zusammen seine verworrenen Angelegenheiten geordnet hatte (es war das nahezu ihr einziges Geschäft), bedeutete das einen unter Umständen tödlichen Schlag. ›Haben Sie jemand, der für Sie bürgt?‹ fragte ich. ›Nein‹, sagte er und fuhr fort, Packaufträge zu geben. ›Dann wird man Sie unter keinen Umständen in Ihre Provinz lassen‹, sagte ich fest. ›Sie schulden 30 Millionen.‹ In Wirklichkeit schuldete er noch viel mehr. Ich wußte damals nichts von seinen wahnsinnigen Grundstückspekulationen.

Er erwähnte sie natürlich nicht, aber er sagte doch: ›Ich schulde sogar mehr. Die Lage der Gläubiger ist verzweifelt, mein Lieber. Hoffentlich haben Sie Ihren eigenen Beruf nicht ganz an den Nagel gehängt?‹«

Ich sagte ihm mit Nachdruck, daß ich das allerdings getan hatte und keineswegs gedächte, die Waffen zu strecken. Ich ging wütend weg, während er mit gewohntem Gleichmut das Packen weiter überwachte.

In diesem Haus war alles auf Abbruch. Er konnte nur noch drin wohnen, weil es ihm nicht gehörte, sondern dem Staat. Seine Frau, Pompeja, hatte er wegschicken müssen. Es hatte eben den schrecklichen Skandal mit Clodius gegeben.

Clodius hatte sich bei den Ceresfestlichkeiten, die von den Frauen des Adels zusammen mit den Vestalinnen unter strengstem Ausschluß der Männer stattfanden – in C.s Haus dieses Jahr, da er Prätor war –, in Frauentracht eingeschmuggelt, um mit der Pompeja zu schlafen. Er war entdeckt worden und wartete auf den Prozeß wegen Religionsschändung.

C. hing an seiner Frau. Clodius, der ›Pomadekopf‹, wie ihn Rarus nennt, hatte ihn vergebens zu beruhigen versucht mit der Behauptung, er habe sich nicht Pompejas wegen eingeschlichen, sondern wegen seiner Schwester Clodia, mit der er ein stadtbekanntes Verhältnis hatte. Er sei bloß wegen Clodia auf Pompeja eifersüchtig gewesen. C. hatte ihn hinausgeworfen und der Pompeja den Scheidungsbrief übersandt. Als ich abends zurückkam, mußte ich leider auch auf diese unangenehme Sache eingehen. Ich hatte meine Leute mit und eine gerichtliche Verfügung, nach der ich C. am Verlassen der Stadt verhindern konnte. Ich stellte einige fünfzig Mann um das Gebäude herum auf, bevor ich hineinging. Ich wußte, er war sehr schnell, wenn er in Gefahr war.

Zuerst ließ ich mir von ihm die Papiere vorlegen, die Ziffern

über die jährlichen Staatseinkünfte der Provinz Spanien enthielten. Es waren (Zölle, Steuern, Tribute) etwa 25 Millionen. Die Sache war hoffnungslos.
›Für Spanien ist das sehr hoch‹, sagte ich. ›Wie wollen Sie da für sich selbst noch viel herausholen?‹ – ›Ich werde, weil ich muß.‹ – ›Sie werden 10 Millionen herauspressen‹, sagte ich, ›und dann Prozesse auf den Hals bekommen.‹ – ›Ich werde 20 herausholen‹, sagte er, ›und die Prozesse werden nicht stattfinden. Ich werde mich ums Konsulat bewerben, von Spanien aus.‹
Bei dieser Antwort, ich entsinne mich genau, zerbrach etwas in mir. Ich überlegte einen Augenblick, ob ich in Tränen ausbrechen sollte, ich hatte eine Familie. Dann entschied ich mich, mit ihm bis zu Ende zu gehen. Es war Wahnsinn, aber er flößte mir Vertrauen ein. Ich konnte mir nicht helfen, er flößte mir Vertrauen ein.
Wir gingen in die Einzelheiten, und dabei kamen wir auf seinen Bruch mit Clodius. Der einzige, der ihm noch helfen konnte, war, wie es sich zeigte, Crassus. Und es gab nur einen einzigen Weg, ihn zu dieser Hilfeleistung zu veranlassen. Manmußte wieder auf die Catilinasache zurückgreifen, diese Zitrone noch einmal auspressen, C. war im Augenblick noch Prätor. Er konnte Crassus vor den Richtertisch zitieren. Als sich die Frage nach Beweisen erhob, kamen wir auf Clodius.
An irgendeiner Stelle der Klubs wurden noch Beweise dafür aufbewahrt, daß Crassus die Catilinabewegung mit Geldern unterstützt hatte. Die waren in der Hand des Clodius. Er hatte sie, um sich zu schützen, aufheben lassen. Er mußte sie herausrücken. C. war einverstanden, daß ich Clodius holen ging.
Vor dem Haus standen die Gepäckwagen C.s. Ich ließ sie zur Vorsicht von meinen Leuten beschlagnahmen: ich wußte nicht, ob Clodius kommen würde.

Er folgte mir aber sogleich. Die Herren begrüßten sich kühl, doch man kam rasch ins Gespräch. Clodius brauchte C.s Zeugenaussage in seinem Prozeß und war bereit, sie mit den Beweisen gegen Crassus zu bezahlen. Wir waren eben soweit, als C.s Mutter hereinkam. Eine kleine alte Dame, sehr vornehm, aber mit Haaren auf der Zunge. Sie tat sich keinen Zwang an, als sie den Schänder der Hausehre in der Gesellschaft des geschändeten Ehemanns erblickte. Sie sagte, was sie dachte, nicht nur über Clodius, sondern auch über ihren Sohn. Sie sagte, sie erwarte von ihm, daß er den Kerl hinausschmeiße. Ihre Ausdrücke waren bedeutend kräftiger. Ich wunderte mich, mit was für Ausdrücken die Aristokratie ihre Hausehre verteidigte.

C., der Clodius brauchte, war in übler Lage. Er zeigte sich ihr gewachsen. Auf die Frage seiner Mutter, ob er gesonnen sei, seine ›sauberen Geschäfte‹ über seine Ehre zu stellen, antwortete er fest und würdig: ›Jawohl.‹ Er weigerte sich ganz entschieden, in politischen Fragen private Gefühle sprechen zu lassen. Ich gewann aus seinen kurzen Sätzen den Eindruck, daß er überzeugt war, im Augenblick die Geschicke des römischen Weltreiches über die seinen zu stellen. Seine Mutter, sprachlos, gewann wohl einen anderen Eindruck, sie verließ aber das Zimmer.

Wir schlossen den Handel ab, ich ging mit Clodius, die Beweise zu holen, und C. schickte nach Crassus.

Die Unterredung mit Crassus wird mir immer im Gedächtnis bleiben. Der Dicke lachte zunächst einfach, als wir ihm den Vorschlag machten, für C.s Schulden in der Höhe von 30 Millionen die Bürgschaft zu übernehmen. ›Warum willst du denn türmen?‹ fragte er. ›An gewisser Stelle verübelt man mir, daß ich für die Rückberufung des Pompejus eingetreten bin.‹ – ›So, tut man das?‹ sagte Crassus ein wenig schleppend. ›Da solltest du deinen Freund Pompejus bitten, die Bürgschaft zu leisten, nicht?‹ — ›Ich habe ihm kein Äquivalent zu bieten‹, sagte C. unverschämt. ›Und mir hast du eines zu bieten?‹ fragte Crassus belustigt. ›Ja, vielleicht‹, antwortete C. ›Du weißt, ich bin Prätor.‹ – ›Ja, das weiß ich; es hat mich 10 Millionen gekostet.‹ – ›Es hat sich bezahlt gemacht‹, sagte C. gleichgültig. ›Ich habe mich in der Catilina-Affäre reinigen können.‹ – ›Das war der Zweck des Prätorgeschäfts und nicht die Rückberufung der asiatischen Legionen‹, sagte Crassus nicht ohne Ärger. C. sah ihn scharf, aber nicht ohne Sympathie an. Dann sagte er: ›Hoffentlich kannst du dich auch reinigen.‹

Crassus fuhr auf, wie von einem Insekt gestochen: ›Was heißt das?‹ C. sagte unberührt: ›In meiner Eigenschaft als Prätor sind mir einige Beweisstücke gegen dich in die Hand gekommen, die ich in meiner Eigenschaft als Führer der Klubs seinerzeit aufgehoben habe, lieber Freund.‹ – ›Was für Beweisstücke?‹ fragte Crassus heiser. ›Ein paar Münzensäckchen mit den Firmennamen drauf. Kein Zweifel, daß es sich da um Zuwendungen an die illegalen Organisationen handelt.‹

Crassus schnaufte schwer. ›Das ist Erpressung‹, sagte er. ›Ja‹, sagte C. kühl. ›Das soll heißen, daß du mir ein paar Säckchen aus Leder für 30 Millionen Sesterzien zum Kauf anbieten willst?‹ – ›Nein‹, sagte C. nicht unfreundlich, ›das sind sie kaum wert. Du sollst nur bürgen. Ich zahle dir die 30 Millionen zurück, sobald ich aus Spanien komme. Ich möchte nur dein Vertrauen zu mir auf die Probe stellen.‹ – ›Ich habe kein Vertrauen zu dir‹, sagte der ›Schwamm‹ gepreßt. ›Dann wirst du schlecht schlafen‹, sagte C. ›Wo sind die Säckchen? Ich will sie sehen, bevor ich über Themen spreche, die mich nicht interessieren.‹

Dafür hatte ich Verständnis. Ich legte fünf Ledersäckchen auf

den Tisch. Der Dicke betrachtete sie und gedachte eine stille Sekunde all der Denare, mit denen er in diese Kampagne hineingegangen war, bevor er sich den Denaren zuwandte, die es ihn kostete, wieder herauszukommen. Dann begann ich mit ihm, einige Ordnung in die Angelegenheiten seines Leutnants zu bringen. Die Pulchergruppe, stark in asiatischen Werten engagiert, hatte durch den Börsenkrach im Dezember außerordentlich gelitten und mußte einiges Geld sehen, um so mehr, als der große Cullo dahinterstand. Ich selbst repräsentierte etwa 11 Millionen. Für 6 davon erhielt ich die Bürgschaft des Crassus. Mit einigen andern Gläubigern versprach er ›ernsthaft zu reden‹. Wir kamen zu Streich.
C. saß in der Ecke und las einen griechischen Roman.
Einige Geschichtsschreiber haben behauptet, Crassus habe für ihn gebürgt, weil er seinen unternehmenden und draufgängerischen Geist geschätzt habe. Ich kann Ihnen versichern, daß er ihn nicht schätzte.«

In der Nacht draußen wurden Stimmen laut. Der Alte unterbrach seine Erzählung und lauschte. Die Stimmen schienen entfernt und verstummten wieder. Er stand auf und füllte, sich bückend, meine Karaffe aus der tönernen Amphora. Im Schöpfen hielt er noch einmal inne, horchend. Es war völlig still draußen. So setzte er sich und fuhr in seiner Erzählung fort.
»Ich habe kein Hehl daraus gemacht, daß ich durch die Art, wie er mit seinen Gläubigern umging, imponiert war. Seine zweifellose Überlegenheit zog er aus seiner Auffassung vom Geld. Er war nicht raffgierig, nicht darauf aus, ›Dein‹ in ›Mein‹ zu verwandeln. Er erkannte einfach den Unterschied von ›Mein‹ und ›Dein‹ nicht an. Er stand auf dem Standpunkt, er müsse auf jeden Fall ausgehalten werden. Ich habe

mich oft gewundert, daß seine offenkundige Sorglosigkeit seinen Schulden gegenüber seine Gläubiger nicht warnte, sondern eher ansteckte. Ich habe Ihnen die Unterredung mit Crassus ausführlich geschildert, weil Sie in ihr seine berühmte ›ihn nie verlassende wunderbare Heiterkeit‹ vorfinden.

Dabei legte er gerade damals nicht nur Crassus, sondern auch mich herein. Er verschwieg seine Grundstückspekulationen. Ich will hier nicht darauf eingehen, wie er es anstellte, diese Operationen über seinen Zusammenbruch und über das ganze Jahr seines spanischen Prokonsulats hinweg in Gang zu halten. Darüber berichtet Rarus in seinen Aufzeichnungen über das Jahr 94. Im Jahr 92 wußten nur Pulcher und wenige andere, mit diesem verbundene Banken etwas von seinen Grundstückkäufen. Er ließ uns Pulcher nicht umsonst bevorzugt behandeln. In Spanien arbeitete er hauptsächlich mit der Pulchergruppe zusammen.«

Er hielt plötzlich inne und lehnte sich horchend zurück. Die Stimmen draußen waren wieder laut geworden. Sie kamen aus der Richtung der Sklavenställe, und jetzt mischte sich in sie auch das Bellen der Wächterhunde.

Wir hörten hastige Schritte, und im Fenster erschien der kleine gallische Vorarbeiter. Er unterrichtete uns, daß einer der Sklaven ausgebrochen war.

»Nimm die Hunde«, sagte Spicer. »Aber haltet sie an den Riemen, sonst verliert ihr wieder einen.«

Er schlug an den Messingteller und ließ sich einen Mantel bringen. Wir gingen hinaus. An den Ställen vorbei, aus denen das Klatschen der ledernen Peitschen und Schmerzensschreie der Verhörten drangen, hinter den Sklaven her, welche die Hundekoppeln führten. Fackeln waren unnötig, die Nacht war hell genug für die Suche.

Der Alte schritt schweigend aus. Seine Bewegungen waren

massig und kraftvoll, jede für sich wohlüberlegt. Er sah finster aus.

An einer Wegbiegung begegneten wir dem Veteranen aus dem Gallischen Krieg. Er hatte einen kleinen Hund dabei, und es verursachte ihm Mühe, den Köter, der den Koppeln nachwollte, zurückzuhalten.

Spicer fragte ihn barsch, ob er etwas von dem Entlaufenen gesehen hätte. Der kleine breite Mann sah ihm voll ins Gesicht und schüttelte langsam den Kopf. Er sah uns unbeweglich nach, als wir weitergingen.

Spicer sagte, mit unterdrückter Erregung: »Er weiß natürlich was. Gesindel hält zusammen.«

Wir gingen nicht sehr weit, wir konnten ja nicht helfen. Wir hörten aber das wilde Kläffen der riesigen Doggen nach dem Seegestade zu vordringen, als wir wieder in die Bibliothek traten.

Der Alte füllte sich selbst ein Glas mit Rotwein. Seine Hände zitterten nicht, aber seine Stimme bewies, wieviel es ihn kostete, seine Beherrschung zu bewahren. Sein Gesicht, immer grau, war jetzt aschgrau. »Nein«, antwortete er auf meine Frage, was dem Entlaufenen geschehen würde, »ich lasse niemanden umbringen. Ich habe Geld für ihn gezahlt. Ich gehöre nicht zu den Narren, die Leuten, die für sie in der Olivenpflanzung arbeiten sollen, die Knochen brechen lassen. Nebenbei, die Todesstrafe schreckt die Leute nicht. Sie hängen nicht am Leben wie wir.«

Er beruhigte sich langsam, als er über Caesars Verwaltungstätigkeit in Spanien sprach, die bekanntlich als klassisch angesehen wird. Aber er horchte immerfort beim Sprechen auf die Geräusche der Nacht draußen, und sein Vortrag war noch beißender als gewöhnlich. Ich habe erst sehr viel später verstanden, warum er die doch so naheliegende Beschönigung der Vorgänge nicht nur unterließ, sondern sogar mit Fleiß das Brutale und Gewalttätige hervorhob.

»C.«, sagte er, »verließ Rom in solcher Eile, daß er nicht einmal die Instruktionen des Senats in bezug auf Bestand, Ausrüstung und Sold seines Heeres einholte. Ich glaube, der Ruhm seines ›zauberhaft schnellen Reisens‹ ist von seinen vielen Gläubigern verbreitet worden. Aber er verließ Rom nicht, ohne die Instruktionen der Pulchergruppe einzuholen. Sie war mit der Abwicklung der Kriegslieferungsgeschäfte etrurischer Eisenminen mit der Armee des Pompejus beauftragt. Die Minen, die größten Italiens, waren so ziemlich erschöpft. C.s Verwaltung Spaniens war tatsächlich die erste, die nach vernünftigen, das heißt geschäftlichen Gesichtspunkten erfolgte.

Bei den Historikern können Sie das nicht ohne weiteres erkennen. Aus gewissen Gründen, hauptsächlich damit C. einen Triumph feiern konnte, mußte er das Ganze als einen Krieg darstellen. Es wurde von einem Krieg gegen Bergvölker gesprochen, die räuberische Überfälle in die Täler ausführten. Es war die Rede von einer Bevölkerung, welche ihre Städte verließ, um ins Gebirge zu flüchten, und die zurückgeholt werden mußte. Das ist der übliche Stil der Gouverneurberichte. C.s Vorgehen war weit interessanter.

Der Hauptpunkt, das eigentlich Neue, war, daß er die spanischen Geschäftsleute nicht nur als Spanier, sondern auch als Geschäftsleute behandelte. Er unterstützte sie, wo er konnte, auch gegen ihre eigenen Landsleute. Es galt zunächst vor allem, die Befriedung Spaniens durchzuführen. Zu diesem Zweck durfte kein Mittel gescheut werden, auch nicht das gewaltsamste.

Seine berühmteste zivilisatorische Maßnahme bestand in der Ansiedlung der lusitanischen Bergbevölkerung in den Flußtälern. Die lusitanischen Kaufleute klagten bitter über den absoluten Mangel an Arbeitskräften in den Silber-, Kupfer- und Eisenbergwerken. Die Bergbewohner zogen es der Arbeit in den Minen vor, auf den Hochebenen ein beschauliches Hirtenleben zu führen. Die Industriellen wiesen mit vollem Recht darauf hin, daß sie auf diesen schwer zugänglichen Plateaus sich sehr erfolgreich dem Zugriff der Steuerbeamten entzogen.

Die römischen Gouverneure hatten seit Jahrzehnten die Klagen des einheimischen Handels nicht beachtet und in dem Kampf des lusitanischen Bürgertums mit der renitenten Hirtenbevölkerung nicht Partei ergriffen. Die Bergvölker standen auf einer sehr tiefen Stufe der Zivilisation. Es gab kaum Sklaven. Man war nicht imstande, ohne fremde Hilfe die bedeutenden Erzvorkommen auszubeuten, teils der primitiven Maschinerie, teils des Mangels an geeigneten Arbeitskräften wegen.

Jedoch erfolgte der Einmarsch seines römischen Heeres erst, als nach Eintreffen C.s bekannt wurde, daß in diesen Gegenden sogar Menschenopfer gebracht wurden. Die Liquidierung so barbarischer Zustände erforderte rasches und schonungsloses Eingreifen. Es mag zum Verlust von Menschenleben führen, wird sich aber doch am Ende lohnen. Jene römischen Kohorten, die, bei Abwesenheit aller Straßen, in der Meinung, es sei ein ausgetrockneter Flußlauf, in einen Meeresarm einmarschierten und bei steigender Flut mit allem Kriegsgerät und Gepäck weggeschwemmt wurden, haben ihr Leben nicht nutzlos verloren. An denselben Abhängen liegen heute die Villen eingeborener und römischer Kaufleute. Und die Bergtäler, die damals vom Waffenlärm und dem Stöhnen der Verwundeten erfüllt waren, schallen heute wider vom friedlichen Hämmern in den Erzgruben und dem fröhlichen Rufen der Sklaven.

Der kurze Krieg verlief nicht unblutig, und nicht alle Operationen C.s waren glücklich. Aber er war nicht unbeliebt bei den Soldaten. Die Gratifikationen, die er auswarf, waren anständig. Und er konnte in Rom mit gutem Gewissen einen Triumph fordern und mußte nicht, um die dafür geforderten fünftausend getöteten Feinde herauszurechnen, wie gewisse andere Feldherren auch noch alle ums Leben gekommenen Zivilpersonen dazuzählen.

Die römischen Kohorten kämpften in diesem Feldzug Schulter an Schulter mit einheimischen Kohorten; ein Drittel des Heeres bestand aus Lusitanern. Das Verhältnis der römischen Steuerpächter und damit der City zum einheimischen Bürgertum war ebenfalls das denkbar herzlichste. Es gelang C. mit Hilfe der Pulchergruppe, Steuernachlässe für seine Provinz durchzusetzen, indem er nachwies, daß das Land durch seine kriegerischen Operationen gelitten hatte. Vor der Versauktionierung der Steuerpachten brachte er einen Vergleich zwischen den verschiedenen Bewerbern und der Pulchergruppe zustande, so daß das übliche Überbieten verhindert wurde. Er ließ die Minen in den Händen des einheimischen Handels und verschaffte den Lusitanern ein Schuldenmoratorium. Er fand einen erträglichen Modus, durch den die einheimische Industrie in den Stand gesetzt wurde, weiterzuarbeiten und ihre Schulden durch vollen Einsatz der Arbeitskräfte des Landes abzuarbeiten. Zwei Drittel des Ertrages der Minen gingen laufend an die City.

Der Feldzug im Gebirge hatte eine reiche Ausbeute an Sklaven ergeben. Jedoch war es damit natürlich nicht getan. Die an das faule Leben auf den Plateaus gewöhnten ehemaligen Hirten verließen immer wieder die Städte und mußten mit Gewalt zurückgebracht werden. C. tat, was er konnte.

Sein Erfolg war epochal und hat mehr als irgend sonst etwas

dazu beigetragen, das neue System populär zu machen. Trotz der herabgesetzten Steuersätze vergrößerten sich die Einkünfte des Reiches ständig, und die City hatte allen Grund, zufrieden zu sein. Sie bekam Erze, soviel sie wollte. Sie beschäftigt heute über 40 000 Sklaven in den Bergwerken und holt im Jahr ihre 45 Millionen Sesterzien aus den Silberminen.

Aber auch C.s Anteil aus der Befriedung der Provinz war entsprechend zufriedenstellend. Die Historiker sind sich uneinig, an was er eigentlich verdient hat. Brandus meint, er habe überhaupt Geld nur genommen, da es ihm daran lag, Beweise der begeisterten Dankbarkeit der Spanier für seine Uneigennützigkeit in die Hand zu bekommen. Er betont, C. habe ausschließlich freiwillige Spenden akzeptiert. Nepos meint, Leute an der Spitze eines Heeres seien zu stolz, zu betteln, und nimmt an, er habe die Spenden befohlen. Einige sagen, er habe das Geld von den Feinden, andere, er habe es von den Bundesgenossen genommen, einige, es habe aus Tributen, andere, es habe aus Anteilen an den Silberminen bestanden, einige, er sei in Spanien, andere, er sei in Rom bezahlt worden. Sie haben alle recht. Wie jedermann weiß, konnte C. mehrere Dinge zugleich tun. Er machte etwa 35 Millionen Sesterzien in einem einzigen Jahr. Als er zurückkam, kam ein anderer Mann zurück. Er hatte gezeigt, was in ihm steckte. Er hatte auch gezeigt, was in einer Provinz steckte. Und sein historischer Ausspruch, er sei lieber in Spanien der Erste als in Rom der Zweite, war gerechtfertigt.

Mein Vertrauen in ihn hatte sich als wohlbegründet erwiesen. Unsere kleine Bank war keine kleine Bank mehr.«

Der kleine Gallier stand wieder im Zimmer. Er war blaß und zerwühlt, physisch erschöpft.

»Nichts herauszubekommen«, sagte er.
Der Alte sah ihn ohne Ausdruck an, und es schien, als ob der Gallier noch einige Grade blässer wurde. Er wandte sich schnell um und ging hinaus.
Der Alte drehte das grobe Gesicht zum nächtlichen Fenster, schwieg noch einige Minuten und fuhr dann mit gleichförmiger Stimme fort: »Der andere Mann kam in ein anderes Rom zurück. Die Demokratie erhob sich wieder von dem furchtbaren Niederschlag des Jahres 92. Die Frage, wie die von Pompejus eroberte halbe Welt verdaut werden könnte, war durch den brutalen Sieg des Catonischen Senats nur von der Tagesordnung abgesetzt, nicht entschieden worden. Die Zustände waren wieder unhaltbar geworden. Die Tätigkeit der City war ebensowenig zu entbehren wie auszuüben. Ungeheure Sklavenmengen füllten Rom und Italien. Aber je mehr Arbeitskräfte da waren, desto weniger Arbeit war da. Die Industrien sanken durch die Gratiskornspenden ins Aschgraue. Die Besitzer der großen Latifundien verspürten den Drang, von der Getreidewirtschaft zu Wein- und Ölbau überzugehen. Sie suchten nach Pächtern. Die Kämpfe der nächsten Jahre, eingeschlossen die Bürgerkriege, können Sie nicht verstehen, wenn Sie diese große Grundtatsache übersehen. Der kleine Mann wurde noch einmal benötigt. Die Demokratie hatte noch einmal eine Chance.«
Und indem er aufstand und nach dem Kästchen mit den Schriftenrollen griff, fügte er hinzu:
»Aus den Aufzeichnungen werden Sie ersehen, daß die Demokratie voll verwirklicht wurde.«

Ich ging gedankenverloren in meine Villa zurück, im Bausch meiner Tunika die Rolle mit den Aufzeichnungen des Rarus über die Jahre 94 und 95.

Die Nacht war warm, der Himmel bewölkt. Der Entlaufene hatte Glück.
Aus den Sklavenställen, an denen ich vorüber mußte, kam kein Laut mehr.

Viertes Buch

Das dreiköpfige Ungeheuer

AUFZEICHNUNGEN DES RARUS 3

(aus der Zeit vom 12. 2. 694 bis zum 27. 7. 694. Verkürzt vom Hrsg.)

Die maßgebende Geschichtsschreibung, vertreten durch alle tiefer blickenden Historiker, sieht in diesen Ereignissen den Versuch des Senats, einen Triumph Caesars über Spanien zu verhindern. Die demokratischen Kräfte in Rom bemühen sich, einen Feldherrn aus ihren Reihen zum Konsul zu machen. Caesar, vor die Wahl gestellt zwischen Ehre und Macht (Triumph und Konsulat), entscheidet sich unbedenklich für die Macht.

12. 2. 694

Der Triumph ist unbedingt notwendig. Schon damit die unverschämten Witze Ciceros über C.s spanischen Feldzug außer Umlauf gesetzt werden. Er verbreitet, den Triumph C.s werde Pulcher von der Asiatischen Handelsbank abhalten. Die Namen der Schlachtorte werde man sich genau ansehen müssen, ob es nicht Firmennamen von Bankhäusern seien. Die größten Kämpfe hätten nämlich zwischen Schuldnern und Gläubigern stattgefunden, gefallen seien nur Aktien und gebrochen habe man nicht die Macht des Feindes, sondern Kontrakte. C. habe so viele Finanzexperten und Wucherer mitgebracht, daß die Truppen außerhalb des Lagers hätten stationiert werden müssen. Die Soldaten seien höchstens gelegentlich zur Bewachung von Geldschränken verwendet worden. Platte Witze, aber wirksam bei den unwissenden Leuten.

Es ist natürlich teuer. Aber wir *müssen* für das nächste Jahr das Konsulat bekommen. Gerade dafür verlangt Macer den Triumph sehr energisch. Er sagt, die Distriktsleiter haben (in diskretester Weise) den Boden sondiert und stoßen bei den Wählern auf Mißtrauen. Daß bei den Catilinawahlen die

Gelder im letzten Augenblick nicht ausbezahlt wurden, ist nicht vergessen. Findet der Triumph statt, sieht jedermann, daß hinter dem Kandidaten Zaster steht. Natürlich muß die Stadt bewirtet werden, und man muß Münzen auswerfen, selbst wenn es nur halbe Aßstücke sind. Der Triumphzug gibt dem Handwerk etwas zu verdienen. Was haben die kleinen Leute vom spanischen Silber, das in die Banken geht? Die Bäcker, Schlächter, Geschirrmacher, Wollkämmer haben vom Krieg nur den Triumph. Außerdem soll man sich nicht vorstellen, daß es nur auf das Geld ankommt. Der kleine Mann muß das Geld nehmen, gewiß, er braucht es, aber er nimmt es lieber von jemand, in den er Vertrauen hat. Die Stadtverwaltung kann knausrig geführt werden und großzügig. Für das Handwerk hängt alles davon ab. Gut die Hälfte aller Geschäfte sind immer noch kaputt, weil sie auf Kriegslieferungen eingestellt sind und kein Krieg geführt wird. Man wählt selbstverständlich lieber einen Feldherrn. Spicer, im engeren Zirkel, spricht ebenfalls für den Triumph. »Man sieht den Triumph falsch«, sagt er trocken, »wenn man ihn nur als Zirkus sieht. Er ist einfach Kreditbeschaffung. Gerade weil wir finanziell nicht besonders stehen, müssen wir blechen. Die ganze Stadt muß stinken nach unserm Geld. Vom finanziellen Standpunkt aus ist es besser, mit leeren Taschen auf einem Triumphwagen durch die Stadt fahrend gesehen zu werden, als mit gefüllter Tasche in eine Bank des Forums gehen. Ich habe ihm geschrieben: Es ist nicht gut in der City, wenn Sie als Geschäftsmann abgestempelt werden. Sie sind Staatsmann, Feldherr. Das ist Ihr Geschäft, begreifen Sie das doch. Sehen Sie um Gottes willen nicht zynisch auf die Tradition. Sie haben, wie ich höre, gesagt: Wozu der ganze Zauber? So ein Ausdruck kann Sie ein Vermögen kosten. Lassen Sie die Herren Cincula, Häute und Leder, sprechen. Zeigen Sie, daß

Sie Ihren Beruf ernst nehmen, und man wird Ihnen Geld anvertrauen. Sie brauchen den Triumph.« Und Fulvia sagt: »Unbedingt den Triumph! Der Senat wird platzen. Das ist, wie wenn ich mir neue Kleider bei der Aristipulos bestelle, dann platzen sie. Wenn ich unglücklich bin, wenn es mit meinem Bankguthaben mulmig steht, bestelle ich mir einfach zehn neue Toiletten. Ich habe einiges schon bereut, aber nie, daß ich mich anständig angezogen habe. Es ist nicht nur, daß Seide mehr aufregt als die schönste Haut, sondern das Wasser im Maul läuft ihnen zusammen, wenn sie sehen, daß man teuer ist. Unbedingt den Triumph.«

Die Frage wurde, wenn sie für C. überhaupt eine Frage war, von Pulcher entschieden. Er sagte: »Wir müssen den Gossengeruch aus der Toga schütteln. Ich sage nur das Wort ›Catilina‹.«

Streng vertrauliche Ermittlungen Spicers ergaben denn auch, daß die hinter der Asiatischen Handelsbank stehenden Kreise für die Erstellung des Wahlfonds den Triumph verlangen. Gajus Matius hat im Senat für C. um den Triumph nachgesucht und die Unterlagen eingereicht.

Übrigens verstehe ich Spicers Bemerkung nicht, wir »stünden finanziell nicht besonders«. C. muß doch viel Geld gescheffelt haben in Spanien!

20. 2.

Die Senatskommission macht natürlich alle nur möglichen Schwierigkeiten, was den Triumph betrifft. Man behauptet, wir zählten unter den gefallenen Feinden solche Spanier mit, die einer Epidemie erlegen sind, ferner Bundesgenossen. Wenn wir vorbringen, daß C. auch mit Bundesgenossen gelegentlich kriegerische Auseinandersetzungen gehabt hat, droht man eine Untersuchung dieses Umstandes an. Kurz, man schika-

niert uns. Wenn man noch dazu wüßte, daß wir uns um das Konsulat bewerben wollen, wäre es ganz aus. Dieser Plan muß unbedingt so lange wie möglich geheimgehalten werden.
Habe Spicer geradeheraus gefragt, wie wir finanziell stehen. »Ich kann mich vor den Gläubigern nicht sehen lassen«, war seine Antwort. »Alle Welt will uns Geld aufdrängen. Wir sind vollkommen solidiert.« Ich bin beruhigt.

27. 2.

Matius sagt, der Senat wisse seit gestern, daß C. für das Konsulat kandidieren will. Er hält danach eine Bewilligung des Triumphs für ausgeschlossen.

29. 2.

Der Triumph ist bewilligt! Niemand von uns versteht, warum.

7. 3.

Spicer hat schon vor Wochen aus Spanien von C. den Auftrag bekommen, den Triumphzug vorzubereiten, sobald er bewilligt sei. Wir entwerfen einen Plan. Alles muß so schnell wie irgend möglich gehen, da C. spätestens am 12. Juli für das Konsulat kandidieren muß. Der Triumphzug ersetzt uns praktisch die Wahlkampagne. Wir müssen ihn also Ende Mai fix und fertig haben, und er muß nach etwas aussehen. Schlimm ist, daß C. immer noch in Spanien festsitzt. Er scheint die Geschäfte mit Pulcher noch nicht abgewickelt zu haben.

8. 3.

Es ist notwendig, daß ich mir den Triumph des Pompejus ins Gedächtnis zurückrufe, da der unsrige unbedingt damit verglichen werden wird. Er fand erst im vorigen Herbst statt.

Pompejus hatte über ein Jahr warten müssen, bis alle Kostbarkeiten von Asien da waren.

Ich sah mir damals die Festlichkeiten zusammen mit dem Kutscher Pistus vom achten Stock eines Hauses in der Oberen Subura an. (Das ist der junge Mann, der mich seinerzeit nach Pistoria brachte.)

Der Zug war ungeheuer. Schließlich war es der Triumph über den ganzen Osten, soweit er der zivilisierten Welt bekannt ist. Was sich irgendwie hatte auf Schiffe verladen lassen, war verladen worden. Ich sah halbe Tempel, auf riesigen Wägen, von Elefanten gezogen, in der Frühe, am Rindermarkt. Sie kamen nicht durch die engen Gassen und mußten stehengelassen werden. Überhaupt reichten die zwei Tage nicht aus, alles vorzuführen. Ein Haufen der Beute blieb unverwendet.

Vorausgetragen wurden dem Zug zwei gewaltige Tafeln, auf denen die Feldzüge in sehr gedrängter Form verzeichnet standen. Sie waren so hoch, daß sie sich an den Stricken stießen, die über die Gassen für die Wäsche gespannt werden. Man legte sie nieder, mit der Schrift nach oben, so daß sie von den Fensterplätzen aus lesbar waren.

Den Abschluß der Inschrift bildete der Satz, daß der Feldzug die jährlichen Einkünfte aus Asien verdoppelt hatte.

Hinter den Tafeln folgte ein schier endloser Zug von Wägen mit Panzern, Kriegsmaschinen und Schiffsschnäbeln; dahinter marschierten Maulesel, die Silber im Werte von 500 Millionen S schleppten, für den Staatsschatz bestimmt.

Auf einem kleinen Wagen eine Sammlung kostbarer Edelsteine des Königs Mithridates, von Juwelieren angeordnet. Ein Spieltisch, aus zwei ungeheuren gelben Steinen geschnitten, drei Prunkbetten, eines aus purem Gold, 35 Kronen aus Perlen. Drei goldene Kolossalstatuen von Göttern. Ein kleiner perlenbesetzter Musentempel, von einer Sonnenuhr gekrönt. Thron und Szepter des Mithridates. Sein Standbild in Silber, seine Kolossalbüste in Gold. Sonderbare tropische Pflanzen, ein Ebenholzbaum. So wurden die Reichtümer und das Gold der halben Welt durch die stinkenden engen Gassen Roms getragen.

Einmal fiel von den über die Straße gespannten Stricken ein Wäschestück, ein geflicktes Hemd, hinunter in den Zug, gerade auf einen erbeuteten Goldgott. Ein Soldat, der daneben marschierte, griff danach, zog es über und, den schimpfenden Besitzern nach oben zuzwinkernd, ging er in diesem Hemd weiter.

»Das ist, was *er* erbeutet«, murrte Pistus neben mir böse.

Am zweiten Tage ließ der Triumphator die lebende Beute vorüberziehen.

Über die holprigen Kopfsteine stolperten die besiegten Könige. Fürsten und Geiseln, der Sohn des armenischen Königs Tigranes mit seiner Frau und Tochter. Sieben Söhne des Mithridates. Seine Schwester. Ein Judenkönig. Einige königliche scythische Weiber. Zwei berühmte Seeräuber.

Wieder folgten große Tafeln, mit Gemälden diesmal. Des Tigranes Flucht und des Mithridates Tod. Dazwischen grinsende Götzenbilder der Barbaren, Porträt eines bekannten bithynischen Pfaffen, der zugleich ein Bankier war.

Dann kam der große Pompejus. Auf einem perlenbesäten Wagen, bekleidet mit einer Tunika, die Alexander getragen haben soll, umgeben von Legaten und Tribunen zu Fuß und zu Roß.

»Ich müßte auch mitgeführt werden«, sagte der Kutscher Pistus, »er triumphiert auch über mich.« Er hat seine Stelle verloren, sie an einen der von Pompejus eingeschleppten Sklaven abgeben müssen.

Das Volk schrie, wenn es das Gold sah, ob dieses auf den Wägen fuhr oder an den gefangenen Königen hing.
Auf einem Säulenvorsprung des Friedenstempels saß, dicht unter dem Dach – sie mußten mit Seilen hochgeklettert sein –, eine ganze Familie acht Stunden lang. Ihre Brote und ein paar getrocknete Fische hatten sie mitgebracht. Die Frau hielt einen Säugling an der Brust, in Lumpen gewickelt. Die drei kleinen Jungen schrien sich heiser, als die zwei Könige in Fesseln vorübergetrieben wurden.
Aber in den ärmeren Vierteln erschollen doch weniger Zurufe als in den wohlhabenden.

10. 3.

Wir werden einen großen Teil guter spanischer Beutestücke in Rom anfertigen lassen, von nur ersten Firmen. Erstens sehen die echten spanischen Sachen nicht spanisch aus, und zweitens haben wir zu wenige. C. hat in Spanien nicht elfenbeinerne Nachtstühle, sondern Bleigrubenkonzessionen erbeutet. Anstatt den Tempeln ihre goldenen Götter wegzuführen, hat er sie ihnen gelassen und ist jetzt an den Einnahmen beteiligt. Was wir nicht an massiven und brutalen Objekten haben, müssen wir also durch Geist ersetzen. Wir denken an zweitausend Tubabläser mit Instrumenten aus dem Silber der spanischen Gruben. C. hat eine Liste spanischer Ortsnamen geschickt, und ein Haufen von Häuptlingen der Bergvölker ist auch unterwegs. Etwa zweihundert ausgewählt schöne Frauen. Der Clou wird sein: Fünfhundert kleine Pflüge mit spanischen Eisenerzteilen, die am Ende unter die Bauern der Campagna verlost werden sollen. Außerdem hat C. seinen Soldaten einen Teil der Beute in Form von Silberpanzerschienen ausgehändigt, die sie beim Triumph zu tragen sich verpflichten mußten. Das gibt unserm Zug eine soziale Note, die dem des Pompejus völlig fehlte.

Konnte der Frachtfirma, bei der Pistus früher angestellt war, einen großen Auftrag für den Triumphzug in Aussicht stellen. Die Firma hat zugesagt, daß Pistus einen Aufseherposten bekommt, sobald das Geschäft klappt. Pistus hüpfte in die Luft vor Freude.

Ich habe zwei Jahre wie eine Witwe gelebt. Die Freundlichkeiten des guten Pistus habe ich mir gefallen lassen, wie man eben gutgemeinte Tröstungen von einem hübschen und lebendigen jungen Menschen hinnimmt. Mehr bedeutete mein Verhältnis zu ihm nicht. Seinen Freund, den blonden Legionär Faevula, habe ich ebenso aufmerksam behandelt wie ihn. Ich gestehe, daß ihre Rivalität mir ab und zu Spaß gemacht hat. Aber ich kam mir eben doch vor wie eine Witwe, die, ihre Erfahrungen hinter sich und Trauer im Herzen, ein wenig resigniert auf ihre jugendlichen Bewerber blickt.

Es ist lustig, die beiden auszuführen. Pistus ist so voll von Witzen wie ein Esel von Fürzen. Sein einziges Gesprächsthema sind Hunderennen. Er interessiert sich für nichts anderes. Das Wetten auf die Hunde ist zum Hauptsport des kleinen Mannes geworden. In allen Barbierläden kann man Wetten abschließen. Einige Hunde sind berühmter als alle Politiker. Bei den Rennen werden Vermögen umgesetzt. Pistus ist der Meinung, hier liege die einzige Chance des kleinen Mannes, zu bescheidenem Wohlstand zu kommen. Tatsächlich wettet jeder, der ein paar Asse auf die hohe Kante legen kann. Pistus sagt: »Es heißt, es ist eine Leidenschaft, das ist reiner Unsinn. Es ist einfach Geschäft. Sag mir, wie ein Plebejer auf andere Art zu ein paar Kröten kommen kann!« Faevula sieht ihn, wenn er wieder einmal die Tugenden eines neuen Favoriten aufzählt, geduldig lächelnd an und sagt dann langsam: »Wozu braucht er die Tugenden? Sein Stall muß ja nur die andern Hunde besoffen machen.« Er hält alles für Schiebung. Aber er setzt natürlich auch. Schiebung oder nicht Schiebung, wenn man Glück hat, kann man gewinnen. Und dann kann man was Richtiges anfangen. Er will Weinbauer werden.

11. 3.

Faevula ist ein Bauernsohn aus der Campagna. Im asiatischen Feldzug war er nur das letzte halbe Jahr, er ist ganz jung. Ich begleite ihn oft in die Soldatenkneipen am Rindermarkt, meiner soziologischen Studien wegen.

Da sitzen die entlassenen Soldaten des Pompejus und schimpfen.

Er hat sie beim Betreten des italischen Bodens entlassen, wie das Gesetz es vorschreibt. Er hat ihnen Belohnungen ausgezahlt und Boden versprochen und sie gebeten, zu seinem Triumphzug nach Rom zu kommen. Die Belohnungen waren anständig gewesen, man konnte mit der Summe (5000 S), wenn man erst etwas Boden hatte, ganz gut eine Wirtschaft einrichten, ein paar Sklaven kaufen, Reben, Stöcke, eine Kelter. Der große Pompejus hat sein Versprechen gehalten und den Senat um Boden für sie gebeten, aber die Sache hat etwas gedauert, genauer gesagt, sie dauert noch. Die Herren lassen sich mit allem Zeit, und inzwischen verbraucht man das kleine Kapital in den Schenken und für Zimmermieten. Einige sind schon ganz mittellos, aber sie werden eine Zeitlang von ihren Kameraden durchgehalten, dann gemieden von ihnen. Sie lernen, daß es leichter ist, Asien zu erobern als einen trockenen Platz in einer Schenke. Sie haben den König Mithridates besiegt, aber einen römischen Wirt können sie nicht so leicht besiegen. In die Schenken kommt man nicht, indem man Schwerter, sondern indem man Geldstücke vorzeigt, und die noch drinnen sitzen, denken mit Schrecken an die draußen und zählen das übriggebliebene Geld.

Pompejus kann sich nicht mehr auf dem Forum zeigen, ohne von seinen früheren Legionären angerempelt zu werden. Sie umdrängen ihn in Haufen und werfen ihm vor, daß er nicht genügend für sie tue. Neulich soll er fünf Stunden in einer Badeanstalt geblieben sein, da die Eingänge von Legionären besetzt waren. Infolgedessen zeigt er sich, wie die Wahlleiter versichern, sehr ungeduldig, daß die Volksversammlung, die über seine Anträge bestimmen soll, gut geschmiert wird. Da er aber ein alter Filz ist, beschneidet er nach Macer doch die Summen, wo er kann.
C., der sich immer noch nicht nach Italien eingeschifft hat, erkundigt sich in einem Brief sehr interessiert nach einem Vorfall bei dem Kampf des Pompejus um sein Ackergesetz. Im Auftrag des Pompejus hatte ein Volkstribun den Konsul Metellus, der sich weigerte, das Ackergesetz im Senat zu behandeln, ins Gefängnis setzen lassen. Als der Senat den Konsul besuchen wollte, stellte der Tribun seine Tribunenbank in die Tür und setzte sich darauf. Bekanntlich bedroht das Gesetz jeden mit der Todesstrafe, der die Hand gegen einen Tribunen des Volkes erhebt. Metellus schrie heraus, man solle die Maurer holen und die Mauer neben der Tür durchbrechen, damit der Senat zu ihm eintreten könne. Das wurde auch gemacht, und Rom lachte eine ganze Woche darüber. C. scheint dieser neuen Methode, das Gesetz einzuhalten und doch seinen Willen durchzusetzen, anscheinend große Bedeutung zuzulegen. Wir schickten ihm einen detaillierten Bericht.

20. 3.

Es war C.s Idee, den Triumphzug auf Silber umzustellen. »Man soll sagen, der silberne«, schrieb er. Er dachte wohl, daß Pulcher damit sehr einverstanden sein würde, da es ja wichtig ist, die spanischen Silbergruben auf dem Forum einzuführen.

Aber Pulcher kam heute und tobte deswegen. »Verdammte Plumpheit!« schrie er Spicer an. »Wie oft soll ich euch noch sagen, daß wir in Spanien einen Krieg geführt und nicht Geschäfte gemacht haben. Jetzt will er wieder als Reisender in Silbergegenständen einziehen! Kein Geschmack, kein Ernst, kein Taktgefühl! Wißt ihr nicht, was Krieg ist? Krieg ist: Leichen, rauchende Ruinen, Strapazen, der eherne Tritt der Legionen, beim Jupiter, ist das so schwer zu treffen?« Wir mußten zugeben, daß etwas daran ist. Man rutscht so leicht ab bei derlei.

21. 3.

Großer Skandal. Die ganze Stadt spricht davon, daß Pompejus gestern nachmittag in seinen Gärten Tische hat aufstellen lassen, an denen ganz öffentlich an Stimmberechtigte Gelder ausgezahlt werden. Ein plumper Bursche! Ich sah ihn neulich auf dem Forum zum erstenmal von Angesicht zu Angesicht.

Ein schwerer Mann, mit bleicher, feiner Haut und sehr schwarzen Augen. Die breite Stirn ist gefaltet der Quere nach, und die Augenbrauen sind hochgezogen, als wünsche er, für einen Denker gehalten zu werden. Das schwarze Haar ist künstlerisch gelockt und wie zerwühlt, aber vom Friseur, er geht sehr ruhig und liebt es, wie man hört, daß man von seiner Ruhe in allen Situationen spricht. Neben ihm ging dieser freigelassene Demetrius, ein geschminkter Bursche, mit dem er jetzt leben soll.

25. 3.

C. will Mitte April in Italien sein.

27. 3.

Pompejus' Antrag auf Landverteilung an die Veteranen ist durchgefallen. Er hat zu sehr gespart. Man versteht jetzt, warum er die Bestechung so öffentlich veranstaltet hat: Die Soldaten sollten glauben, er tue etwas für sie. Die Armen müssen groteskerweise dafür büßen, daß alles, was auch nur im geringsten mit Krieg zusammenhängt, völlig unpopulär ist. Der asiatische Krieg wird jetzt allgemein verwünscht. Er hat den Handel zerstört, mit seinen unsinnigen Sklavenimporten die Landwirtschaft ruiniert und Rom monatelang am Rand des Bürgerkriegs fiebern lassen.

Der Pächter und der kleine Bauer, der sich jetzt zu Tode arbeitet, um seinen Acker auf Wein- und Ölbau umzustellen, fürchtet nichts so sehr wie einen neuen Krieg mit seinem Militärdienst, seinen Steuern und seinem Bürgerkrieg hinterher. Krieg wird so sehr verabscheut, daß der Senat gewisse beunruhigende Meldungen aus Gallien, die eben jetzt einlaufen, nach Möglichkeit verheimlicht und in Gallien eine höchst nachgiebige Politik macht.

12. 4.

C. kommt erst Ende April. Wenn der Triumph Ende Mai stattfinden soll, ist das nicht zu früh.

27. 4.

C. verhandelt immer noch geschäftlich in Spanien. Wir müssen den Triumph auf den Juni verschieben. Das wird Kosten verursachen.

5. 5.

Gajus Matius von Spanien zurückgekehrt. C. kann und kann sich mit Pulcher und den spanischen Geschäftsleuten nicht einigen. Matius sagt: »Die Spanier besiegt man leichter als die Römer.«

22. 5.

Spicer hat von C. einen Brief bekommen, in dem er schreibt: »Was nützt uns der schönste Triumph über Spanien, wenn Herr Pulcher über uns triumphiert?« Das ist goldrichtig, aber wie sollen wir immer wieder diesen Riesenapparat ab- und anstellen und die teuren Kontrakte verlängern? Außerdem beginnt die Stadt schon davon zu sprechen, daß C. hier in Rom eine Anklage wegen seiner Haltung im Catilinaprozeß befürchte. Das ist reiner Unsinn, es sind nur die finanziellen Transaktionen, die nach jedem Feldzug nötig sind.

8. 6.

Wenn C. Mitte Juni nicht da ist, fällt der Triumph in die Wahlzeit, und ein Dispens ist nötig. Und er ist immer noch nicht abgefahren.

12. 6.

Spicer wird ungeheuer nervös. Wir gingen zusammen aufs Forum, als er mir, wirklich niedergeschlagen, sagte: »Mein ganzer Triumph stirbt mir unter der Hand ab. Ich kann mir C.s Hartnäckigkeit in den spanischen Angelegenheiten nur so erklären, daß es sein erstes echtes geschäftliches Objekt ist. Zum ersten Mal sieht er in greifbarer Nähe wirkliches Geld. Es geht ihm wie diesen ausgehungerten Seevögeln, die sich in Fische verbeißen, die für sie zu groß sind, und von ihnen dann in die Tiefe gezogen werden.«
Wenn Spicer poetisch wird, muß er weit in der Verzweiflung gekommen sein.

21. 6.

C. soll endlich abgefahren sein. Ob der Triumph überhaupt noch stattfinden kann?

23. 6.

Es ist eine Katastrophe: Als Spicer heute in der Asiatischen Handelsbank gewisse schon zugesicherte Summen für den Triumphzug abheben wollte, teilte man ihm kühl mit, Herrn Pulchers Verhandlungen mit C. seien noch nicht zu einem Abschluß gediehen. Was tun? Jeder Tag ist jetzt kostbar. Schon wie die Sachen jetzt liegen, können wir unmöglich vor dem 10. fertig werden, und das ist der allerletzte Termin für den Triumph. Spicer glaubt nicht, daß wir ihn einhalten können, auch wenn morgen früh die Summen losgeeist sind. Was hat Pulcher vor? C. scheint in Spanien abgefahren zu sein, ohne mit Pulcher abgeschlossen zu haben.

30. 6.

C. ist endlich angekommen. Es ist höchste Zeit, der Triumphzug verschlingt unerhörte Summen, Spicer hat den neuen Kredit bis aufs äußerste angespannt, die Asiatische Handelsbank sperrt seit einer Woche alle Kredite, wir haben alles ruhen lassen müssen. Wir brauchen jetzt dringend die spanischen Gelder.

Er residiert in dem neuen Palais in den Albanerbergen, das er sich eigens hat bauen lassen für die Zeit bis zum Triumph, in der er Rom nicht betreten darf. Ich habe ihn jetzt zwei Jahre lang nicht gesehen und bin gespannt, ob er sich verändert hat.

1. 7.

Er ist unverändert. Als Spicer und ich ihn heut wiedersahen, trat er uns mit seinem schnellen, nervösen Schritt entgegen,

beide Hände ausgestreckt, und sagte als erstes: »Habt ihr Geld? Ich bin völlig ausgepumpt.«
Er sagte es hustend, in einer Staubwolke, der eine Flügel des riesigen neuen Palastes wird schon wieder niedergerissen, da er ihm nicht gefällt.
Spicer wurde totenblaß. Er brachte kein Wort hervor. C. betrachtete ihn belustigt und fing sogleich an, uns seinen neuen Bauplan zu erklären. Er zwang den armen Spicer, in seinem erschütterten Seelenzustand über die Marmorblöcke zu klettern und sich halbestundenlange Schilderungen von in den Felsgrund einzumeißelnden Wandelgängen anzuhören.
Kurz, C. ist der alte.
Nachmittags machte Spicer mir einige Andeutungen über die Lage.
C. hat bei der Abwicklung der Geschäfte in Spanien bis zum letzten Moment wie ein Löwe mit Pulcher um sein Paket Anteilscheine an den Silberminen gekämpft. Er tat dies nicht nur der Werte wegen, sondern auch, weil er dadurch etwas sicherer war, daß Pulcher, wie abgemacht, seine Kandidatur für das Konsulat in der City unterstützt. Pulchers Gegenzug bestand darin, daß er der City klarmachte, sie müsse auf einem Triumphzug bestehen. Er hoffte, C. werde dann ihn zur Finanzierung des Triumphes brauchen. Aber C. ließ einfach die Papiere beleihen, so daß er die Pakete im Augenblick noch hat. Allerdings ist er dadurch so in Verzug geraten, daß der Triumph keinesfalls mehr vor dem 20. Juli stattfinden kann, aber schon am 12. muß er seine Kandidatur anmelden! Er braucht also schon einen Dispens des Senats. Spicer ist jetzt unbedingt dafür, Pulcher das Paket zu überlassen, da er sonst imstande ist, im Senat auch noch den Dispens zu Fall zu bringen. Natürlich bedeutet das einen großen Verlust, da die Papiere durch den Triumph gewaltig ansteigen werden. C. ist

dann tatsächlich um seinen Anteil am spanischen Geschäft geprellt worden. Aber Spicer setzt alles auf das Konsulat und will unter keinen Umständen C.s Grundstücke noch mehr beliehen haben. Er hält sie für das weit größere Geschäft.

2. 7.

Heute trafen Gajus Matius, unser Vertrauensmann im Senat, und Macer ein. Wir gingen sogleich in die Details des Wahlfeldzugs.

An den Beratungen nahm Cornelius Balbus teil, ein spanischer Bankier, Vertrauensmann der spanischen Firmen, die mit der Pulchergruppe zusammen die Bergwerke in Südspanien ausbeuten. Er ist ein kahler, fetter Mann mit Glotzaugen und nervösen Zuckungen und gilt allgemein als ein Finanzgenie. Er ist vor allem an der Errichtung einer Kontrolle der City über die senatorische Verwaltung der Provinzen interessiert und behauptet, daß auch im Senat schon eine starke Gruppe mit der bisherigen räuberischen Verwaltungspraxis unzufrieden sei. Das seien die Leute, die größere Liegenschaften in Kleinasien besäßen oder insgeheim Anteile der Steuerpachtgesellschaften hätten. Überhaupt wickelten in der letzten Zeit immer mehr senatorische Familien ihre finanziellen Angelegenheiten über die City ab. Nicht wenige Grundbesitzer benötigen angesichts des katastrophalen Absinkens der Getreidepreise bares Geld, und das können sie nur von den Banken bekommen. Alle diese Leute würden heute die vorsichtige Durchführung eines gemäßigten demokratischen Programms begrüßen, was immer Herr Cato sage. Balbus schlug vor, Mitgliedern des Senats für Dienste, die sie, bei was immer, der City leisteten, Anteilscheine an Cityunternehmungen auszuhändigen. Damit könne man sie am besten an die demokratische Politik fesseln.

Er sagte kein Wort über Lucceius, den demokratischen Kandidaten für das Konsulat, aber vieles, was er sagte, ging auf ihn, so daß ich zum erstenmal begriff, warum man ihn überhaupt aufgestellt hat. Er hat, als Legat des Pompejus, asiatischen Städten große Geldsummen vorgeschossen, damit sie die Tribute bezahlen konnten, und ist jetzt ganz in der Hand der Banken. Oppius berichtet ihm jeden dritten Tag, welche Verluste er (Lucceius) durch die rigorosen Maßnahmen der senatorischen Verwaltung erleidet.

Dabei deutete er verschleiert an, daß auch Pompejus selber da eine offene Wunde habe, die er keineswegs öffentlich haben möchte.

Pompejus fragt sich anscheinend, was er mit seiner Popularität bei den Soldaten und damit beim Volke anfangen soll. Als er im vorigen Herbst aus Asien zurückkehrte, war es natürlich, zur Senatspartei überzugehen, die einen populären Mann sehr brauchen kann. Er versuchte es und bewarb sich, schon bevor er in Rom angelangt war, um Catos Schwester. Anspielend auf das stadtbekannte Verhältnis C.s mit der Mucia, sagte Cicero: »Ich weiß, warum Pompejus sich wieder verheiraten will: Caesar ist Mucias müde, er will Catos Schwester haben.« Cato schlug damals die Verbindung ab, und Pompejus gewöhnte sich an den Gedanken, seine Popularität in den Dienst der Demokratie zu stellen. Die City hatte eine Zeitlang verkündet, er sei käuflich. Dieses Gerede verstummte nun völlig: Die City hatte ihn gekauft. Das ging so zu: Schon während des Feldzugs waren einige Steuerpächter mit ihren Bankiers auf die Idee gekommen, dem Feldherrn zu beweisen, wie ungerecht sie vom Staat behandelt würden. Man überredete ihn dazu, selber ein typisches Citygeschäft zu machen. Mit Hilfe der Oppiusbank gewährte er dem König von Syrien, Nikemedes, eine beträchtliche Anleihe, damit er die Kriegsschuld an die Römer bezahlen konnte. Der Geldmann Pompejus lieh dem syrischen Hof die Gelder, welche der Staatsmann Pompejus ihm als Tribut abverlangte. Er nahm bis zu 50 Prozent Zinsen, aber er fühlte bald »am eigenen Leibe«, was die senatorische römische Verwaltung dem Geschäftsmann für Prügel zwischen die Beine wirft. Ihre ständigen Räubereien und Plünderungen, das Brandschatzen der Städte durch die Statthalter, das Wegführen der Ernten und Sklaven usw. usw. machten es dem König ganz unmöglich, die Zinsen an Pompejus zu zahlen. Aber Oppius verlangte Zinsen von ihm! Zu der Geldklemme kommt die Furcht vor dem Skandal, denn das Geschäft darf nicht aufkommen. Kurz, die City hat einigen Grund, den Feldherrn als einen der ihrigen zu betrachten.

C. lag zurückgelehnt auf seinem Stuhl und hörte dem Wasserfall kühner Spekulationen, vorsichtiger Andeutungen und verblüffender Sachkenntnis von den Lippen des Spaniers amüsiert zu. Was für Leute er immerfort ausfindig macht!

Der etwas hochnäsige Matius teilte C.s Sympathie für den Spanier anscheinend gar nicht, und auch Macers zerschlagenes Gesicht verzog sich bei keinem seiner vielen Witze. Das wurde jedoch anders, als man genauer auf den Schlachtplan für die Wahl zu sprechen kam und es sich herausstellte, daß Balbus recht gute Beziehungen zum Bankhaus Oppius hat. Über Oppius hat er in aller Stille schon im vorigen Herbst mit Lucceius über eine gemeinsame Kandidatur mit C. verhandelt! Seine Anregung, *zwei* demokratische Konsuln durchzubringen, ist auch keineswegs abgelehnt worden. Pompejus will seine asiatischen Abmachungen unbedingt ratifiziert haben, die asiatischen Papiere stehen elend. Man will in der City für

diese Wahl bis zu 10 Millionen flüssig machen. Die Bedingung der Oppius-Lucceius für eine Unterstützung C.s lautet nur: Streng gesetzliches Vorgehen, keine Catilinarischen Exzesse des Pöbels, keine demokratischen »Experimente«, vor allem keinerlei Anschneiden der Bodenfrage. (Oppius steht auf dem Standpunkt, daß eine Anschneidung der Bodenfrage die asiatischen Sklavenimporte unterbinden würde.) Macer atmete sichtbar auf. Er wird sich in den nächsten Tagen direkt an Lucceius wenden.
Matius wird im Senat einen Dispens für C. beantragen, der ihm erlaubt, die Stadt schon vor dem Triumph zur Anmeldung seiner Kandidatur zu betreten.
Wir verließen die Albanerberge sehr hoffnungsvoll.

5. 7.

Der Dispensantrag des unermüdlichen Matius ist nicht durchgegangen! Spicer fuhr sofort zu C. Er wird morgen das umstrittene Paket an Pulcher abgeben. Matius fährt zu Cicero. Der Dispens muß erkämpft werden.

7. 7.

Vormittags, ich überwachte trotz der drückenden Hitze das Anbringen der neuen Gobelins in der Bibliothek, kommt Spicer angeschnauft. »Ist er hier gewesen?« – »Wer?« – »C. natürlich.« – »In Rom?« – »Jawohl.« – »Unsinn. Er darf doch Rom nicht betreten vor dem Triumph.« – »Darf nicht! Er war nicht in Alba heute nacht. Wir fahren sofort hinaus.« Unterwegs machte er einige Andeutungen. Camilla, die Frau des Matius, ist plötzlich nach Rom zurückgekehrt. Und ihr Mann ist in C.s Auftrag auf Ciceros Landgut gereist! Das Schlimme ist, daß neulich Camilla spätabends nach Alba kam, »um ihren Mann abzuholen«, der natürlich längst weg war, und dann war es »zu spät, um nach Rom zurückzufahren«. Spicer fuhr noch erst zu seiner Wohnung und holte einen Pack Rechnungen. In Alba zwang er C., sie durchzuschauen, aber gegen Abend warf C. ihn hinaus und mich mit ihm. Spicer murmelte etwas von »morgen früh fortsetzen«, und C. lachte. Spicer zeigte eine überraschende Charakterstärke. Er starrte C. mit unbewegtem Gesicht an und sagte ohne jede Überleitung: »Der Triumph hat bisher 4 Millionen gekostet, und ein Skandal kostet mehr, genauer gesagt, alles.« – »So ist es«, sagte C. kühl wie eine Gurke, »und jetzt bin ich ein wenig schläfrig.« Spicer wandte sich brüsk um und stieg in den Wagen. An den Schlachthallen im 2. Bezirk stieg er aus. Da dies ziemlich weit von seiner Wohnung ist, stieg auch ich hinter der nächsten Ecke aus und ging ihm nach, überzeugt, er werde zum Haus des Matius gehen. Er ging aber in eines der engen Gäßchen hinter den Hallen und blieb ziemlich lang in einem der baufälligen Häuser dort. Aus der Zeit seiner Gerichtsvollziehertätigkeit hat er überall Bekannte, und es war sicher ein bankerottes Subjekt, mit dem er wieder aus der Tür trat. Der Mann ging weg, ziemlich schnell, und Spicer ging nach Hause.

Es wäre Wahnsinn, wenn C. ein solches Risiko liefe, jetzt heimlich nach Rom zu kommen, ein paar hübscher Brüste wegen!

8. 7.

Tolle Entwicklung. C. liegt mit verbundenem Kopf in Alba. Er ist gestern nacht auf der Landstraße, unweit Albas, überfallen worden, als er einen Abendritt unternahm. Der Täter ist entkommen.

Ich fuhr mit Spicer auf die Nachricht hinaus. Er empfing uns nicht. Spicer scheint sehr besorgt.

Die Ärzte sagen, es sei nur ein Schlag mit einem Sandsack gewesen, in zwei bis drei Tagen ist alles wieder in Ordnung.
Abends ging ich in das Gäßchen hinter den Schlachthallen. Der Mann ist ein früherer Tuchmacher in sehr schlechten Verhältnissen, übrigens als Raufbold bekannt. Er war die gestrige Nacht außer Haus und kehrte erst gegen Morgen zurück.

10. 7.

Mit Pistus und Faevula beim Hunderennen. Vermittels einiger Tips des kundigen Pistus machten wir eine ganz hübsche Summe aus Wetten.
Ich habe Faevula 8000 S versprochen für den Fall, daß er Land zuerteilt bekommt. Er begleitete mich noch nach Hause und war sehr vergnügt.
Ich werde mir das Geld bei Spicer ausborgen.
C. ist wieder wohlauf.

11. 7.

Matius kämpft wie ein Verzweifelter um den Dispens. Er ist von Ciceros Landgut zurück. Cicero war von Oppius schon bearbeitet worden, er war ganz zugänglich, erklärte sich bereit, für den Dispens zu stimmen, bezweifelte aber die Wirkung seiner Stellungnahme. Matius berichtete nicht ohne Rührung über ihn.
Cicero zählt jetzt nicht mehr, und er weiß es. Der Senat hat ihn benutzt und läßt ihn fallen. An seinen Händen klebt das Blut der Handwerker. Er hat das Geld der »Väter« genommen, also ist er korrupt; er hat ihre Feinde verraten, also ist er ein Verräter. Nur die City hält ihn noch. Sie hat eine Schwäche für Leute mit schlechtem Gewissen.
Das Teuflische ist, daß eine Mehrheit für den Dispens im Senat schon zusammengebracht ist; nur ist es Cato gelungen,

die Abstimmung tatsächlich bis zum letzten Tag zu verschieben. Sie findet morgen statt, und wenn C. morgen nicht seine Kandidatur anmeldet, kann er nicht mehr kandidieren.

12. 7.

Die Lage hat sich heute vollständig geändert.

C. wartete von früh in Alba darauf, sich nach erlangtem Dispens auf dem Capitol melden zu können.

Die Sitzung des Senats begann um 11 Uhr, und Cato nahm das Wort zu einem Antrag über Bauarbeiten, die wegen eines Rohrbruches in der Innenstadt notwendig geworden waren. Er war etwas rot im Gesicht, da er wahrscheinlich statt seiner gewöhnlichen Morgenration von einem Krug Falerner zwei Krüge genommen hatte, redete aber zunächst ganz zur Sache. Niemand hörte hin, man wartete auf die Abstimmung über den Dispens. Als Cato etwa eine gute Stunde über die Notwendigkeit, die Wasserzufuhr für die innere Stadt zu sichern, gesprochen hatte, begann er eine Übersicht über die Röhrenanlage der ganzen Stadt zu geben. Das dauerte bis 1 Uhr, dann war jede Abzweigung gründlich beschrieben. Die Senatoren sammelten sich wieder aus den Wandelgängen, als der Redner, nachdem er einige Augenblicke nach der Decke gestarrt hatte, mit einer eleganten Wendung auf die Geschichte der Wasserleitung seit Gründung der Stadt einging. Etwa um 3 Uhr nachmittags war er bei den Gracchen angelangt. Im Raum herrschte, wie Matius berichtete, eine unbeschreibliche Stimmung. Empörungsrufe folgten Witzen. Die Stimme des Redners war zuzeiten vollständig unhörbar in dem allgemeinen Aufruhr, aber er redete unentwegt weiter, übrigens mit einer niederschmetternden Harmlosigkeit.

Ich selber betrat das Gebäude gegen 4 Uhr, in den Wandelgängen standen viele Senatoren, meist schon apathisch. Einige dicke Greise sah ich in den Ecken an die Säulen gelehnt sitzen und schlafen. Im Saal saßen einige wenige Senatoren in völliger Auflösung, und Cato, feist und pausbäckig, redete, den lebhaften Blick gegen das Gebälk des Daches gerichtet, von Verordnungen des Sulla gegen Vergebung städtischer Arbeiten durch die Clubs. Einmal senkte er die Stimme, als gehe ihm das Material aus, und in die Zuhörer kam Bewegung. Ein Senator erhob sich schwerfällig und eilte hinaus. Der Saal füllte sich, jedoch nur für wenige Minuten. Die Stimme des Redners hatte sich wieder gehoben.

Wir hatten einen Meldedienst zwischen Rom und Alba eingerichtet. Dreimal meinte Matius, C. rufen zu können, und dreimal nahm er ein kaltes Bad, um nicht verschwitzt in die Toga zu kommen. Gegen 2 Uhr verlor er dann die Geduld, und nachmittags ritt er bis an die Stadtgrenze heran, wo sich allerhand Leute einfanden, ihn zu begrüßen. 5 Uhr nachmitttags ritt C. über die Stadtgrenze – ohne Dispens. Er meldete ½ 6 Uhr auf dem Capitol seine Kandidatur für das Konsulat an.

Unmittelbar darauf begab er sich, gefolgt von einer großen Volksmenge, die ihn erkannt hatte, in die Sitzung des Senats, wo Cato noch immer sprach. Langsam durchschritt er die Wandelgänge, und die Senatoren, die für ihn waren, schlossen sich ihm eifrig schwatzend an. Er hatte noch ein blaues Auge vom Überfall der vorigen Woche und trug die weiße Toga der Kandidaten, die der Sitte nach ohne Taschen ist, damit der Kandidat keine Bestechungsgelder mitbringen kann. Als Cato ihn an der Spitze der Senatoren eintreten sah, beendete er mit drei Wörtern seine Rede.

Der Triumph ist also ins Wasser gefallen. Er kostet uns bis heute 4 Millionen Sesterzien, die gesamten Gewinne der spanischen Proprätur. Politik ist kein Geschäft mehr.

Der arme Pistus ist verzweifelt. Aus seiner Einstellung im Fuhrgeschäft wird nichts. »Der Pompejus hat mich ums Brot gebracht und triumphiert«, sagte er, »der C. triumphiert nicht und bringt mich ums Brot.« Faevula war rührend. Er schlug vor, ich solle die 8000, die Spicer mir schuldet und die ich für die Ausstattung einer kleinen Olivenfarm ausgeben wollte, dem Pistus zur Eröffnung eines Fuhrgeschäftes geben. Aber Pistus wollte nichts davon hören. »Das Geld wäre nur kaputt«, sagte er, »unsereiner kann heutzutage kein Fuhrgeschäft mehr halten, wenn er nicht 100 Sklaven kaufen kann.« Er will sich weiter an das Wetten bei den Hunderennen halten.
Sondierung der Stimmung heute abgeschlossen. Legte C. das Ergebnis vor: Cruppulus (Wolle): Politik hin, Politik her, über kurz oder lang entscheiden die Waffen. Nicht die Politiker werden das letzte Wort sprechen, sondern die Generäle. Wir brauchen also nicht Caesar, sondern Pompejus.
Celer (Häute und Leder): Wenn es der Senat sein wird, wird es Cato sein. Wenn die Armee, Pompejus. Wenn wir, Cicero. Wenn die Straße, dann Clodius. – Und Caesar? fragte ich. – Nun, C. hat die Gläubiger hinter sich.
Ein Senator: Den Pompejus erledigt man am besten, wenn man ihm nichts in den Weg legt – hinab zum Pöbel. Bei der Demokratie hat er ausgespielt, wenn er sich als Demokrat aufspielt. Davon kann Caesar ein Lied singen.
Anderer Senator: Den Krieg in Asien hat die City auf dem Gewissen. Der Wert unserer Güter ist halbiert. Jetzt wollen sie uns auch noch wegkapern, was wir in den neuen Statthalterschaften an Einkünften bekommen können. Gelingt ihnen das, können wir unsere Güter in Italien überhaupt nicht mehr aufrechterhalten. Da liegt die Hauptgefahr.

Dritter Senator: Caesar ist ein Catilina, der es mit der Legalität versucht.
Vierter Senator: Wir brauchen nicht Sklaven, sondern Pächter. Darin gehe ich mit den besseren Demokraten. Ciceros Rolle ist ausgespielt.
Steuerpächter: Was nützt uns Asien, wenn wir es nicht auswerten? Nur jetzt keine weiteren Abenteuer und keine weiteren Abenteurer. Ich fürchte nichts mehr als diesen Caesar.
Bankier: Nötig ist ein starker Mann. Caesar ist leider nur gerissen. Das sind wir selber.
Anderer Bankier: So eine Gelegenheit bekommt die Demokratie nicht wieder. Die alten Familien bankrott, unfähig, ohne uns ihre Landgüter auf Wein- und Ölbau umzustellen. Der Senat ohne Armee. Asien ein Chaos. Nur der römische Bürger kann die Bodenfrage lösen. Wenn C. mit seinen Weibergeschichten Schluß machen könnte, gehört ihm die Macht.
Ein Geflügelhändler: Caesar? Ist er nicht in Afrika?
Ein Blusenschneider: Dieser C. ist schuld, daß die Clubs hin sind.
Ein Hafenarbeiter: Er ist noch der einzige von diesen Großkopfigen, der fürs Volk ist. Aber sie haben ihn abgeschoben.
Ein Seiler (arbeitslos): Seine Spiele waren nicht schlecht.
Bauer: Alles, nur kein Krieg mehr. Wenn mein Reus zum Heer muß, kann ich meinen Weinberg kein Jahr mehr halten.
Anderer Bauer: Die Städter können nichts mehr kaufen. Schuld ist der Pompejus mit seinen Sklaven. Dieser Lucceius, den sie jetzt als Konsul nehmen wollen, ist auch ein Offizier.
Schmied: Ich habe Schwerter gemacht. Auf Pflüge kann ich mich nicht umstellen. Die Bauern kriegen sie geflickt von den Sklaven auf den großen Gütern!

Metzger: Ich war für Catilina, ich sage es offen. Den Caesar haben sie gekauft.
Maurer: Ich habe wieder Arbeit bekommen: Der Pompejus baut ein Theater. Ich stimme für seinen Mann, den Lucceius.
Obmann der Hafnergilde: Selbstverständlich nur Caesar. Der einzige populäre Mann in ganz Rom.
Früheres Mitglied eines Straßenclubs: Wir bekommen unsere Anweisungen und halten uns daran.
Lagerverwalter der Markthallen: Bibulus.
Ein Schreiner (arbeitslos): Der Catilina war der Beste von ihnen.
Ein Schuhmacher: Ich habe andere Sorgen. Drei Kinder und keine Wohnung.
Ein Legionär: Ich scheiße auf Grund und Boden. Ein oder zwei Feldzüge, und ich kauf mir das selber.
Ein Maultiertreiber: Caesar, das ist doch der mit den Schulden?

14. 7.

Pulcher hat dem Pompejus zu verstehen gegeben, daß C. deswegen auf seinen Triumph verzichtet habe, weil er sich ganz außerstande sehe, den asiatischen Triumph des Pompejus zu erreichen. C. wisse, daß die Unternehmungen in Spanien nicht ein Feldzug genannt werden könnten und daß er überhaupt kein Feldherr sei, nur Politiker. Es sei ihm mit seinem Friedensprogramm absolut ernst. Pompejus, großer feierlicher Esel, der er ist, tat, als glaube er das nicht, äußerte aber dann doch, der Mensch (C.) sei ein Chamäleon, und es sei immerhin möglich, daß er, wenn der römische Pöbel Frieden wolle, sogleich beim Anblick einer Standarte heftigen Abscheu empfinde.

15.7.

Der demokratische Wahlausschuß hat neue Plakate anschlagen lassen, der Senat plane einen Krieg gegen die Parther.

17.7.

Große Rede C.s vor den Distriktsobleuten der Wahlkomitees.

»Römer, es gibt einige Römer, denen es zu viele Römer in Rom gibt. Ich verstehe unter Rom Italien, seine blühenden Haine und seine Äcker, die unbestellt liegen. Ihr, Römer, wohnt in elenden Mietskasernen, zu viert in einem Kämmerchen, man könnte vielleicht sagen, es gäbe zuwenig Kämmerchen, aber einige Römer sagen, es gibt zu viele Römer. Diese Leute sind der Meinung, es genügten einige Römer für Rom, und Rom reichte eben aus für einige Römer. Der Rest müsse eben auswandern. Macht Krieg, sagen sie, erobert fremde Länder, wohnt dort! Der Rest seid ihr. Es gibt 200 Römer, meinen diese 200, und es gibt dann noch den Rest der Römer, und der Rest soll weg aus Rom und aufhören, römisch zu sein. Werdet Syrier, sagen sie, werdet Gallier! Römer, es wird euch versichert, der Krieg helfe euch zu allem, was ihr braucht. Nun, wir hatten einen großen Krieg eben jetzt, den asiatischen. Tatsächlich hoben sich an seinem Beginn die Geschäfte. Es gab Bestellungen. Dann kamen die Sklavenimporte aus Asien. Es gab immer noch Bestellungen, aber jetzt führten die Sklaven sie aus. Einige Römer profitierten. Der Krieg reichte aus, ihnen Gewinne zu verschaffen. Sie reichten aus, die Kriegsbestellungen auszuführen. Der Rest, ihr, hungerte. Und durch die Schlachten und Siege vermehrten sich zwar nicht die Wohnstätten für euch, den Rest der Römer, aber ihr, der Rest, verminderte sich. Römer, die Bodenfrage muß nicht im Osten oder im Westen gelöst werden, sondern auf dieser Halbinsel, hier in Rom. Tatsächlich wohnen einige Räuber in Palästen und Gärten, und der Rest wohnt zusammengepfercht in den Mietshäusern. Tatsächlich schlagen sich einige Römer den Bauch voll mit allen Leckerbissen Asiens, und der Rest steht um Gratiskorn an. Bibulus und seine Freunde im Senat, das ist der Krieg, das sind die Versprechungen. Ich und meine demokratischen Freunde, das ist der Friede, das ist der Boden. Römer, laßt einige Römer den Bibulus wählen, ihr aber, der Rest der Römer, wählt Caesar!«

Es ist Balbus, der C. auf die ungeheure Bedeutung der Arbeitslosigkeit in Rom aufmerksam gemacht hat. Halb Rom ist arbeitslos. An den Straßenecken stehen die Holzverkäufer, die kein Holz mehr verkaufen, bei den Geflügelhändlern, die kein Geflügel mehr verkaufen, und reden über die Fischer, die vom Fischen nicht mehr leben können. Vor den Brotmagazinen stehen die Bäcker um Brot an, und den Barbieren erklären die Blusenschneider, daß sie sich nicht mehr barbieren lassen können, weil die unbeschäftigten Hafenarbeiter keine Blusen mehr kaufen. Und im Senat reden die Väter immer noch von der Arbeitsscheu der unteren Schichten!

18. 7.

Die Plakate der Demokraten, die auf die Absichten einiger mächtiger Herren im Senat, einen neuen Krieg (gegen die Parther) zu entfesseln, hinweisen, erregen ungeheure Aufregung in der ganzen Stadt. Der Senat hat diese Anschuldigungen als aus der Luft gegriffen erklärt. Aber niemand glaubt das. »Sie können die Kuh nicht melken«, sagt man in den Barbierläden, »sie können sie nur schlachten. Kein Wunder, wenn sie immer neue Kühe rauben wollen! Und wir sollen den Raub bezahlen!«

Es ist ein ausgezeichneter Griff Macers, die 200 Familien als Kriegspartei zu entlarven (ob sie nun jetzt gerade Kriege planen mag oder nicht). Jede Kriegspartei hat auf lange in Rom ausgespielt.

19. 7.

Caesar zu einer Abordnung der Clubs: »Warum ich meinen Triumph nicht gehalten habe? Weil ich nicht als Soldat ins Konsulat wollte. Nicht für ein Jahr Krieg, für ein Jahr Frieden sollte ein Triumph gewährt werden.«

Der Ausspruch machte sichtlich einen ausgezeichneten Eindruck.

20. 7.

Es ist jetzt auch ziemlich viel senatorisches Geld in die Wahlkampagne eingeflossen. Die Väter haben diesmal tief in die Tasche gegriffen. Bisher genügte für sie der sogenannte natürliche Einfluß, den sie haben. Die Pächter mußten natürlich für den Grundbesitzer stimmen, die vielen Schuldner aus dem Handwerkerstand für die senatorischen Gläubiger. Ganzen Stadtteilen ist jetzt mitgeteilt worden, daß die Besitzer der Mietskasernen die Mieter ohne weiteres auf die Straße setzen werden, wenn nicht Bibulus gewählt wird.

Infolgedessen herrscht ziemliche Verwirrung im demokratischen Wahlkomitee. Es wird unangenehm klar, daß man nicht beide Kandidaten wird durchbringen können. Da das Geld von Lucceius stammt, kann kaum bezweifelt werden, wen man wird fallenlassen müssen. Andererseits ist Lucceius eine politische Null.

Und C. ist wieder einmal nicht zu sprechen. Ohne jede Ankündigung fuhr er gestern nach Alba. Matius wollte zu ihm hinausfahren, und wir hatten die größte Mühe, ihn davon abzubringen, da er dort beinahe sicher seine Frau gefunden hätte. Es ist wirklich ein Skandal, wie C. in so schwierigen Lagen, wo alles auf Entschlüsse ankommt, gänzlich frivoler Motive wegen alles seinen Anhängern überläßt.

23. 7.

Großes Essen. Lucceius, Matius, Pulcher, einige Senatoren. Lucceius ist ein großer dürrer Mann mit verwaschenem Gesicht und unruhigen Augen. Er leidet an häufigen Fieberanfällen, die er sich in Asien geholt hat. Er spendete dem abwesenden Macer volles Lob der ausgezeichneten Parolen wegen, berührte aber mit keiner Silbe die drohende Lage, die durch den sicheren Wahlsieg des Bibulus bei den ungeheuren Geldaufwendungen der 200 Familien entstanden ist. Die Stimmung beim Essen war unterirdisch gespannt, aber nicht der Beziehung Lucceius–C. wegen, sondern weil gestern nacht zwischen C. und Matius ein furchtbarer Krach stattgefunden hat. Matius hat endlich die Affäre seiner Frau mit C. entdeckt. Natürlich kann er jetzt, knapp vor den Wahlen, keinen Skandal machen. Am erbittertsten ist er darüber, daß C., unverschämt wie immer, diese seine Zwangslage ausnützt. C. machte tatsächlich mehrmals während des Essens Bemerkungen taktlosester Art, wie die, daß ihm nichts so sehr eine öffentliche Tätigkeit verekele, als die Einmischung der Öffentlichkeit in das Privatleben aller, die ein Amt haben. Matius, an sich unbedeutend und farblos, erregte meine volle Sympathie durch sein würdiges Benehmen.

24. 7.

Oppius in der City soll ganz öffentlich gesagt haben: Bibulus und Lucceius, das ist ein Konsulat Bibulus. Bibulus und Caesar, das ist ein Konsulat Caesar.

26. 7.

Soeben ging Mutius Ger weg. Er gehört zu den Geschäftsfreunden des Lucceius im Senat und war erschienen, um die Stellung C.s zu dem notwendig gewordenen Rücktritt eines der beiden demokratischen Kandidaten zu sondieren.

Er sprach natürlich nicht über Politik, sondern ausschließlich über Geschäftliches. War ziemlich orientiert über gewisse finanzielle Schwierigkeiten C.s und schien ehrlich bemüht, eventuelle finanzielle Kompensationswünsche C.s zu erfahren. Betonte ständig die Großzügigkeit des Lucceius.

C. hörte ihm zu wie jemand, der keine Ahnung von Geschäften hat, besonders nicht von seinen eigenen, darüber aber gern etwas von berufener Seite erfährt, und flocht erst nach geraumer Zeit einige Bemerkungen darüber ein, daß er ungern politische und finanzielle Dinge mischt. Ich bewundere immer wieder die Fähigkeit von Leuten wie C. (und auch Ger), sich Dinge zu sagen, deren Unrichtigkeit allbekannt ist.

Was soll aber wirklich aus unserer Kandidatur werden?

27. 7.

Der plötzliche Rücktritt des Lucceius von der Kandidatur erregt allgemeine Überraschung. Auch ich habe nur gehört, daß Balbus mit Oppius bei Lucceius gewesen ist. Die beiden sollen dem entsetzten Kandidaten mitgeteilt haben, daß durch eine Indiskretion gewisses Material über die asiatischen Kriegsgeschäfte des Pompejus entweder schon in die Hände des Cato oder zumindest doch solcher Leute gelangt sei, die nicht zögern würden, es Cato für den Wahlfeldzug zur Verfügung zu stellen. Nur wenige wissen heute in Rom, daß einige Stunden lang ein riesiger Skandal gegen die Demokraten im Heraufziehen begriffen war. Eine Enthüllung, wie Pompejus (und in einigem Abstand Lucceius und andere) den letzten Krieg finanziell ausgewertet haben, brächte einen schrillen Mißklang in die Friedensparolen der Demokraten! Nun, es wird keinen solchen Skandal geben – und C. wird übermorgen als einziger demokratischer Kandidat in die Konsulatswahlen gehen.

Die demokratischen Parolen sehen sehr wirkungsvoll aus. Heilung der Wunden, die der Krieg geschlagen hat. Hilfe für die Geschäftsleute und Handwerker bei der Umstellung ihrer Kriegsbetriebe auf eine Produktion, die dem friedlichen Aufbau, der Siedelung usw. dient. Belohnung der Legionäre, denen man den Sieg verdankt. Erhaltung des Friedens zumindest für eine Generation.

An allen Mauern klebt heute die einfache Parole: »Demokratie ist Friede!«

Das Romanfragment »Die Geschäfte des Herrn Julius Caesar« ist in den Jahren 1938 und 1939 im dänischen Exil Skovsbostrand bei Svendborg entstanden.

Inhalt

Gesamtausgabe der Werke Bertolt Brechts im Suhrkamp Verlag

Stücke

Erste Stücke 1922-1926

1 Baal · Trommeln in der Nacht · Im Dickicht der Städte

2 Leben Eduards des Zweiten von England (nach Marlowe) · Mann ist Mann

Stücke für das Theater am Schiffbauerdamm 1927-1933

3 Die Dreigroschenoper · Aufstieg und Fall der Stadt Mahagonny · Das Badener Lehrstück vom Einverständnis

4 Die heilige Johanna der Schlachthöfe · Der Jasager und der Neinsager · Die Maßnahme

5 Die Mutter · Die Ausnahme und die Regel · Die Horatier und die Kuratier

Stücke aus dem Exil 1933-1945

6 Die Rundköpfe und die Spitzköpfe · Furcht und Elend des Dritten Reiches

7 Die Gewehre der Frau Carrar · Mutter Courage und ihre Kinder · Das Verhör des Lukullus

8 Leben des Galilei · Der gute Mensch von Sezuan

9 Herr Puntila und sein Knecht Matti · Der aufhaltsame Aufstieg des Arturo Ui · Die Gesichte der Simone Machard

10 Schweyk im zweiten Weltkrieg · Der kaukasische Kreidekreis · Die Tage der Commune

Bearbeitungen

11 Die Antigone des Sophokles · Der Hofmeister (nach Lenz) · Coriolanus (nach Shakespeare)

12 Der Prozeß der Jeanne d'Arc zu Rouen 1431 (nach Anna Seghers) · Don Juan (nach Molière) · Pauken und Trompeten (nach Farquhar)

Einakter und Stücke aus dem Nachlaß

13 Die Kleinbürgerhochzeit · Der Bettler oder Der tote Hund · Er treibt den Teufel aus · Lux in tenebris · Der Fischzug · Dansen · Was kostet das Eisen?

14 Turandot oder Der Kongreß der Weißwäscher

Schriften zum Theater

1 1918-1933 Augsburger Theaterkritiken · Über das alte Theater · Der Weg zum zeitgenössischen Theater

2 1918-1933 Aus Notizbüchern · Anmerkungen zu den Stücken · Über Film · Über Kritik

3 1933-1947 Über eine nichtaristokratische Dramatik · Neue Technik der Schauspielkunst · Der Bühnenbau des epischen Theaters · Über Bühnen- und Filmmusik

4 1933-1947 Über den Beruf des Schauspielers · Anmerkungen zu den Stücken · Der Galilei des Laughton

5 1937-1951 Der Messingkauf · Übungsstücke für Schauspieler · Gedichte aus dem Messingkauf

6 1948-1956 Antigonemodell 1948 · Couragemodell 1949 · Über die Benutzung von Modellen · Neue Technik der Schauspielkunst · Anmerkungen zu Stücken und Aufführungen

7 1948-1956 Kleines Organon für das Theater · Katzgraben-Notate · Stanislawski-Studien · Dialektik auf dem Theater

Gedichte

1 1918-1929 Hauspostille · Aus einem Lesebuch für Städtebewohner · Geschichten aus der Revolution

2 1913-1939 Unveröffentlichte und nicht in Sammlungen enthaltene Gedichte

3 1930-1933 Gedichte, Lieder, Chöre · Die drei Soldaten · Die sieben Todsünden der Kleinbürger

4 1933-1941 Svendborger Gedichte · Gedichte aus dem Messingkauf · Studien · Chinesische Gedichte

5 1934-1941 Unveröffentlichte und nicht in Sammlungen enthaltene Gedichte · Gedichte und Lieder aus Stücken

6 1941-1947 Gedichte im Exil · In Sammlungen nicht enthaltene Gedichte · Gedichte und Lieder aus Stücken

7 1947-1956 Buckower Elegien · In Sammlungen nicht enthaltene Gedichte · Gedichte und Lieder aus letzten Stücken

8 1913-1956 Nachträge zu den Gedichten

9 1913-1956 Nachträge zu den Gedichten · Gedichte und Lieder aus Stücken und anderen Arbeiten · Gedichte über Stücke · Fragmente

10 Nachträge zu Gedichten · Letzte Fassungen von Gedichten · Übersetzungen – Bearbeitungen – Nachdichtungen · Anmerkungen zu den Gedichten 1–10

Prosa

1 1913-1948 Geschichten I
Unveröffentlichte und nicht in Sammlungen enthaltene Geschichten · Eulenspiegelgeschichten

2 1930-1956 Geschichten 2
Kalendergeschichten · Geschichten vom Herrn Keuner · Flüchtlingsgespräche

3 1933-1934 Dreigroschenroman

4 1938-1939 Die Geschäfte des Herrn Julius Caesar

5 1934-1956 Me-ti. Buch der Wendungen

Schriften zur Literatur und Kunst

1 1920-1932 Aus Notizbüchern · Über alte und neue Kunst · Radiotheorie · Der Dreigroschenprozeß
2 1934-1941 Kunst und Politik · Bemerkungen zur bildenden Kunst · Über Realismus
3 1934-1956 Anmerkungen zur literarischen Arbeit · Aufsätze zur Literatur · Die Künste in der Umwälzung

Außerhalb der Gesamtausgabe erschienen im Suhrkamp Verlag

Versuche

1 Der Ozeanflug · Radiotheorie · Geschichten vom Herrn Keuner · Fatzer, 3
2 Aufstieg und Fall der Stadt Mahagonny · Über die Oper · Aus dem Lesebuch für Städtebewohner · Das Badener Lehrstück
3 Die Dreigroschenoper · Der Dreigroschenfilm · Der Dreigroschenprozeß
4 Der Jasager und der Neinsager · Die Maßnahme
5 Die heilige Johanna der Schlachthöfe · Geschichten vom Herrn Keuner
6 Die drei Soldaten (mit Zeichnungen von George Grosz)
7 Die Mutter (nach Gorki) · Geschichten aus der Revolution
8 Die Spitzköpfe und die Rundköpfe
9 Mutter Courage und ihre Kinder · Fünf Schwierigkeiten beim Schreiben der Wahrheit
10 Herr Puntila und sein Knecht Matti · Chinesische Gedichte · Anmerkungen zum Volksstück · Die Straßenszene · Die Ausnahme und die Regel
11 Der Hofmeister · Studien · Neue Technik der Schauspielkunst · Übungsstücke für Schauspieler · Das Verhör des Lukullus
12 Der gute Mensch von Sezuan · Kleines Organon für das Theater · Über reimlose Lyrik mit regelmäßigen Rhythmen · Geschichten vom Herrn Keuner
13 Der kaukasische Kreidekreis · Weite und Vielfalt der realistischen Schreibweise · Buckower Elegien
14 Leben des Galilei · Gedichte aus dem Messingkauf · Die Horatier und die Kuratier
15 Die Tage der Commune · Die Dialektik auf dem Theater · Zu ›Leben des Galilei‹ · Drei Reden · Zwei Briefe

Arbeitsjournal 1938-1955. 3 Bände

Tagebücher 1920-1922. Autobiographische Aufzeichnungen 1920-1954

Bibliothek Suhrkamp

Bertolt Brechts Hauspostille · Bertolt Brechts Gedichte und Lieder · Schriften zum Theater · Flüchtlingsgespräche · Geschichten · Turandot · Schriften zur Politik · Die Bibel · Über Klassiker

edition suhrkamp

Leben des Galilei · Gedichte und Lieder aus Stücken · Aufstieg und Fall der Stadt Mahagonny · Der kaukasische Kreidekreis · Materialien zu Brechts ›Leben des Galilei‹ · Mutter Courage und ihre Kinder · Materialien zu Brechts ›Mutter Courage und ihre Kinder‹ · Der gute Mensch von Sezuan · Über Lyrik · Ausgewählte Gedichte · Herr Puntila und sein Knecht Matti · Die heilige Johanna der Schlachthöfe · Schweyk im zweiten Weltkrieg · Die Antigone des Sophokles/Materialien zur ›Antigone‹ · Der aufhaltsame Aufstieg des Arturo Ui · Materialien zu Brechts ›Der kaukasische Kreidekreis‹ · Die Tage der Commune · Baal. Drei Fassungen · Leben Eduards des Zweiten von England. Vorlage, Texte und Materialien · Im Dickicht der Städte. Fassungen und Materialien · Materialien zu ›Der gute Mensch von Sezuan‹ · Baal. Der böse Baal der asoziale. Texte, Varianten, Materialien · Die Dreigroschenoper · Mann ist Mann · Materialien zu Bertolt Brechts ›Die Mutter‹ · Der Brotladen. Ein Stückfragment. Die Bühnenfassung und Texte aus dem Fragment · Kuhle Wampe. Protokoll des Films und Materialien · Die Gesichte der Simone Machard · Furcht und Elend des Dritten Reiches · Über Realismus · Über den Beruf des Schauspielers · Die Maßnahme · Drei Lehrstücke · Gesammelte Gedichte in 4 Bänden

Bertolt Brechts Dreigroschenoper mit Schallplatte ›Bertolt Brecht singt‹ Theaterarbeit. Sechs Aufführungen des Berliner Ensembles
Die sieben Todsünden der Kleinbürger

Bertolt Brecht Gesammelte Werke

Werkausgabe in 20 Bänden

Herausgegeben vom Suhrkamp Verlag in Zusammenarbeit mit Elisabeth Hauptmann. Neu durchgesehene und neu geordnete Ausgabe. Leinenkaschiert. Kassette.

Aufbau der Bände:
Bände 1-7 Stücke, Bearbeitungen, Einakter, Fragmente. 8-10 Gedichte. 11-14 Geschichten, Romane, *Me-ti, Tui, Flüchtlingsgespräche.* 15-17 Schriften 1 (zum Theater). 18-20 Schriften 2 (zur Literatur, Kunst, Politik und Gesellschaft). Texte für Filme (2 Bände).

Dünndruckausgabe in 8 Bänden

Herausgegeben vom Suhrkamp Verlag in Zusammenarbeit mit Elisabeth Hauptmann. Neu durchgesehene und neu geordnete Ausgabe. Leinen und Leder. Kassette.

Aufbau der Bände:

Bände 1-3 Stücke, Bearbeitungen, Einakter, Fragmente. 4 Gedichte. 5-6 Geschichten, Romane, *Me-ti, Tui, Flüchtlingsgespräche.* 7-8 Schriften (zum Theater, zur Literatur, Kunst, Politik und Gesellschaft). Texte für Filme (2 Bände).

Beide Ausgaben präsentieren das Gesamtwerk Brechts neu und handlich. Alle Texte wurden neu durchgesehen; die Anmerkungen enthalten werkgeschichtliche Fakten und die Änderungen gegenüber früheren Ausgaben. Zum ersten Mal werden veröffentlicht: der *Tui*-Roman, *Turandot oder Der Kongreß der Weißwäscher,* acht Fragmente, etwa 250 Seiten Schriften zur Politk und Gesellschaft. Die Texte beider Ausgaben sind identisch. Die Bände weichen voneinander ab in der Einteilung sowie im Format, in der Ausstattung und im Preis.

557 Ludwig Hohl, Varia
559 Raymond Roussel, Locus Solus
560 Jean Gebser, Rilke und Spanien
561 Stanisław Lem, Die Maske · Herr F.
562 Raymond Chandler, Straßenbekanntschaft Noon Street
563 Konstantin Paustowskij, Erzählungen vom Leben
564 Rudolf Kassner, Zahl und Gesicht
565 Hugo von Hofmannsthal, Das Salzburger große Welttheater
567 Siegfried Kracauer, Georg
568 Valery Larbaud, Glückliche Liebende . . .
570 Graciliano Ramos, Angst
571 Karl Kraus, Über die Sprache
572 Rudolf Alexander Schröder, Ausgewählte Gedichte
573 Hans Carossa, Rumänisches Tagebuch
574 Marcel Proust, Combray
575 Theodor W. Adorno, Berg
576 Vladislav Vančura, Der Bäcker Jan Marhoul
577 Mircea Eliade, Die drei Grazien
578 Georg Kaiser, Villa Aurea
579 Gertrude Stein, Zärtliche Knöpfe
580 Elias Canetti, Aufzeichnungen
581 Max Frisch, Montauk
582 Samuel Beckett, Um abermals zu enden
583 Mao Tse-tung, 39 Gedichte
584 Ernst Kreuder, Die Gesellschaft vom Dachboden
585 Peter Weiss, Der Schatten des Körpers des Kutschers
586 Herman Bang, Das weiße Haus
587 Herman Bang, Das graue Haus
588 Hermann Broch, Menschenrecht und Demokratie
589 D. H. Lawrence, Auferstehungsgeschichte
590 O'Brien, Zwei Vögel beim Schwimmen
591 André Gide, Die Rückkehr des verlorenen Sohnes
592 Jean Gebser, Lorca oder das Reich der Mütter
593 Robert Walser, Der Spaziergang
594 Natalia Ginzburg, Caro Michele
595 Rachel de Queiroz, Das Jahr 15
596 Hans Carossa, Ausgewählte Gedichte
597 Mircea Eliade, Der Hundertjährige
599 Hans Mayer, Doktor Faust und Don Juan
600 Thomas Bernhard, Ja
601 Marcel Proust, Der Gleichgültige

602 Hans Magnus Enzensberger, Mausoleum
603 Stanisław Lem, Golem XIV
604 Max Frisch, Der Traum des Apothekers von Locarno
605 Ludwig Hohl, Vom Arbeiten · Bild
606 Herman Bang, Exzentrische Existenzen
607 Guillaume Apollinaire, Bestiarium
608 Hermann Hesse, Klingsors letzter Sommer
609 René Schickele, Die Witwe Bosca
610 Machado de Assis, Der Irrenarzt
611 Wladimir Trendrjakow, Die Nacht nach der Entlassung
612 Peter Handke, Die Angst des Tormanns beim Elfmeter
613 André Gide, Die Aufzeichnungen und Gedichte des André Walter
614 Bernhard Guttmann, Das alte Ohr
616 Ludwig Wittgenstein, Bemerkungen über die Farbe
617 Paul Nizon, Stolz
618 Alexander Lernet-Holenia, Die Auferstehung des Maltravers
619 Jean Tardieu, Mein imaginäres Museum
620 Arno Holz / Johannes Schlaf, Papa Hamlet
621 Hans Erich Nossack, Vier Etüden
622 Reinhold Schneider, Las Casas vor Karl V.
624 Ludwig Hohl, Bergfahrt
627 Vladimir Nabokov, Lushins Verteidigung
628 Donald Barthelme, Komm wieder, Dr. Caligari
629 Louis Aragon, Libertinage, die Ausschweifung
630 Ödön von Horváth, Sechsunddreißig Stunden
631 Bernhard Shaw, Sozialismus für Millionäre
633 Lloyd deMause, Über die Geschichte der Kindheit
634 Rainer Maria Rilke, Die Sonette an Orpheus
635 Aldous Huxley, Das Lächeln der Gioconda
637 Wolf von Niebelschütz, Über Dichtung
638 Henry de Montherlant, Die kleine Infantin
639 Yasushi Inoue, Eroberungszüge
640 August Strindberg, Das rote Zimmer
641 Ernst Simon, Entscheidung zum Judentum
642 Albert Ehrenstein, Briefe an Gott
645 Marie Luise Kaschnitz, Beschreibung eines Dorfes
646 Thomas Bernhard, Der Weltverbesserer
647 Wolfgang Hildesheimer, Exerzitien mit Papst Johannes
648 Volker Braun, Unvollendete Geschiche
649 Hans Carossa, Ein Tag im Spätsommer 1947
651 Regina Ullmann, Ausgewählte Erzählungen
652 Stéphane Mallarmé, Eines Faunen Nachmittag
653 Flann O'Brien, Das harte Leben
654 Valery Larbaud, Fermina Márquez
671 Yehudi Menuhin, Kunst und Wissenschaft als verwandte Begriffe

edition suhrkamp

429 Plötzlich brach der Schulrat in Tränen aus
666 Gilles Deleuze / Claire Parnet, Dialoge
809 G. Heinsohn / B. M. C. Knieper, Spielpädagogik
810 Mario Cogoy, Wertstruktur und Preisstruktur
811 Ror Wolf, Auf der Suche nach Doktor Q.
812 Oskar Negt, Keine Demokratie ohne Sozialismus
813 Bachrach/Baratz, Macht und Armut
814 Bloch/Braudel/L. Febvre u. a., Schrift und Materie der Geschichte
815 Giselher Rüpke, Schwangerschaftsabbruch und Grundgesetz
816 Rainer Zoll, Der Doppelcharakter der Gewerkschaften
817 Bertolt Brecht, Drei Lehrstücke: Badener Lehrstück, Rundköpfe, Ausnahme und Regel
818 Gustav Landauer, Erkenntnis und Befreiung
819 Alexander Kluge, Neue Geschichten. Hefte 1-18
820 Wolfgang Abendroth, Ein Leben in der Arbeiterbewegung
821 Otto Kirchheimer, Von der Weimarer Demokratie zum Faschismus
822 Verfassung, Verfassungsgerichtsbarkeit, Politik. Herausgegeben von Mehdi Tohidipur
823 Rossana Rossanda / Lucio Magri u. a., Der lange Marsch durch die Krise
824 Altvater/Basso/Mattick/Offe u. a., Rahmenbedingungen und Schranken staatlichen Handelns
825 Diskussion der ›Theorie der Avantgarde‹. Herausgegeben von W. Martin Lüdke
826 Fischer-Seidel, James Joyces »Ulysses«
827 Gesellschaft, Beiträge zur Marxschen Theorie 7
828 Rolf Knieper, Weltmarkt, Wirtschaftsrecht und Nationalstaat
829 Michael Müller, Die Verdrängung des Ornaments
830 Manuela du Bois-Reymond, Verkehrsformen zwischen Elternhaus und Schule
831 Henri Lefebvre, Einführung in die Modernität
832 Herbert Claas, Die politische Ästhetik Bertolt Brechts vom Baal zum Caesar
833 Peter Weiss, Dramen I
834 Friedensanalysen 2
835-838 Bertolt Brecht, Gedichte in 4 Bänden
839 Géza Róheim, Psychoanalyse und Anthropologie
840 Aus der Zeit der Verzweiflung. Beiträge von Becker/Bovenschen/Brackert u. a.
841 Fernando H. Cardoso/Enzo Faletto, Abhängigkeit und Entwicklung in Lateinamerika
842 Alexander Herzen, Die gescheiterte Revolution
844 Otthein Rammstedt, Soziale Bewegung
845 Ror Wolf, Die Gefährlichkeit der großen Ebene
847 Friedensanalysen 3

848 Dieter Wellershoff, Die Auflösung des Kunstbegriffs
849 Samuel Beckett, Glückliche Tage
850 Basil Bernstein, Beiträge zu einer Theorie
851 Hobsbawm/Napolitano, Auf dem Weg zum ›historischen Kompromiß‹
852 Über Max Frisch II
853 Brecht-Jahrbuch 1976
854 Julius Fučík, Reportage unter dem Strang geschrieben
856 Dieter Senghaas, Weltwirtschaftsordnung und Entwicklung
857 Peter V. Zima, Kritik der Literatursoziologie
858 Silvio Blatter, Genormte Tage, verschüttete Zeit
859 Russell Jacoby, Soziale Amnesie
860 Gombrich/Hochberg/Black, Kunst, Wahrnehmung, Wirklichkeit
861 Blanke/Offe/Ronge u.a., Bürgerlicher Staat und politische Legitimation. Herausgegeben von Rolf Ebbighausen
863 Gesellschaft, Beiträge zur Marxschen Theorie 8/9
864 Über Wolfgang Koeppen. Herausgegeben von Ulrich Greiner
865 Gesellschaft 12
866 Fichant/Pêcheux, Überlegungen zur Wissenschaftsgeschichte
867 Ernst Kris, Die ästhetische Illusion
868 Brede/Dietrich/Kohaupt, Politische Ökonomie des Bodens
870 Umwälzung einer Gesellschaft. Herausgegeben von Richard Lorenz
871 Friedensanalysen 4
872 Piven/Cloward, Regulierung der Armut
873 Produktion, Arbeit, Sozialisation. Herausgegeben von Th. Leithäuser und W. R. Heinz
874 Max Frisch/Hartmut von Hentig, Zwei Reden zum Friedenspreis des Deutschen Buchhandels 1976
875 Eike Hennig, Bürgerliche Gesellschaft und Faschismus in Deutschland
876 Bolius, Erziehungsroman
877 Starnberger Studien 1
878 Leithäuser/Volmerg/Wutka, Entwurf zu einer Empirie
879 Peter Bürger, Aktualität und Geschichtlichkeit
880 Tilmann Moser, Verstehen, Urteilen, Verurteilen
881 Loch/Kernberg u. a., Psychoanalyse im Wandel
882 Michael T. Siegert, Strukturbedingungen von Familienkonflikten
883 Erwin Piscator, Theater der Auseinandersetzung
884 Politik der Subjektivität. Texte der italienischen Frauenbewegung, Herausgegeben von Michaela Wunderle
885 Hans Dieter Zimmermann, Vom Nutzen der Literatur
886 Gesellschaft, Beiträge zur Marxschen Theorie 10
887 Über Hans Mayer, Herausgegeben von Inge Jens
888 Nicos Poulantzas, Die Krise der Diktaturen
889 Alexander Weiß, Bericht aus der Klinik
890 Bergk/Ewald/Fichte u. a., Aufklärung und Gedankenfreiheit. Herausgegeben und eingeleitet von Zwi Batscha

891 Friedensanalysen 5
892 Franz L. Neumann, Wirtschaft, Staat, Demokratie
893 Georges Politzer, Kritik der Grundlagen der Psychologie
895 Umberto Eco, Zeichen. Einführung in einen Begriff und seine Geschichte
897 Ralph-Rainer Wuthenow, Muse, Maske, Meduse
898 Cohen/Taylor, Ausbruchversuche. Identität und Widerstand
901 Der bürgerliche Rechtsstaat. Herausgegeben von Mehdi Tohidipur
902 Ernest Borneman, Psychoanalyse des Geldes
903 Steven Marcus, Umkehrung der Moral
904 Alfred Sohn-Rethel, Warenform und Denkform
905 Beiträge zur Soziologie der Gewerkschaften. Hrsg. von Joachim Bergmann
906 Brecht-Jahrbuch 1977
907 Horst Kern, Michael Schumann, Industriearbeit und Arbeiterbewußtsein
908 Julian Przybós, Werkzeug aus Licht
910 Peter Weiss, Stücke II
913 Martin Walser, Das Sauspiel mit Materialien. Herausgegeben von Werner Brändle
916 Dürkop/Hardtmann (Hrsg.), Frauen im Gefängnis
917 Bowles S./Gintis H., Pädagogik und die Widersprüche der Ökonomie
918 Klaus-Martin Groth, Die Krise der Staatsfinanzen
920 Tagträume vom aufrechten Gang. Sechs Interviews mit Ernst Bloch, Herausgegeben von Arno Münster
921 Silvia Bovenschen, Die imaginierte Weiblichkeit
922 Anderson, Von der Antike zum Feudalismus
923 Sozialdemokratische Arbeiterbewegung, Band 1, Herausgegeben von Wolfgang Luthardt
925 Friedensanalysen 6
927 Ausgewählte Gedichte Brechts, Herausgegeben von Walter Hinck
928 Betty Nance Weber, Brechts ›Kreidekreis‹
929 Auf Anregung Bertolt Brechts: Lehrstücke. Herausgegeben von Reiner Steinweg
930 Walter Benjamin, Briefe 1 und 2. Herausgegeben von Gershom Scholem und Theodor W. Adorno
932 Jugendarbeitslosigkeit. Herausgegeben von Gero Lenhardt
933 Ute Gerhard, Verhältnisse und Verhinderungen
934 Sozialdemokratische Arbeiterbewegung, Band 2, Herausgegeben von Wolfgang Luthardt
935 Literatur ist Utopie. Herausgegeben von Gert Ueding
936 Berger/Heßler/Kavemann, Brot für heute, Hunger für morgen
937 Labrousse, Lefebvre, Soboul u. a. Geburt der bürgerlichen Gesellschaft 1789. Herausgegeben von I. A. Hartig
938 Habermas, Bovenschen u. a., Gespräche mit Marcuse
939 Thomas Brasch, Rotter Und weiter
940 Simone Weil, Fabriktagebuch
941 Ute Volmerg, Identität und Arbeitserfahrung

942 Klaus Eßer, Lateinamerika
943 Gewerkschaften und Strafvollzug, Hrsg. v. Lüderssen u. a.
944 Alexander von Brünneck, Politische Justiz
945 Jacques Derrida, Die Stimme und das Phänomen
948 Thompson/Caspard/Puls; Alltagspraxis, Wahrnehmungsformen, Protestverhalten
949 Julia Kristeva, Die Revolution der poetischen Sprache
950 Perry Anderson, Die Entstehung des absolutistischen Staates
951 Grundrechte als Fundament der Demokratie, hrsg. von Joachim Perels
954 Elias/Lepenies, Zwei Reden. Theodor W. Adorno-Preis 1977
955 Friedensanalysen 7
956 Brecht-Jahrbuch 1978. Hrsg. Fuegi/Grimm/Hermand
957 Gesellschaft, Beiträge zur Marxschen Theorie 11
958 Friedensanalysen 8
959 Martin Walser, Wer ist ein Schriftsteller?
960 Albert Soboul, Französische Revolution und Volksbewegung
962 Bettelheim/Mészarós/Rossanda u. a., Zurückforderung der Zukunft
963 Starnberger Studien 2
964 Nach dem Protest. Literatur im Umbruch. Herausgegeben von W. Martin Lüdke
966 Kern, Kampf um Arbeitsbedingungen
967 Michail M. Bachtin, Die Ästhetik des Wortes, hrsg. von Rainer Grübel
968 Frauen, die pfeifen. Herausgegeben von R. Geiger, H. Holinka, C. Rosenkranz, S. Weigel
969 Ernst Bloch, Die Lehren von der Materie
970 Giuliano Scabia, Das große Theater des Marco Cavallo
971 Siegfried Kracauer, Jacques Offenbach
974 Jirí Kosta, Abriß der sozialökonomischen Entwicklung der Tschechoslowakei 1945-1977
975 Nathan, Ideologie, Sexualität und Neurose
976 Bernd Jürgen Warneken, Literarische Produktion
978 Klaus Mäding, Strafrecht und Massenerziehung in der VR China
979 Bertolt Brecht, Tagebücher 1920-1922
981 Jeanne Favret-Saada, Die Wörter, der Zauber, der Tod
983 Bassam Tibi, Internationale Politik und Entwicklungsländer-Forschung
984 Dieter Kühn, Löwenmusik
985 Agnes Schoch, Vorarbeiten zu einer pädagogischen Kommunikationstheorie
987 Augusto Boal, Theater der Unterdrückten
989 Brecht-Jahrbuch 1979
991 Ruggiero Romano u. a., Die Gleichzeitigkeit des Ungleichzeitigen
992 Naturalismus/Ästhetizismus. Herausgegeben von Bürger/Schutte-Sasse
993 Ginette Raimbault, Kinder sprechen vom Tod
996 Starnberger Studien 3
1000 Stichworte zur ›Geistigen Situation der Zeit‹ 1. Band, Nation und Republik; 2. Band, Politik und Kultur. Herausgegeben von Jürgen Habermas.

Alphabetisches Verzeichnis der edition suhrkamp